Severin Schwendener
Schemen & Haft
edition 8

Viel Spass bein
Ermitteln !

Zürich, 17.5.24

Severin Schwendener

Severin Schwendener

Schemen & Haft

Kriminalroman

Verlag und Autor danken herzlich dem Kulturamt/Lotteriefonds des Kantons Thurgau, der Jubiläumsstiftung der Thurgauer Kantonalbank, der Thurgauischen Kulturstiftung Ottoberg und der Dr. Heinrich Mezger-Stiftung für die Unterstützung.

Die edition 8 wird im Rahmen des Förderkonzepts zur Verlagsförderung in der Schweiz vom Bundesamt für Kultur mit einem Förderbeitrag für die Jahre 2021–2024 unterstützt.

Besuchen Sie uns im Internet: Informationen zu unseren Büchern und AutorInnen sowie Rezensionen und Veranstaltungshinweise finden Sie unter www.edition8.ch

Verlagsadresse: edition 8, Quellenstrasse 25, CH-8005 Zürich, Telefon +41/(0)44 271 80 22, info@edition8.ch

ISBN 978-3-85990-521-4

1

»Wie geht es Ihnen, Chef?«

»Nennen Sie mich nicht immer Chef, Jaun. Ich bin seit einer kleinen Ewigkeit nicht mehr Ihr Chef. Ich sitze im Knast.«

»Entschuldigung, Chef. Ich habe mich einfach so daran gewöhnt.«

Thomas K. Hilvert, ehemaliger, jetzt inhaftierter Kommandant der Stadtpolizei Zürich, warf seinem ehemaligen Assistenten Bruno Jaun einen vieldeutigen Blick aus zusammengekniffenen Augen zu.

»Ich hege den Verdacht, dass Sie mich nur deshalb stets Chef nennen, um mich spüren zu lassen, dass ich es nicht mehr bin.«

Jaun schenkte Hilvert ein schamloses Grinsen. »Das würde ich nie tun. Sie haben mich schliesslich in Ihrer aktiven Zeit auch nie spüren lassen, dass ich nur für die Hand- und Fussarbeit zuständig gewesen bin.«

»Die Rachsucht der Kleingeister«, parierte Hilvert mit einem Schulterzucken. »Aber um auf Ihre Frage zurückzukommen: Es geht mir blendend!«

Bruno Jaun musterte seinen einstigen Chef. Ja, Hilvert ging es ausgezeichnet, das war offensichtlich. Er hatte zugenommen, und sein Bauchumfang war seit jeher ein ziemlich zuverlässiges Indiz für sein Befinden. Oder lag das nur daran, dass er seine geliebten Massanzüge gegen eine profane Gefängniskluft hatte eintauschen müssen, die seine unvorteilhafte Figur nicht so geschickt kaschierte? Wie auch immer, der zweite Hinweis auf sein Befinden war eindeutig: Hilverts Gesicht strahlte eine Ruhe und Zufriedenheit aus, die Jaun immer wieder aufs Neue verblüffte.

»Das Gefängnis scheint Ihnen immer noch nichts anhaben zu können, Chef!«

Hilvert tat die Feststellung mit einer wegwerfenden Geste ab. »Ich bin zwar eingesperrt, Jaun, aber gleichzeitig bin ich frei! Früher konnte ich gehen, wohin ich wollte, und sass doch im Gefängnis. All die Pflichten und Zwänge, die Pfründen, die Geheimnisse, die ich mit mir trug: Sie haben mich gefangen gehalten. Davon bin ich nun befreit! Es ist ein wunderbares Gefühl, Jaun!«

»Und Ihre Mitgefangenen? Lassen die Sie weiterhin in Ruhe? Immerhin sitzen Sie als früherer Kommandant der Stadtpolizei mit lauter Leuten ein, die der Polizei nicht wohlgesonnen sind.«

»Liebe geht durch den Magen, Jaun. Ich habe mich in der Küche aufgedrängt. Seither gibt es was Anständiges zu essen und jeder, der in der Kantine sitzt und die neuen Menüs reinschaufelt, weiss, wem er sie zu verdanken hat.« Hilvert grinste fröhlich.

Eigentlich hätte es Jaun wissen müssen. Die Menschen im Knast entsprachen Hilvert mehr als die intriganten Karrieristen auf den Führungsetagen der Stadtpolizei; der raue Umgangston in der Justizvollzugsanstalt Pöschwies dürfte ihm mehr zusprechen als die sorgfältig abgewogenen Sätze der Amtssprache, deren wahre Bedeutung sich einem meistens zwischen den Zeilen und erst beim dritten Lesen erschloss. Einmal mehr hatte Jaun sich wohl völlig umsonst Sorgen um den Überlebenskünstler Hilvert gemacht.

»Aber erzählen Sie mir doch von sich!« Hilvert beugte sich über den Tisch, in seinen Augen blitzte die Neugier auf. »Wie läuft es in der Stadtpolizei?«

Jaun zuckte mit seinen schmächtigen Schultern. »Die selbe Leier wie letzte Woche, Chef. Im Prinzip hat sich nichts verändert, seit Sie weg sind. Der Apparat wird uns alle überdauern.«

»Noch immer keine Zweifel an meiner Version der Geschichte?«

»Nein, bis jetzt nicht. Wieso auch? Die sind alle froh, konnten sie Ihrem Geständnis glauben, Sie in den Knast stecken und alles ganz schnell vergessen. Nachbohren ist das Letzte, was die Stapo will. Es ist eher so, als wären Sie und Leimbacher mit einem Fluch belegt. Keiner erwähnt Ihren Namen. Als hätte es Sie nie gegeben. Ihr Porträt ist sogar aus der Reihe der anderen Kommandanten im Flur verschwunden.«

Hilvert wirkte überaus zufrieden. »Sehen Sie, auch von meiner grössten Schuld habe ich mich befreit!«

Jaun runzelte die Stirn.

»Von meiner Schuld Ihnen gegenüber natürlich!«, rief Hilvert aus. »Ein ganzes Arbeitsleben lang haben Sie hinter mir hergeräumt, aber jetzt sitze ich im Knast, obwohl *Sie* Leimbacher erschossen haben. Wir sind quitt!«

Jaun sagte nichts. Nicht umsonst besuchte er Hilvert jede Woche, nicht umsonst mietete er einen Lagerraum, in dem Hilverts Kleider und Möbel aufbewahrt wurden. Nicht umsonst verwaltete er Hilverts Finanzen mit einer Gründlichkeit, die Hilvert nie aufgebracht hatte. Damit alles bereitstand an dem Tag, an dem der Boss wieder ins Leben ausserhalb der Pöschwies zurückkehrte.

»Wie macht sich mein Nachfolger? Zurbriggen? Irgendwelche Probleme mit ihm?« Hilvert versuchte seine Neugier hinter einem neutralen Tonfall zu verbergen, aber Jaun konnte er damit nicht täuschen. So ganz hatte die Stapo, in der er sein ganzes Berufsleben verbrachte, ihren Kommandanten a. D. doch nicht losgelassen.

»Keine Ahnung. Ich habe kaum mit ihm zu tun. Aber allem Hören nach hat er den Laden mittlerweile gut im Griff.«

»Haben Sie noch immer keine richtige Aufgabe?!«

Ein Lächeln legte sich auf Jauns Gesicht. »Was haben Sie denn erwartet? Ich wurde genauso vom Bann getroffen wie Sie. Nur dass man mich nicht rausgeschmissen hat. Ergo sitze ich nun auf dem Abstellgleis, das man für mich gefunden hat. Ich bin sicher, in ein bis zwei Jahren tritt man mit einem attraktiven Angebot für eine Frühpensionierung an mich heran.«

»Das will mir einfach nicht in den Kopf, Jaun.« Hilvert schüttelte voller Unverständnis den Kopf, was Jaun belustigte. Obwohl er Kommandant gewesen war, hatte sein einstiger Chef bis zum letzten Tag nicht begriffen, wie Machtpolitik funktionierte.

»Es ist gar nicht so schlimm. Man hat mir meinen Lohn gelassen, und ich mache keine Überstunden mehr. Stattdessen kann ich bei der Arbeit Farbmuster fürs Wohnzimmer aussuchen oder mir überlegen, wie ich den Vorplatz daheim umgestalte. Und keiner stört sich daran. Es ist eigentlich ziemlich entspannt.«

»Na ja.«

Jaun kicherte. »Ich gebe zu, es war interessanter, als ich alle Passwörter des Kommandanten kannte und dessen Unterschrift täuschend echt replizieren konnte. Aber ich hätte ja auch hier neben Ihnen landen können. Das wäre weiss Gott viel schlimmer gewesen.« Er zwinkerte Hilvert provozierend zu.

Hilvert entgegnete nichts, aber Jaun konnte sehen, dass der vormalige Kommandant etwas ausbrütete. Früher, in Hilverts Büro in der Hauptwache, da hatte ihm dieser Gesichtsausdruck Sorge bereitet. Denn er bedeutete, dass Hilvert gleich irgendetwas tun würde; ob er eine kleine Inkorrektheit begehen oder eine monumentale Katastrophe auslösen würde, war im Vorfeld jeweils schwer abschätzbar gewesen. Doch jetzt sass er in der Pöschwies ein, die Gefahr von Katastrophen war gebannt. Nicht nur Hilvert war befreit, sondern auch Bruno Jaun.

»Ich habe Ihnen übrigens etwas mitgebracht«, lenkte der vom Thema ab. Er förderte aus seiner alten, abgenutzten Ledermappe ein Paket hervor. Sprünglis Truffes du Jour. »Keine Sorge: ich belaste es Ihrem Konto.«

Der versonnene Ausdruck in Hilverts Gesicht verschwand augenblicklich. »Das will ich schwer hoffen,

Jaun. Sonst müsste ich mich ja noch bedanken. Also her mit meinem Eigentum!«

Hilvert riss die Schachtel an sich, öffnete sie gierig und warf sich eine Praline in den weit aufgesperrten Mund. Er kaute mit geschlossenen Augen.

»Göttlich.« Dann warf er einen zweifelnden Blick in die Packung. »Verdächtig wenig hat es hier drin. Sie haben mich nicht etwa bestohlen, Jaun?«

»Ich habe mich für den Transport hierher entlöhnt, das ist etwas anderes.«

»Um dann die Packung wieder zuzubinden, damit ich es nicht merke!«

Jaun grinste. »Einen Versuch war es wert!«

Hilvert stützte sich mit dem Ellbogen auf den Tisch und zeigte mit dem Zeigefinger auf Jaun, als ob es sich um eine Pistole handelte.

»Noch sitze ich hinter Gittern, Jaunchen. Aber es kommt der Tag meiner Entlassung, und Sie wissen, dass es eher früher als später sein wird. Dann werde ich Rache dafür üben, dass Sie mich meiner Lebensgrundlage beraubt haben!«

»Ich habe abgezählt«, erwiderte Jaun ungerührt. »Wenn Sie an sich halten und sich auf einen Trüffel pro Tag beschränken können, reicht die Packung bis zu meinem nächsten Besuch.«

Hilvert glotzte Jaun verständnislos an und warf sich gleich noch eine Praline in den Mund. »So etwas kann auch nur ein Bünzli sagen«, brummte er kauend, während er bereits das nächste Stück Schokolade aus dem Karton klaubte. »Hat Ihnen noch niemand gesagt, wie wundervoll es ist, seine innersten Begierden hemmungslos zu befriedigen?«

*

»Mach die Tür zu, bitte.«

Stojan Marković hob kurz die Augenbrauen, tat dann aber wie geheissen und liess die Tür zum Büro von Walter Bitterlin, Chef der Kriminalabteilung, mit einem leisen Klicken zufallen. Ein leicht mulmiges Gefühl breitete sich in seiner Bauchgegend aus, denn normalerweise stand diese Tür immer offen. Sie wurde nur geschlossen für Mitarbeitergespräche – das letzte war erst einen Monat her –, wenn es eine Lohnerhöhung zu verkünden galt – sicher nicht im August –, oder wenn es für jemanden einen Anschiss setzte. Allein vom Timing her war Letzteres gerade ziemlich wahrscheinlich, auch wenn Stojan keine Ahnung hatte, womit er den verdient haben könnte. Er setzte sich auf Bitterlins Geste hin an den kleinen Besprechungstisch in der Ecke, während sein Chef weiterhin konzentriert in den Bildschirm starrte, den Kopf vorgebeugt und die Augen leicht zusammengekniffen. Stojan fragte sich manchmal, wie lange es noch dauern mochte, bis die stetig schwindende Sehkraft über Bitterlins Eitelkeit siegen und sich sein Vorgesetzter eine Lesebrille anschaffen würde.

Bitterlin hämmerte noch ein paarmal auf die Tastatur ein, dann beförderte er seine Botschaft mit einem Mausklick und einem befriedigten »So!« in den elektronischen Äther. Anschliessend setzte er sich Stojan gegenüber, lehnte sich zurück und verschränkte seine Arme hinter dem Kopf.

»Es gibt gute Neuigkeiten«, verkündete er mit einem Grinsen, das Stojans mulmiges Bauchgefühl sofort vertrieb. »Ich konnte der Sitte zwei Stellen abluchsen.«

Bitterlin sah aus, als hätte er gerade die Relativitätstheorie entwickelt oder zumindest Vergleichbares geschafft. Zwar war ein siegreiches Ringen um begehrte Stellenprozente in dem gewaltigen Apparat, der die Stapo nun einmal war, nicht geringzuschätzen, doch Stojan konnte diese aus Bitterlin regelrecht herausstrahlende tiefe innere Befriedigung rein emotional nicht ganz nachvollziehen. Vielleicht war er dafür einfach nicht lange genug dabei. Oder zu viel seines Lebens spielte sich noch ausserhalb der Polizei ab.

»Cool«, bekräftigte er mit dem Maximum an Begeisterung, das er für diese Neuigkeit aufbringen konnte.

Bitterlin nahm das Lob mit einem Nicken entgegen und lehnte sich zurück, die Arme nach wie vor hinter dem Kopf verschränkt.

»Wir kriegen eine zusätzliche Uniform«, sagte er und meinte damit nicht die Uniform an sich, sondern den oder die, die darin steckte. »Ausserdem einen für Administratives. Einen Assistenten sozusagen. Den darfst du haben.«

»Oh.« Jetzt war Stojan echt überrascht. Er war noch nicht lange als Detektiv bei der Stapo, niemals hätte er erwartet, einen Assistenten zu erhalten. Doch bevor sich die Freude über diese unerwartete Aufwertung seiner Person im ganzen Körper ausbreiten konnte, setzte Misstrauen ein. Ein eigener Assistent war nicht nur eine konkrete Hilfe, sondern bedeutete vor allem sehr viel Prestige – einen ganz konkreten Längenvorsprung im täglichen Wettstreit darüber, wer den Längeren hatte. Warum also sollte Bitterlin einen solchen Vorsprung ausgerechnet an den Neuling Stojan Marković abgeben? Warum kam nicht einer der Älteren zum Zug? Umso mehr, als sich Bitterlin bewusst sein musste, dass ebendiese Älteren auf die Zurücksetzung verschnupft reagieren würden.

»Ich halte sehr viel von dir«, beantwortete Bitterlin Stojans unausgesprochene Frage. »Der Assistent soll dich von administrativem Kram entlasten, damit du dich auf das Wesentliche konzentrieren kannst.«

Der Abteilungschef beugte sich vor. »Du kannst noch viel erreichen, Stojan. Wenn ich dich dabei fördern oder unterstützen kann, mache ich das gern.«

Es sah richtig gut aus, das Bild, das Bitterlin zeichnete. Harmonisch, stimmig. Fast zu gut, um wahr zu sein.

»Wow, danke«, presste Stojan in der Hoffnung hervor, dass Bitterlin sein Misstrauen nicht bemerkte.

»Einen klitzekleinen Pferdefuss hat die Sache aber«,

rückte Bitterlin jetzt doch noch raus. Das Grinsen von vorhin kehrte auf sein Gesicht zurück. Es kam von innen, war durch und durch ehrlich. Das Grinsen eines Vertreters, der jemandem gerade ein sauteures Gerät zur Erlangung ewiger Jugend angedreht hat.

»Der da wäre?«

»Die Stelle ist schon besetzt. Du kannst dir den Assistenten also nicht selbst aussuchen. Noch nicht zumindest.«

»Wie muss ich das verstehen?«

»Kennst du Bruno Jaun?«

Stojan forschte in den Tiefen seines Gehirns, aber dieser Name war ihm nicht geläufig. »Nein, tut mir leid. Sollte ich?«

»Stimmt, du bist nicht lange genug dabei. Jaun war der Assistent des alten Kommandanten. Hilverts Assistent.« Bitterlin sprach den Namen gedämpft aus, als sei er mit einem Fluch belegt. Was er irgendwie auch war.

»Aha«, brachte Stojan heraus.

»Er ist… er war… nun ja.« Bitterlin rang nach Worten, fuhr sich mit der Hand durch sein schütter werdendes Haar, rieb sich das Kinn. »Sagen wir es so: Als das grosse Gewitter vorbei war und man die Trümmer einigermassen zusammengekehrt hatte, die Hilvert hinterlassen hatte, da fand man irgendwo in den Katakomben noch Bruno Jaun.«

Stojan lachte laut heraus, das Bild war zu plastisch vor seinem geistigen Auge erschienen.

»Keiner weiss, was Jaun von Leimbachers Ermordung wusste. Keiner weiss überhaupt, was der die ganze Zeit hier gemacht hat. Vermutlich hat er Hilvert Kaffee aufgebrüht und Schokolade von Sprüngli besorgt. Ich weiss aus sicherer Quelle, dass er einmal die Woche in die Pöschwies fährt und Pralinen für Hilvert mitnimmt.«

Stojan war fassungslos. »Meine Güte. Ein wahrer Jünger!«

»So in der Art.« Bitterlin nickte. »Auf jeden Fall konnte man Jaun nicht einfach rausschmeissen. Es war völlig unklar, wie er darauf reagiert hätte. Am Ende wäre er zur Presse gegangen, und dann wäre irgendeine Heulsusen-Story über den armen geschassten Assistenten durch den Boulevard gegeistert. Und das, nachdem die Schlammschlacht um Hilvert gerade erst abgeebbt war.«

Bitterlins Stimme nahm einen verschwörerischen Ton an. »Jaun ist radioaktiver Abfall, an dem sich niemand die Finger verbrennen will. Also hat man ihn ins Abklingbecken gesteckt, damit er in aller Ruhe abstrahlen kann. Mit Betonung auf Ruhe.«

Jetzt stiess Stojans Vorgesetzter ein sattes Lachen aus. »Aber der Bitterlin ist nicht dumm, und er hat sich Jauns Halbwertzeit angeschaut. Die ist kurz. In zwei Jahren kann man den in Frührente spedieren und die Stelle neu besetzen. Also habe ich mich erbarmt und Jaun aufgenommen.«

Stojan nickte lächelnd, obwohl er genau wusste, wie das Spiel laufen würde. Er hätte den Assistenten nur so lange, bis Jaun in Rente ging. Dann würde die Stelle neu besetzt, und dann würden plötzlich auch andere Ansprüche anmelden.

Zehn Minuten später stieg Stojan die Treppe hinunter in die tieferen Eingeweide des Amtshauses IV, auf der Suche nach seinem neuen Assistenten Bruno Jaun. Die Büronummer, die Bitterlin ihm genannt hatte, liess auf das Erdgeschoss schliessen. Doch als Stojan dort ankam, merkte er, dass er noch ein Stockwerk weiter nach unten musste. Jauns Abklingbecken lag im Keller.

Stojan passierte einen fensterlosen Flur, der zweimal im rechten Winkel abzweigte. Dann stand er vor der Tür zu Jauns Büro. Mitleid flammte in Stojan auf; hier unten gab es sonst nichts, nur Lager und Technikräume. Man hatte Jaun die hinterletzte Rumpelkammer zugewiesen, die man finden konnte.

Stojan klopfte dreimal und machte die Tür auf. Sein

Blick fiel auf ein kleines hochliegendes Fenster, das auf einen Innenhof ging und das nicht fünf Minuten pro Jahr Sonnenlicht hereinlassen würde. Unter dem Fenster befand sich ein Schreibtisch, an dem ein dürrer älterer Mann sass. Schreibtisch und Büro strahlten eine penible, unsagbar langweilige Ordnung aus, in der Ecke des Schreibtisches befanden sich vier Filzschreiber und zwei Bleistifte, perfekt entlang der Tischkante ausgerichtet. Im rechten Winkel dazu unterhalb der Bleistifte ein Radiergummi.

Der ältere Herr, der Bruno Jaun sein musste, sah vom Bildschirm auf. Er trug eine uralte, grässliche, eckige Brille, ein kleinkariertes Hemd von anno dazumal und eine Frisur aus der Vergangenheit.

Oh Gott, dachte Stojan Marković.

*

Der Tod stand ihr nicht gut. Und das, obwohl sie sehr gut angezogen war und auch das Ambiente mit ihrer äusseren Erscheinung mitzuhalten vermochte. Alles teuer, schick und elegant. Aber der Tod hatte ihre Gesichtszüge verzerrt, hatte aus dem mit dezentem Make-up ins rechte Licht gerückten Gesicht einer 38-Jährigen eine ziemlich hässliche Fratze werden lassen.

Stojan spürte, wie sich sein Puls beschleunigte, fast so, als sässe er dem kritischen Gremium einer Abschlussprüfung gegenüber. Vielleicht, weil es irgendwie eine Prüfung war. Sein erster Mordfall! Lange Jahre hatte er gelernt, beobachtet, assistiert. Gestern noch hätte er im Brustton der Überzeugung behauptet, dass er mehr als gerüstet war für seinen ersten eigenen Mordfall, dafür, Verantwortung zu übernehmen. Doch jetzt war sein Kopf wie leer gefegt.

Er merkte, wie sein Atem flach ging, dass seine Hände merkwürdig schwach und zittrig waren. Schnell vergrub er sie in den Taschen seiner Hose.

Er sollte etwas Gescheites sagen, die Führung übernehmen, Aufträge erteilen. Allein, er wusste nicht, was er anordnen sollte. Den einzigen Gedanken, der in seinem Kopf rotierte, durfte er keinesfalls laut aussprechen. Verdammt, die Frau ist nur drei Jahre älter als ich!

Die Wohnungen im Hochhaus ›Escher-Terrassen‹ in Zürich-West waren sündhaft teuer, die Aussicht auf Prime Tower und Üetliberg atemberaubend. Und auch die in der Wohnung stehenden Möbel und die geschickt platzierten, sparsam eingesetzten Accessoires verströmten den Duft von reichlich vorhandenem Geld, genauso wie die elegante Kleidung der Verstorbenen. »Business casual« hätte sie diese wohl genannt, selbst wenn sie mit Stojans täglicher Arbeitskluft nicht viel gemein hatte.

Wie zum Teufel hatte die das alles bezahlt? Stojan konnte nicht anders, ein tiefgreifendes Gefühl von Neid flammte in ihm auf. Bisher hatte er geglaubt, erfolgreich zu sein, auf der Überholspur des Lebens zu rasen. Detektiv bei der Stapo mit 35, ein Lohn, der es ihm erlaubte, alles zu tun, wonach ihn gelüstete, und auf den er bis gerade eben noch stolz gewesen war. Aber das hier lag meilenweit ausserhalb seiner Reichweite.

Abgesehen davon musste diese Jolanda Luginbühl sehr gut ausgesehen haben. Hätte sie wenigstens Cartwright geheissen, Ben Halima oder Verheuven, das wäre einfacher zu akzeptieren gewesen, denn dann wäre sie eine reiche Expat gewesen. Die spielten sowieso in einer anderen Liga. Aber nein, sie war von hier. Luginbühl. Sie hätte mit Stojan zur Schule gehen können.

Schön, reich, erfolgsverwöhnt, das war Jolanda Luginbühl gewesen. Angesichts der Tatsache, dass sie jetzt tot auf ihrem sündhaft teuren Teppich lag und nur noch einen leeren Blick auf die herrliche Aussicht werfen konnte, verspürte Stojan so etwas wie eine innere Befriedigung in sich, so als gäbe es irgendeine Art ausgleichender Gerechtigkeit. Es war ein Gefühl, das ihn selbst schockierte.

Sein Blick fiel auf Bruno Jaun, der in einer Ecke stand

und mit einem Kollegen vom Forensischen Institut sprach. Stojan hatte Jaun aus Mitleid mitgenommen, damit der arme Alte die Sonne zu sehen bekam, damit er mal rauskam und in seinem tristen Alltag etwas Interessantes passierte. Und natürlich – das wollte er gar nicht bestreiten –, damit alle anderen sahen, dass Stojan einen eigenen Assistenten hatte.

Jaun hatte zu Stojans Überraschung eine emsige Betriebsamkeit an den Tag gelegt, kaum dass sie Jolanda Luginbühls Wohnung betreten hatten. Er rannte mit seinem Tablet herum – dass der sowas überhaupt bedienen konnte! – und redete mit allen so vertraut, als hätte er täglich mit ihnen zu tun. Mehr noch, die Uniformierten behandelten Jaun so, als sei er der Einsatzleiter. Sie fragten ihn nach seiner Meinung, wiesen ihn auf Dinge hin, die ihnen aufgefallen waren. Kaum ein eingetütetes Beweisstück, das Jaun nicht unter seine zu grosse gebogene Nase gehalten wurde!

Stojan ging durch den Raum und zwängte sich zwischen Jaun und den Kollegen von der Forensik. Zeit, allen klarzumachen, wer hier der Chef war!

»Was haben wir bis jetzt?«

»Sie hat bei Scotsdale gearbeitet«, rapportierte Jaun und wischte über sein Tablet. »Seit kurzem ist sie Mitglied der Geschäftsleitung. Die Frau hat richtig Gas gegeben!«

»Das sieht man«, rutschte es Stojan heraus. »Und sonst?«

»Sie war heute Morgen nicht zur Arbeit gekommen, dabei hätte sie um neun ein Meeting gehabt. Ihre Sekretärin hat sie nicht erreichen können und hat Alarm geschlagen. Sie schickte die Putzfrau in die Wohnung, um nach ihr zu sehen. Die fand sie so am Boden liegend vor.«

»Gibt es Anzeichen von Gewalteinwirkung?«

Der Kollege von der Forensik schüttelte den Kopf. »Nein. In die Wohnung ist nicht eingebrochen worden.

Es gibt keine Hinweise auf eine andere Person im Raum, aber wir stehen mit unserer Untersuchung natürlich erst am Anfang.«

»Könnte sie einen Herzinfarkt gehabt haben?«

Ein Schulterzucken beantwortete die Frage mehr schlecht als recht.

»Ich tippe eher auf Gift«, schaltete sich Jaun wieder ein. »Schau mal, wie der Teppich verrutscht ist, dann die Standlampe, die sie umgeschmissen hat. Nicht zu erwähnen ihr verzerrtes Gesicht und das Erbrochene am Boden. Das war kein friedliches Ableben, das war ein grässlicher Todeskampf.«

Stojan schwieg und betrachtete die am Boden liegende tote Frau. Plötzlich verschwanden alle Gefühle von Neid oder Häme, die er gerade eben noch verspürt hatte. Stattdessen war plötzlich wieder alles da, was er in den vergangenen Jahren gelernt hatte. Vor allem seine scharfe Beobachtungsgabe. Jetzt, da Jaun ihn darauf aufmerksam gemacht hatte, sah auch Stojan die Spuren des Todeskampfes. Jolanda Luginbühl hatte sich auf dem Boden ihrer Wohnung in Krämpfen gewunden und sich erbrochen, bevor sie gestorben war, vermutlich gequält von grausamen Schmerzen.

Blieb die Frage, warum sie nicht den Notruf gewählt hatte, denn ihr Handy lag auf der blank polierten Oberfläche neben dem Kochfeld. Dort, wo auch ein Zapfenzieher lag, der in Verbindung mit dem leeren Glas Rotwein auf dem Beistelltisch das Bild eines ruhigen Abends nach einem anstrengenden Tag im Büro zeichnete.

War es so schnell gegangen? Hatte sie ein sehr ungewöhnliches akutes medizinisches Problem gehabt? Oder hatte ihr jemand etwas in den Wein getan? Jemand, der einen Schlüssel zu ihrer Wohnung gehabt hatte oder von ihr selbst hereingebeten worden war, denn es waren keinerlei Anzeichen eines Einbruchs zu erkennen.

»Wir brauchen die Bilder der Videoüberwachung im Eingang«, sagte Stojan.

»Schon hier drauf«, gab Jaun zurück und schwenkte sein Tablet.

Stojan konnte seine Überraschung nicht ganz verbergen. Der bieder wirkende Alte hatte mehr drauf, als man ihm auf den ersten Blick zutraute!

*

Nach Hause zu kommen war eine Qual. An jedem einzelnen Tag.

Walter Bitterlin versuchte, den Blick nicht über die Überbauung schweifen zu lassen, die seit einiger Zeit seine Adresse war. Aus den Sechzigern, damals am Stadtrand rasch aufgezogen, um die zahlreich ins Land strömenden Italiener zu beherbergen. Dreissig Jahre später, die Italiener hatten es zu etwas gebracht, und die Wohnblöcke hatten erste Zeichen von Sanierungsbedarf gezeigt, waren die Italiener gegangen und die ins Land strömenden Menschen vom Balkan eingezogen. Jetzt, nochmal eine Generation später, die Wohnbauten sahen nun schäbig und unmodern aus, fand wieder ein Mieterwechsel statt. Jetzt zogen Eritreer ein, junge Studenten in WGs und jene Loser, die eine Stadt wie Zürich nun mal produzierte.

Walter Bitterlin wusste, welcher Mieterschicht er zuzuordnen war. Er hasste diese Überbauung in Altstetten. Jeder der Wohnblöcke war mittlerweile in einer anderen Farbe gestrichen, je nach Geschmack des jeweiligen Besitzers. Einige waren renoviert worden, von anderen platzte der Putz ab. Zwischen den Wohnsilos struppiges Gras und Bäume, die beim Bau der Siedlung gepflanzt und mittlerweile gross und ausladend geworden waren.

Im Hauseingang standen zwei Fahrräder und ein Kinderwagen, direkt unter der an die Wand geschraubten Hausordnung, die solcherlei untersagte. Bitterlin ging die steinerne Treppe hinauf. Im ersten Stock roch es nach gedämpften Zwiebeln, im zweiten nach Räucherstäbchen, im dritten nach muffiger, feuchter Kleidung.

Dann war Bitterlin zu Hause. Er schmiss die Tür zu, absichtlich, damit es im Treppenhaus widerhallte. Machte das andere Pack schliesslich ebenfalls. Gerne auch mitten in der Nacht.

Die Wohnung, die sein Daheim sein sollte, erinnerte ihn an seine Jugend. Wahllos zusammengewürfelte Möbel, Kleider auf dem Sofa, schmutziges Geschirr in der Spüle. Einzig die Glotze, die heute wie einst Mittelpunkt der Wohnung war, war ungefähr zehnmal so gross wie damals, hatte aber auch zehnmal weniger gekostet, technischem Fortschritt sei Dank. Doch damals war die Wohnung besonders gewesen, die ersten eigenen vier Wände, der erste Schritt in die Unabhängigkeit. Heute war das gleiche Ambiente das Symbol eines Absturzes, den Bitterlin nicht hatte kommen sehen und der ihn jeden Tag mit Hass erfüllte.

Er besass ein Haus in Fällanden, das in den zwölf Jahren seit dem Kauf eine sagenhafte Wertentwicklung hingelegt hatte. Es gehörte ihm zu drei Vierteln, seiner Ex zu einem Viertel. Es war das Zuhause gewesen, für das er geschuftet hatte, immer am Tag, oft in der Nacht, öfter am Wochenende. In seiner Welt war die Familie glücklich gewesen, dankbar, dass er sich krummlegte, um ihnen ein Leben in Wohlstand zu ermöglichen. Trotz der gelegentlichen Differenzen. Streit kam in den besten Familien vor, ausserdem war speziell *ihr* sicher bewusst, dass sich so ein Leben nicht von selbst finanzierte.

Dass seine Welt mit der Realität nichts zu tun hatte, war ihm klargeworden, als sie die Scheidung verlangt hatte.

Er hätte sie rausschmeissen können. Das Haus verkaufen, das ihm mehr gehörte als ihr und das er mit dem Erbe seiner Mutter bezahlt hatte. Er hätte sich damit eine anständige Wohnung in der Stadt kaufen können.

Sie hatte die Kinder zum Termin beim Anwalt mitgebracht. Die Kinder, die glücklich waren in dem Haus, die Freunde und ein soziales Umfeld in Fällanden hatten.

Was er nicht hatte, er war ja immer in Zürich gewesen, verheiratet mit der Stadtpolizei. Weshalb er im Übrigen auch gar nicht geeignet war, die Kinder zu behalten.

Er hatte die Wahl gehabt, seinen Kindern gegenüber ein Arschloch zu sein oder aus seinem eigenen Haus zu verschwinden. Er war gegangen, im Gepäck ein schriftlich vereinbartes Besuchsrecht, seine Kleider, zwei, drei Möbel und eine gewaltige Wut.

Bitterlin schlüpfte aus den Schuhen und ging zum Kühlschrank. Der war praktisch leer, aber Bier war da, man musste schliesslich Prioritäten setzen. Er griff sich eine Dose, liess sie zischen, nahm ein paar tiefe Schlucke noch vor dem Kühlschrank. Dann riss er sich die Krawatte runter, öffnete die Glastür und trat auf den Balkon.

Es war ruhig im Quartier, immerhin, die Verkehrsachsen waren weit genug entfernt. Eine dunkelhäutige Frau mit einem kleinen Jungen an der Hand und einem Baby im Kinderwagen spazierte die Strasse hinab. Bitterlin stiess einen Rülpser aus, einen gewaltigen, der ein Echo an der Wohnsilowand gegenüber produzierte. Der Kopf der Frau fuhr hoch, als sie versuchte, die Quelle dieser Eruption zu finden, der Junge brach in hysterisches Gelächter aus. Bitterlin war sicher, dass er den ganzen Abend lang versuchen würde, Ähnliches zustande zu bringen. Diese Vorstellung vertrieb seinen Frust und liess ihn grinsen. So eine Junggesellenwohnung hatte auch Vorteile.

Einen Moment erwog er, sich vor die Glotze zu setzen. Doch der Abend war richtig schön, warm, ohne drückend zu sein. Eine Verschwendung, ihn nicht draussen zu verbringen. Er holte sich ein weiteres Bier aus der Küche, setzte sich an den Tisch auf dem Balkon und zündete sich eine Zigarette an. Alkohol und Nikotin begannen zu wirken, vertrieben alle schlechten Gefühle. Bitterlin schnappte sich sein Tablet, scrollte durch diverse Newsapps. Der Mord in Zürich war schon wieder aus dem Fokus verschwunden.

Die Luginbühl war mit Rizin vergiftet worden, hatte die Obduktion ergeben. Das Rizin hatte sich im Wein befunden. Der Mörder war in die Wohnung gekommen und hatte das Gift in die bereits geöffnete Flasche gegeben. Eine Dosis, die ausgereicht hätte, zwei Elefanten plattzumachen. Die Luginbühl hatte keine Chance gehabt.

Fast wie bei Agatha Christie. Bitterlin erinnerte sich nicht daran, jemals einen Giftmord auf dem Schreibtisch gehabt zu haben. Die meisten Gewalttaten geschahen mit Schuss- und Stichwaffen, viele entwickelten sich aus einem Streit heraus. Dass jemand hinging und derart gezielt jemanden vergiftete, war recht selten.

Der Mörder war nicht dumm, das war Bitterlin und Stojan ziemlich schnell klargeworden. Nicht nur, weil er das Rizin mit einem starken Schlafmittel versetzt hatte, damit die Luginbühl nicht um Hilfe rufen konnte, wenn die ersten Vergiftungserscheinungen auftraten. Offenbar hatte er sich auch bestens am Tatort ausgekannt. Im Eingangsbereich des Hochhauses waren Videokameras installiert, deren Aufnahmen nach 24 Stunden automatisch überschrieben wurden. Die Luginbühl war zwei Tage vor dem Mord auf einer Geschäftsreise in den USA gewesen, der Mörder musste das gewusst haben. Er hätte sogar in die Kamera winken können, denn bis die Polizei die Aufnahmen nach dem Mord sichten konnte, war sein Antlitz längst gelöscht.

Er hatte offenbar einen Schlüssel gehabt, und er hatte von der Geschäftsreise gewusst. Es musste ein Vertrauter gewesen sein, doch solche schien es keine zu geben. Die Bewohner der Escher-Terrassen redeten nicht miteinander, niemand hatte das Tatopfer so beobachtet, wie man es Menschen auf dem Land nachsagt. Jemand hatte die Luginbühl einmal mit einem Mann im Aufzug gesehen, die Erinnerung war schwach, das Phantombild so nichtssagend wie die Tatsache, dass jemand mit ihr Lift gefahren war.

An ihrem Arbeitsplatz wusste niemand von einem Freund. Jolanda Luginbühl schien für ihre Arbeit gelebt zu haben, war ehrgeizig gewesen und hatte es weit bringen wollen. Ein Bild, das ihre Familie bestätigte. Es hatte mal einen Freund gegeben, vor vielen Jahren schon; sie waren einige Jahre zusammen gewesen und hatten sich dann auseinandergelebt. Auf Nachfrage gab dieser Freund an, seit Jahren keinen Kontakt mehr zu ihr gehabt zu haben.

Es war also schwierig. Jetzt stand mühselige Polizeiarbeit an. Die Spuren am Tatort mussten mit erschöpfender Akribie ausgewertet werden, eine Aufgabe wie geschaffen für Bruno Jaun, mit dem Stojan ganz zufrieden zu sein schien.

Bitterlins zweites Bier war leer, die zweite Zigarette im Aschenbecher ausgedrückt. Sein Kopf entspannte sich langsam, er scrollte durch die ungelesenen E-Mails, die an diesem langen Arbeitstag übriggeblieben waren. Wann hörten die Leute endlich auf, ihn bei jedem Scheiss ins cc zu nehmen? Dann eine Infomail von ganz oben, mit einem aktualisierten Organigramm. Bitterlin öffnete es, mehr aus Neugier denn aus Interesse, weil er wissen wollte, ob die internen Querelen in der Sitte nun zu Konsequenzen geführt hatten.

Es fiel ihm nicht sofort auf. Doch dann war die Erkenntnis umso heftiger, fast wie damals, als er das Wort »Scheidung« erstmals auf Papier gesehen hatte.

Seine eigene Funktion war im neuen Organigramm nicht mehr vorhanden.

2

Mittwochmorgen, Sitzung der Geschäftsleitung.

Testosteron lag in der Luft, wie immer, wenn sich die sieben Abteilungsleiter um den grossen ovalen Sitzungstisch versammelten, jeder an seinem angestammten Platz. Natürlich gab es keine offizielle Sitzordnung, trotzdem waren die unausgesprochenen Regeln in diesem Raum unverrückbar. Je mächtiger die Position innerhalb des Apparats, desto näher am Kopfende durfte man sitzen, dort, wo sich die Macht in der Person von Kommandant Peter Zurbriggen konzentrierte.

Zwischen Walter Bitterlin und dem Kommandanten befand sich nur noch Andreas Kaelin, der Leiter der Stabsabteilung. Doch der zählte nicht wirklich, so jedenfalls die einhellige Meinung aller anderen Abteilungsleiter, denn Kaelins Stab war eigentlich nur dazu da, den anderen zuzudienen, ungeachtet der Tatsache, dass er selbst seine Abteilung eher in einer führenden Rolle sah. Wie überall kam es halt auch hier vor allem auf den Blickwinkel und die Interpretation an.

Bitterlin liess seinen Blick unauffällig über die Gockel im Raum gleiten, während er so wie alle anderen vorgab, die von Zurbriggen vorab verschickte Tagesordnung zu studieren und seine Unterlagen ein letztes Mal zu sortieren. Sie wirkten ganz friedlich, die Herren Abteilungsleiter, wie sie so um den Tisch sassen und ein paar lockere Sprüche klopften; doch hinter der frivolen Fassade wurde erbittert um Stellen, Budgets und Einfluss gerungen, diente jede zweite Bemerkung dem Zweck, das eigene Gemächt mit dem des anderen zu vergleichen.

Neben Bitterlin sass Josef Graf, genannt Sepp. Leiter der Verkehrskontrollabteilung, die Karikatur eines Polizeibeamten, penibel, langweilig, steif. Und in Bitterlins Augen auch hinterhältig, wobei er diesen Verdacht noch nie an einer konkreten Begebenheit hatte festmachen können. Neben Graf sass Toni Büchi. Der stammte aus irgendeinem Gebirgstal im Kanton Schwyz, und obwohl er derjenige war, der am lautesten polterte und mit dem durchgedrücktesten Rückgrat durch die Gänge stolzierte, herrschte in seiner Abteilung das grösste Chaos. Momentan war er gerade ziemlich schlecht auf Bitterlin zu sprechen, weil der ihm die zwei Stellen aus der Sitte abgeluchst hatte.

Blieben noch Peterhans, Gisler und Hotz, Sicherheits-, Spezial- und Einsatzabteilung. Peterhans war Bitterlin am liebsten, der war der normalste von allen; auch seine Mitarbeitenden waren mit ihm zufrieden. Hart in der Sache, menschlich im Umgang. Zusammen mit Bitterlin bildete er das von den anderen oft verspottete »stumme Duo«, weil die beiden in der Geschäftsleitung nicht so herumkrakeelten wie die anderen. Wobei bei Peterhans nicht immer ganz klar war, ob er schwieg, weil er nichts zu sagen hatte, oder weil er eingeschlafen war. Gisler war Bitterlins Intimfeind, ein kleinwüchsiger Wadenbeisser, der Bitterlins Scheidungsschlacht mit besonderem Vergnügen beobachtet und kommentiert hatte. Da war in Bitterlins Augen noch eine Rechnung offen, die er nicht vergessen hatte.

Einer von denen war es gewesen, soviel war gesetzt. Einer von denen intrigierte gerade gegen Bitterlin mit dem Ziel, ihn abzuschiessen. Die Verbannung aus dem Organigramm war kein Zufall, dafür war er schon zu lange bei der Stapo, dafür wusste er zu gut, wie der Laden funktionierte. Das hier war ein Entwurf, den man im kleinen Kreis diskutiert und mit dem man eine weitere Reorganisation durchgespielt hatte. Und der dann per Zufall verschickt worden war, offiziell aus Versehen, doch Bitterlin wusste, dass es ein Versuchsballon war, den man hatte steigen lassen, um zu sehen, ob und welche Reaktionen er auslöste.

Die Einigkeit in der Geschäftsleitung, die nach dem katastrophalen Abgang von Polizeikommandant Thomas Hilvert entstanden war, hatte nun also ein Ende gefunden; das war zu erwarten gewesen. Denn es war nie eine Einigkeit gewesen, die von innen heraus gekommen war, sondern eine, die dem Druck von aussen und dem gemeinsamen Feind im Inneren geschuldet war. Den Schimpftiraden von Presse und Politik und dem neuen Kommandanten der Stadtpolizei, Peter Zurbriggen. Denn Zurbriggen war nicht einfach ein weiterer Kommandant der Stapo. Er war geschickt worden, um aufzuräumen. Darum war er kein Interner. Zurbriggen hatte seine Sporen bei der Kantonspolizei abverdient. Ausgerechnet. Es war eine Demütigung für die Stadtpolizei, dass einer aus der Geschäftsleitung der Kantonspolizei geholt worden war, um jenen Dampfer wieder auf Kurs zu bringen, den Hilvert in den schlimmsten Sturm seiner Geschichte gesteuert hatte.

Damit hatte Zurbriggen allein durch seine Anwesenheit ganze Karriereträume vernichtet. Bitterlin wusste, dass jeder in diesem Raum selber Kommandant werden wollte, dass jeder einen substanziellen Teil seiner Zeit darauf verwendete, sich die beste Strategie zurechtzulegen, um dieses Ziel zu erreichen. Graf schielte auf den Kommandantenposten der Kantonspolizei Aargau, darum wohnte er dort, war Mitglied der richtigen Partei und äusserte sich oft genug und nichtssagend genug in der lokalen Presse. Hotz seinerseits schien eher einen Blick auf die Stadtpolizei Winterthur geworfen zu haben. Nur Peterhans dürfte keine Ambitionen mehr hegen. Er war zu alt und schien fest entschlossen, bis zu seiner Rente Leiter der Sicherheitsabteilung zu bleiben.

Doch die anderen drei hatten auf Hilverts Nachfolge spekuliert. Hatten Hilverts Jahre bis zum Rentenalter gezählt; hatten versucht, strategische Allianzen zu schmieden, gerade auch mit Bitterlin und Peterhans, von denen alle ausgingen, dass sie sich sowieso nicht bewerben würden. Für diese drei war es ein Desaster, dass Zurbriggen Kommandant geworden war. Denn der hatte noch fünfzehn Jahre bis zur Pensionierung; dann wären die drei Papabili alle zu alt, um selbst nach ganz oben aufzusteigen. Ganz abgesehen von der Tatsache, dass die alten Seilschaften und Netzwerke massiv an Wert eingebüsst hatten, als plötzlich einer von ausserhalb Kommandant geworden war.

Sie hatten Zurbriggen das Leben vom ersten Tag an schwer gemacht. Sehr subtil zu Beginn – es gab ja noch die äusseren Feinde – doch immer offenkundiger, je mehr der Druck von aussen nachgelassen hatte. Bitterlin wusste, dass zumindest einmal der Versuch unternommen worden war, den zuständigen Stadtrat gegen Zurbriggen aufzuhetzen; wie weit dieses Manöver gediehen war, entzog sich seiner Kenntnis. Er hielt sich seit Jahren aus diesen lächerlichen Hahnenkämpfen heraus.

Offenbar ging das nun aber nicht mehr. Einer oder mehrere hatten wohl vor, sich Bitterlins Kriminalabteilung unter den Nagel zu reissen. Gut möglich, dass es nicht einer war, sondern mehrere, die Bitterlins Abteilung auflösen und die einzelnen Kommissariate auf unterschiedliche Abteilungen verteilen wollten. Eine Neuverteilung von Pfründen, der man das nette Etikett einer Reorganisation anheftete, eine durchaus bewährte Strategie. Der Zeitpunkt war günstig: Ruhe in den Medien, und Zurbriggen gerade so lange in Amt und Würden, dass er mit einer Reorganisation eigene Akzente setzen und Handlungsfähigkeit demonstrieren konnte.

Dass Bitterlin ausgerechnet jetzt die Aufklärung eines spektakulären Giftmordes zu verantworten hatte, kam da wie gerufen. Man würde jeden Fehler gegen ihn verwenden können.

Einer von euch Verrätern ist es, dachte Walter Bitterlin, als er seine Kollegen in der Geschäftsleitung einen nach dem anderen unauffällig musterte. Wehe euch, wenn ich herausfinde, wer!

*

Ein sehr langer Tag weigerte sich standhaft, sich dem Ende zuzuneigen. Wobei es da zu präzisieren galt: Der Tag an sich neigte sich durchaus dem Ende entgegen, die Weigerung betraf lediglich Stojans Arbeitstag.

Kurz vor acht Uhr abends, sogar jetzt, Anfang August, würde sich die Sonne weniger als eine Stunde am Himmel halten können. Doch statt dem See entlangzuflanieren oder sich in einem der zahlreichen städtischen Schwimmbäder zu entspannen, statt sich das verdiente erste und zweite Feierabendbier zu gönnen, sass Stojan noch immer in seinem Büro und focht mit einer Aktennotiz einen ebenso aufreibenden wie aussichtslosen Kampf aus.

Der Kommandant hatte sie bestellt: einen aktuellen Bericht zum Stand der Ermittlungen in der Causa Luginbühl, alles Wichtige drin, aber maximal eine Seite lang.

Zurbriggen hatte die Order kurz vor sechs rausgehauen, in seinem für alle einsehbaren Kalender war von halb fünf bis halb sechs eine Sitzung mit dem für die Polizei zuständigen Stadtrat eingetragen, womit auch die eigentliche Quelle dieses Auftrags identifiziert war. Von Zurbriggen war die Order an Bitterlin gegangen, der sie an Stojan weitergereicht hatte. Stojan hatte zuerst eine Viertelstunde an einem Text gebastelt, dann frustriert aufgegeben und Jauns Büronummer gewählt; für etwas hatte man schliesslich einen Assistenten.

Aber Jaun war weg, hatte den Pickel vermutlich um fünf Uhr nullnull in die Ecke geworfen – pardon, parallel zum Türpfosten säuberlich an die Wand gelehnt – und war in sein Einfamilienhäuschen im Grünen geflüchtet, wo er sicherlich bereits mit seiner Frau auf der Terrasse sass, Fleisch auf den Grill warf und sich ein Bier gönnte. Es war ihm nicht einmal zu missgönnen; hätte man Stojan in dieses Loch verfrachtet, das Jaun nun als Büro diente, hätte er seinen Motivationsregler ebenfalls auf Null gedreht.

Zum erstenmal hatte Stojan in aller Deutlichkeit *ge-*

fühlt, was es bedeutete, Verantwortung zu tragen. Aufgaben zu haben, die man weder ver- noch abschieben konnte.

Frustriert hatte er sich am Automaten einen Kaffee rausgelassen, die grässliche Brühe in sich reingeschüttet und die bereits angefangene Aktennotiz wieder geöffnet.

Sein erster Text war schlecht, das erkannte er jetzt, als er ihn erneut durchlas. Nicht mal er selbst verstand, was er darin hatte sagen wollen. Also alles löschen, zurück auf Feld eins. Der Cursor blinkte auf einem provozierend leeren Bildschirm, doch die Worte wollten nicht fliessen. Stojan fluchte. Deutsch war das Schulfach gewesen, das er mit Abstand am meisten gehasst hatte, mehr noch als Französisch. Bei Französisch gab es wenigstens die Aussicht, in einem Urlaub an der französischen Riviera eine aufregende Französin mit dem Erlernten beeindrucken zu können. Aber Deutsch? Des Genitivs mächtig zu sein, war wohl schon seit Goethe kein Aufreisser mehr. Folglich war jeder Schulaufsatz eine Qual gewesen, sowohl für Stojan als auch für denjenigen, der den Schrieb hatte korrigieren und bewerten müssen.

Später war Stojan in der beruhigenden Gewissheit in die Polizeischule eingetreten, nie wieder einen Aufsatz schreiben zu müssen.

So süss die Illusion gewesen war, so sehr hatte es geschmerzt, als sie verflogen war. Seit Stojan Detektiv geworden war, verbrachte er mehr Zeit mit dem Verfassen von Aktennotizen, Protokollen, Berichten und Analysen, als er sich in seinen düstersten Albträumen ausgemalt hatte.

Seufzend sichtete er die Fakten, schrieb sie sich furchtbar altmodisch mit Kugelschreiber auf Papier, um sie vor sich zu sehen und einzuordnen.

Die Luginbühl war 38 gewesen und hatte sich mitten in einer steilen Karriere befunden. Sie hatte an der ETH Physik studiert – das allein beeindruckte Stojan nachhaltig –, dann hatte sie mehrere Jahre bei einer internationalen Consultingfirma gearbeitet. Nach Auskunft ehemaliger Arbeitskolleginnen mehr oder weniger Tag und Nacht. Sie war in der ganzen Welt herumgeflogen, und auf ihrem Konto bei der UBS waren beeindruckende Lohnzahlungen eingegangen, lange bevor sie 30 geworden war. Mit 31 hatte sie von der Consultingfirma zu einem ihrer langjährigen Kunden gewechselt, dem Zuger Rohstoffhändler Scotsdale. Dort war sie weiter aufgestiegen und hatte, als ihr jemand in ihrer Wohnung Rizin in den Rotwein geschüttet hatte, bereits einen riesigen Unternehmensbereich geleitet. Unter Jolanda Luginbühls Führung waren in Minen auf der ganzen Welt Metalle und seltene Erden aus dem Planeten geschürft worden.

So glamourös und spektakulär ihr Berufsleben, so unscheinbar, ja geradezu inexistent war ihr Privatleben gewesen. Beziehungen? Fehlanzeige. Affären? Keine bekannt. Was Stojan nicht erstaunte, dafür hatte sie als Workaholic wohl kaum Zeit gehabt. Ferien hatte sie einmal pro Jahr am Strand gemacht, feudal und sündhaft teuer, aber de facto unspektakulär. Die Wohnung und deren gesamte Einrichtung hatten ein Vermögen gekostet, wirkten aber unpersönlich und beliebig wie die Lobby eines teuren Hotels. Wer Jolanda Luginbühl als Mensch gewesen war, entzog sich Stojan nach wie vor. Denn auch die Familie, die sie pflichtbewusst einmal im Sommer und einmal über Weihnachten besucht hatte, konnte diesbezüglich nicht viel Licht ins Dunkel bringen. Jolanda hatte während dieser Treffen nur von der Arbeit erzählt, hatte telefoniert und Mails beantwortet und war meistens nach einem eingehenden Anruf früher als geplant wieder verschwunden. Dass diese Telefonate allesamt Rettungsanrufe ihrer Assistentin gewesen waren, hatte die Familie nicht nur durchschaut, sondern nach einiger Zeit geradezu dankbar aufgenommen. Man hatte sich nichts mehr zu sagen gehabt, Jolanda Luginbühls Welt hatte mit der einfachen, ländlichen Welt ihrer Familie keine Schnittmenge mehr gehabt.

Am Schluss blieb die absolut verwirrende Tatsache, dass jemand dieser Jolanda Luginbühl Rizin in den Wein gemischt hatte. Jemand, der Zugang zu ihrer Wohnung hatte, obwohl niemand von jemandem wusste, auf den dies zutraf. Jemand, der wusste, wann die Wohnung leer war und wann die Aufzeichnungen der Überwachungskamera überschrieben wurden, den aber trotzdem niemand je gesehen hatte. Obwohl die Zeitungen nun über Bioterror spekulierten – nur weil Rizin auf einer Bioterrorliste stand, die sich die Jungs des Bundesamts für Bevölkerungsschutz bei einem Sandkastenspiel aus den Fingern gesaugt hatten –, gab es auch dafür keinerlei handfeste Anzeichen.

Sie ist tot, und wir wissen nicht, warum, dachte Stojan. Eigentlich sagte das alles und fand erst noch auf einer einzigen Seite Platz.

Jetzt, nachdem er seine Gedanken geordnet hatte, ging es auch mit der Aktennotiz besser voran. Um halb neun zwang er sich, es gut sein zu lassen. Die Notiz war anderthalb Seiten lang, und den Pulitzer würde er dafür nicht bekommen. Der Schrieb landete vermutlich sowieso ungelesen in einer Schublade, ein weiterer Quell der Frustration. Man machte Dinge, die man nicht mochte, für Leute, die einen Deut darauf gaben.

Stojan wusste, dass es der nagende Hunger war, der in ihm einen latenten Zorn auf alles und jeden schwelen liess. Er musste etwas essen, sofort. Zum Glück käme er auf dem Heimweg an mehreren Take-aways vorbei, die zentrale Lage seiner Wohnung war schon genial, trotz der überrissenen Miete.

Stojan verliess sein Büro und ging zu Fuss über die Rudolph-Brun-Brücke ins Niederdorf. Direkt nach der Brücke stand links ein indisches Take-away, im ockerfarben gestrichenen Brentschinkenhaus, das der Stadt auf der Fassade stolz sein Baujahr 1357 anzeigte. Eine

Sekunde lang fragte sich Stojan, wie viele Mitarbeitende der Stapo sich hier wohl mit Essen eindeckten, nur weil es am Weg lag, und nicht, weil sie das Angebot so herausragend fanden.

Nicht befriedigt, aber doch gesättigt lief Stojan anschliessend durchs Niederdorf in Richtung Neumarkt, wo er in einer Zweieinhalbzimmer-Wohnung hauste, deren Mietpreis in keinem vernünftigen Verhältnis zu ihrem Raumangebot stand. Aber bei den Wohnungen war es wie bei den Take-aways: Man zahlte für sie Geld, das sie nicht wert waren, nur weil sie da waren, wo sie nun mal waren.

Was, wenn man es eingehender betrachtete, auch auf den einen oder anderen Mitarbeiter der Stapo zutraf.

*

»Diese verdammten Lecks!« Peter Zurbriggens Hals schien aufzuquellen, während sich sein Kopf rot färbte. »Das muss verdammt nochmal aufhören!«

Bitterlin seufzte, betrachtete den wunderschönen Kachelofen, der in der Ecke stand und vermutlich seit Jahrzehnten nicht mehr so viel Hitze entwickelt hatte wie der Kommandant der Stadtpolizei an einem durchschnittlichen Arbeitstag. Dabei war es noch nicht mal neun Uhr.

Er wusste, was Zurbriggens Zorn diesmal entfacht hatte. Jemand hatte gepetzt, wie so oft. Nun wussten die Medien und die Öffentlichkeit, dass der Mord in den Escher-Terrassen mit Rizin verübt worden war und dass die Ermordete für Scotsdale gearbeitet hatte. Besonders peinlich war das natürlich, weil die Stapo noch am Vorabend an der Medienkonferenz gesagt hatte, dass sie aus ermittlungstaktischen Gründen keine weiteren Angaben zu machen gedenke. Es war einer der vielen Nadelstiche, die Zurbriggen seit dessen Amtsantritt das Leben schwermachten. Und die erstmals auch Walter Bitterlin trafen, der ja für die Ermittlung in diesem Mord die Verantwortung trug.

»Wir haben 2000 Mitarbeiter«, brummte er. »Dieses System komplett dichtzuhalten, ist ein Ding der Unmöglichkeit!«

»Es haben aber nicht alle 2000 gewusst, dass Jolanda Luginbühl mit Rizin vergiftet worden ist!« Zurbriggen schwenkte den Tages-Anzeiger, schmetterte ihn theatralisch auf seinen Schreibtisch. »Ich will eine Liste aller, die Zugang zu dieser Information hatten!«

Bitterlin rollte die Augen, nicht im Mindesten begeistert von der Aussicht auf eine interne Hexenjagd, die sowieso nicht fruchten würde. »Was soll ich denn jetzt? Eine interne Ermittlung zu den Leckagen an die Medien starten oder den Mord an der Luginbühl aufklären?«

»Die schwafeln von Bioterror!«, ereiferte sich der Kommandant, ohne Bitterlins Frage zu beantworten. Vermutlich eine der Eigenschaften, die dazu geführt hatten, dass er Kommandant geworden war. Die Fähigkeit, im richtigen Moment keine Farbe zu bekennen, als Voraussetzung für eine erfolgreiche Karriere.

»Die Presse schreibt viel, wenn der Tag lang ist. Das ist morgen schon wieder Altpapier.«

Zurbriggen kam um den Tisch herum, baute sich vor Bitterlin auf. Er war einen Kopf grösser, breit gebaut und konnte durchaus furchterregend wirken. Vermutlich war auch das einer der Gründe, warum er Kommandant geworden war.

»Wir haben Anfang August«, knurrte Zurbriggen, »Sommerloch. Der beste Nährboden für miese Horrorgeschichten wie diese. Aber im Herbst sind Stadtratswahlen, da ist die Politik noch sensibler als sonst. Das Thema muss vom Tisch, und zwar sofort!«

Bitterlin setzte sein neutralstes Pokerface auf, einer seiner Trümpfe. Schliesslich war auch er nicht erst seit gestern in der Stadtpolizei und wusste mittlerweile, wie der Laden funktionierte.

»Dafür brauche ich entsprechende Ressourcen«, stellte er in sachlichem Ton fest. »Eine solche Ermittlung nimmt rasch riesige Ausmasse an. Immerhin haben wir derzeit ausser der Tatsache, dass Rizin verwendet wurde, keinen einzigen Hinweis auf Bioterror.«

»Setzen Sie eine Sonderkommission ein. Sie kriegen die Ressourcen, die Sie brauchen. Macht auch nach aussen eine gute Falle.« Zurbriggen setzte sich hinter seinen Schreibtisch und hob den Tages-Anzeiger in die Höhe.

»So eine Scheisse«, brummte er. »Denken Sie, dass es tatsächlich Bioterror sein könnte?«

Bitterlin hob die Schultern, noch ganz damit beschäftigt, sein Pokerface angesichts der ihm soeben versprochenen Sonderkommission aufrechtzuerhalten. »Wir haben eine erfolgreiche junge Frau, die bei einem der weltweit grössten Rohstoffhändler gearbeitet hat und die mit Rizin ermordet worden ist. Sonst nichts bisher. Keine Drohbotschaften, kein Bekennerschreiben oder -video.«

Zurbriggen starrte ihn mit undurchsichtigem Gesichtsausdruck an. Es war kein schönes Gesicht: Unter einer blank polierten Glatze zementierten eine grosse knollige Nase und ein buschiger Schnurrbart den insgesamt grobschlächtigen Gesamteindruck des Kommandanten.

»Eigentlich ist es mir egal«, grunzte er. »Sorgen Sie dafür, dass diese Geschichte aus den Medien verschwindet und dass die Stapo dieses Mal ein vorzeigbares Bild abgibt. Immerhin kann ich Ihnen versichern, dass *ich* die Luginbühl nicht umgebracht habe. Und auch sonst niemanden. Allein das ist ja schon mal ein Fortschritt gegenüber früher.«

Bitterlin versuchte noch immer, diesen Kommentar einzuordnen, als sich die Tür zum Refugium des Kommandanten hinter seinem Rücken schloss. Hatte da gerade eine grummelige Variante von Humor aufgeblitzt? Erstaunlich, aber auch nicht weiter wichtig. Denn Bitterlin nahm eine ganz andere Erkenntnis aus dieser Besprechung mit.

Der Glatzkopf stand unter dem Druck des Stadt-
rats. Vermutlich forderte dieser jetzt, da wieder gemordet wurde in der sonst so beschaulichen Limmatstadt,
handfeste Taten. Keine Skandale, sondern effiziente,
einwandfreie Polizeiarbeit, die rasch Ergebnisse zeitigte.
Weil ja auch der verantwortliche Stadtrat selbst ganz gerne auf seinem Stuhl sitzenbleiben würde, der bei der Affäre Hilvert bereits heftig durchgeschüttelt worden war.

Bitterlin hatte gerade Zurbriggens wunden Punkt gefunden. Und das eröffnete ganz neue Möglichkeiten,
nicht nur im Hinblick auf das Organigramm, sondern
auch auf diese intriganten Wichte in der Geschäftsleitung.

*

»Haben Sie irgendjemandem von dieser Rizin-Geschichte erzählt?« Jauns Stimme klang angespannt, die
senkrechten Falten auf seiner Stirn zeugten von innerer
Aufgewühltheit.

Doch Hilvert grinste, väterlich, mit Unschuldsmiene.
»Wem sollte ich denn davon erzählen, Jaun? Was hätte
ich davon? Ich bin doch im Knast! Ich *kann* gar niemandem davon erzählen.«

»Jemand hat das an die Medien weitergegeben!« Jaun
standen Schweissperlen auf der Stirn, nichts stresste ihn
so sehr wie die Möglichkeit, in den Verdacht eines Re-
gelverstosses zu geraten. »Es wussten nicht viele davon,
aber ich habe es Ihnen erzählt, obwohl ich unter dem
Amtsgeheimnis stehe!«

»Machen Sie sich nicht ins Hemd, Jaunchen.« Hilvert
gluckste. »Sie sollten wissen, dass ich wohl derjenige in
der Stadt bin, der am wenigsten Freunde bei den Medi-
en hat.«

Das Argument beruhigte Jaun, denn an dieser Tatsache gab es wirklich gar keinen Zweifel. Nichts hatte Hilvert stets so gehasst wie die Medien. Gleichzeitig hatten
diese Hilvert geliebt: Nichts macht so gute Schlagzeilen

her wie eine Führungsperson, die Regelwidrigkeiten begeht.

»Was ich Ihnen da erzähle, ist absolut vertraulich«, insistierte Jaun, obwohl er es bereits mehrfach betont hatte. Sie dürfen eigentlich nicht mal darüber *nachdenken*.«

»Ist ja gut, Jaun.« Hilvert beugte sich vor, wobei sich seine Gefängniskluft über dem gewölbten Bauch zu Falten aufwarf. »Jetzt erzählen Sie schon. Ich will alles wissen! Haben Sie bereits eine Spur?«

Eine Sekunde zögerte Jaun, wog er von ihm hochgeschätzte Regeln gegen das zutiefst menschliche Bedürfnis ab, einem Freund im Gefängnis etwas Gedankennahrung zu geben.

»Nicht viel«, entschied er sich dann für Zweiteres. »Sie war erfolgreich, jetzt ist sie tot. Sozusagen null Privatleben. Und Rizin als Mordwaffe.«

»Die Medien hyperventilieren. Sie schreiben in grossen Lettern von Bioterror!« Hilvert liess sich das letzte Wort auf der Zunge zergehen, als ob es sich um eine Praline handelte.

»Gehört zu Terror nicht immer auch eine Drohung? Die gibt es hier nicht.«

»Vielleicht ist Bioterror nur die halbe Wahrheit. Aber denken Sie nach, Jaun! Scotsdale ist eine der umstrittensten Firmen der Schweiz! Kinder, die unter Tage nach Gold schürfen! Flüsse, die mit Blei und Arsen verseucht sind! Menschen, die vergiftetes Wasser trinken! Und das alles, damit wir hier mit unseren Smartphones spielen können! Das weckt sicher hier und da die Wut der Gerechten.«

»Ich habe meine Zweifel«, brummte Jaun. »Die Luginbühl ist niemals persönlich bedroht worden. Jedenfalls weiss niemand davon zu berichten. Auch sonst gibt es keine entsprechenden Spuren.« Er rekapitulierte kurz die Ergebnisse der forensischen Untersuchung, ohne dabei ein wesentliches Detail auszulassen. Hilvert hörte aufmerksam zu – Jaun kannte diesen Ausdruck konzentrierten Schweigens auf dessen Gesicht. Sein ehemaliger Chef saugte jeweils jedes Detail in sein merkwürdiges Gehirn und legte es dort für alle Zeiten bombensicher ab.

Als Jaun geendet hatte, legte der ehemalige Kommandant seinem ehemaligen Assistenten die Hand auf die Schulter.

»Hören Sie gut zu, Jaun,« gab Hilvert dazu väterlich von sich. »Ich gebe Ihnen jetzt einen Tipp. Sozusagen als Dank dafür, dass Sie mir mit Ihren Truffeslieferungen ein würdiges Dasein in diesem Knast ermöglichen.«

»Meine Spannung steigt ins Unerträgliche«, gab Jaun knochentrocken zurück.

»Spotten Sie nur.« Hilvert lehnte sich auf seinem harten Stuhl zurück. »Dabei haben auch Sie stets auf Papa Hilverts Bauchgefühl vertraut.«

»Was sagt Ihnen dieses Bauchgefühl jetzt?«

»Wer hat etwas davon, diese arme Frau derart öffentlichkeitswirksam und qualvoll umzubringen? Folgen Sie der Spur des Profits, Jaun, und Sie gelangen auf die Spur des Täters!«

Stunden später, da war Jaun bereits lange zurück in seiner kleinbürgerlichen Idylle, dachte Hilvert in der Zelle intensiv nach. Er sass auf dem Bett, Rücken und Kopf gegen die Wand gelehnt, Füsse hochgelegt, die Augen geschlossen. Vor seinem inneren Auge nahm der Tatort an der Hardturmstrasse in Zürich Gestalt an. Diese mondäne Wohnung im Hochhaus ›Escher-Terrassen‹, die mondäne Einrichtung, die mondäne Jolanda Luginbühl mit dem sagenhaften Salär. Hilvert brauchte gar nicht vor Ort zu sein, seine von Jauns Erzählung genährte Vorstellungskraft reichte für eine kleine Tatortanalyse bei weitem aus. In dieser Vorstellungswelt schürfte er nun nach dem Wertvollen. Genauso wie in den Minen Afrikas verbarg sich das begehrte Edelmetall unter dichten Schichten von Dreck und Erde, musste aufwendig zutage gefördert werden. Hilvert wischte alles Mondäne zur Seite, betrachtete Jolanda Luginbühl, den Menschen.

Sie war eigentlich gar nicht so aussergewöhnlich gewesen. Menschen wie sie gab es zuhauf in dieser Stadt, in diesem Land. Menschen, die sich in ihre Arbeit stürzen, weil diese einfacher ist als komplizierte menschliche Beziehungen; Menschen, die in Wohnungen hausen, in denen der Preis des Mobiliars den nicht vorhandenen Geschmack ersetzt. Hilvert kam nicht umhin, Mitleid mit dieser Jolanda Luginbühl zu empfinden. Ein Mitleid, das nicht einmal etwas damit zu tun hatte, dass man sie mit Rizin aus der Welt geschafft hatte.

Es war schon Nacht, als einer der Wärter auf seinem Kontrollgang an Hilverts Zelle vorbeikam. Der ehemalige Kommandant der Stadtpolizei Zürich stand an der geschlossenen Zellentür und horchte in die Stille, hörte die Tür am Ende des Flurs auf- und wieder zugehen und die Schritte des Wärters, die sich langsam näherten. Als die Schritte direkt vor seiner Tür waren, klopfte Hilvert dreimal kurz dagegen.

Die Schritte verstummten, dann wurde ein Schlüssel ins Schloss gesteckt. Die Tür öffnete sich, eine Hand hielt ein altmodisches Mobiltelefon hinein.

»Auf der nächsten Runde nehme ich es wieder mit, verstanden?«

»Natürlich, Schatzi«, gluckste Hilvert. »Ich kenn das Spiel doch mittlerweile.«

Als sich die Zellentür wieder geschlossen hatte, wählte Hilvert eine Nummer. Nach dem dritten Tuten ging jemand an.

»Du musst mir einen Gefallen tun«, sagte Hilvert.

*

Die Bergstrasse in Fällanden wand sich steil den Zollikerberg hinauf, begrenzt durch Stützmauern von Privathäusern zur Rechten und einen Wohnblock zur Linken. Dieser machte dann dichtem, üppigem Grün Platz, das einige Meter weiter wiederum den Blick freigab für eine fantastische Sicht auf das Glattal und den Greifensee.

Bitterlin kannte jeden Busch entlang der Strasse, viele Jahre lang war er sie zu jeder Tages- und Nachtzeit hoch- und runtergefahren, pendelnd zwischen den zwei Fixpunkten seines Lebens: seinem Haus und seinem Büro.

Er war in einem Dienstwagen unterwegs, einem anderen als das letzte Mal. Sein ehemaliges Quartier war klein; auch wenn man nicht alle zum Abendessen einlud, kannte man sich doch, und man wusste auch, wer welches Auto fuhr. Mehr noch, die meisten wussten wohl auch, was welches Auto gekostet hatte.

Beim letzten Haus rechts machte die Strasse eine Kurve um 180 Grad, der im Licht der untergehenden Sonne leuchtende Greifensee war jetzt im Rückspiegel zu sehen, zu linker Hand den Hügel hinauf lag der Wald, der um diese Tageszeit bereits lange Schatten auf die davorliegenden Wiesen warf. Hinter dem ersten Haus auf der linken Seite sah Bitterlin die Dachspitze seines Hauses, ein Blick, der ihn viele Jahre lang mit tiefer innerer Befriedigung erfüllt hatte.

Er bog links ab. Die Bergstrasse war eine Sackgasse, wurde zu einer engen Quartierstrasse mit Bitterlins Haus an ihrem Ende. Egal mit welchem Auto er dort hinfuhr, er würde auffallen.

Langsam passierte er das Schild, das ihm das Fahren auf diesem steilen, in gerader Linie den Berg hinaufführenden Strasse untersagte. Vor ihm lag der Wald, vor seinem Beifahrerfenster glitt der üppige Garten seiner einstigen Nachbarn vorbei. Bitterlin drückte sich die Sonnenbrille tief ins Gesicht, versuchte, sein Gesicht nicht allzu weit abzuwenden, als er an seinem eigenen Garten vorbeifuhr.

In der Auffahrt stand ein Auto, ein anderes, nicht das schöne, das seine Ex sich als Teil der Scheidungsvereinbarung gesichert hatte. Sein Haus erhob sich in drei Etagen in den Abendhimmel, die gewaltigen Steinblöcke der Stützmauern im Garten wirkten aus Bitterlins Perspektive wie das Bollwerk einer Festung – und genau das waren sie auch. Ein unüberwindbares Hindernis, das ganz klar das Drinnen vom Draussen trennte. Mit ihm, Bitterlin, im Draussen.

Auf der oberen Terrasse sah er kurz einen Blondschopf, seine Tochter. Er liess das Fenster auf der Beifahrerseite runter, hörte ihre Stimme; er würde sie aus jeder Lärm- und Geräuschkulisse herausfiltern können.

Eine Sekunde lang meinte er den Kopf eines Mannes gesehen zu haben, kurze, dunkle Haare, aber er war nicht sicher. Der Blick auf die Terrasse wurde von Büschen versperrt, als Bitterlin die Grenze seines Grundstücks hinter sich liess und in den Wald hinauffuhr. Er stellte das Auto einige Dutzend Meter von der Strasse weg im Wald ab. Vermutlich würde jeder Spaziergänger beim Vorbeigehen den Kopf schütteln, doch dass jemand die Polizei rief, war unwahrscheinlich.

Der Wald war angenehm, kühl und von einer unerwarteten Frische; im Blattwerk über seinem Kopf hörte Bitterlin die Vögel. Es war eine perfekte Idylle, war es für ihn immer gewesen. Bis er hinterhältig daraus verstossen worden war.

Er nahm das Fernglas, ging den Weg zurück in Richtung Waldrand. Kurz vorher bog er nach rechts ab und folgte wenige Meter hinter der Waldgrenze, von aussen unsichtbar, dem Waldrand.

Sein Aussichtsposten war noch so, wie er ihn verlassen hatte. Am Boden lagen zwei Kippen, die hatte er das letzte Mal wohl übersehen. Bitterlin sammelte sie rasch ein und steckte sie in die Blechdose, die er eigens dafür mitgenommen hatte. Ein Polizist, der sich durch Kippen verriet – so weit durfte es nicht kommen!

Dann riss er von dem wuchernden Haselstrauch neben ihm zwei Blätter ab, die seine Sichtluke schon wieder versperrten, und setzte sich auf den trockenen Stamm, den er sich vor langem hier zurechtgerückt hatte. Jetzt konnte er mit dem Fernglas direkt auf die Terrasse seines Hauses sehen.

Seine Ex hatte Besuch, ein Mann. Zweite Hälfte Dreissiger, schätzte Bitterlin, und damit etwa zehn Jahre jünger als er selbst. Durchtrainiert, sein grellgelbes T-Shirt spannte am Bizeps, während er am Grill stand und ganz den Herrn des Hauses gab. An Bitterlins sündhaft teurem Edelgrill! Den er nur deshalb nicht mitgenommen hatte, weil er für den Balkon seiner beschissenen Wohnung zu gross war.

Leonie kam ins Bild, Ohrstöpsel drin und diese abweisende Mimik, mit der Teenager auf der ganzen Welt dem erwachsenen Teil der Bevölkerung signalisieren, wie langweilig und peinlich er ist. Bitterlin hatte sie am Wochenende gesehen, hatte etwas mit ihr und ihrem kleinen Bruder unternehmen wollen, aber Leonie hatte abgeblockt. Keine Lust, mit ihrem peinlichen Vater etwas zu unternehmen, erst recht nicht, wenn der noch peinlichere kleine Bruder dabei war. Am Schluss hatten sie nur nichtssagende Floskeln ausgetauscht, und Leonie hatte mehr in ihr Handy als in ihres Vaters Augen geschaut.

Mit einer würgenden Angst im Bauch erkannte Bitterlin, dass ihm seine eigenen Kinder entglitten. Dass er zu einem merkwürdigen Onkel verkam, der zwar ganz nett war, aber den man nur bei irrelevanten Besuchen sah, und der im eigenen Alltag keine entscheidende Rolle spielte.

Hass kochte in ihm auf. Er wusste, dass es ihm nicht guttat, hierherzukommen; es war, als stiesse er sich selbst ein glühendes Eisen in die schlimmste aller Wunden. Aber er konnte es einfach nicht lassen. Denn selbst wenn er nicht hierherkam, die Wunde war immer noch da.

Jetzt kam seine Ex aus dem Haus, in jeder Hand ein Glas Wein. Sie ging zum Grill, reichte dem Grillmeister eines der Gläser und kniff ihn anschliessend mit der nun frei gewordenen Linken in den Hintern. Bitterlin meinte, ihr lautes Lachen bis in den Wald zu hören.

Sicher war jedoch der verächtliche Ausdruck auf Leonies Gesicht, die das Treiben ihrer Mutter mit unverhohlener Abneigung beobachtete.

Walter Bitterlin liess das Fernglas sinken. Ein Berufsleben lang hatte er mit einem gewissen Unverständnis auf Verbrechen geschaut. Er hatte sie rational bearbeitet und aufgeklärt, aber emotional nie wirklich nachvollziehen können.

Das war mittlerweile anders. Manchmal hatte er das Gefühl, nur seine professionelle Ausbildung hindere ihn daran, etwas sehr Dummes zu tun. Weil er wusste, dass er alles nur noch schlimmer machen würde.

3

Frische Morgenluft strömte herein, als Stojan die Fenster des Sitzungszimmers aufriss. Es ging nach Westen raus, im Sommer wurde es von der Sonne bis fast um acht regelrecht gebacken, was dazu führte, dass die Luft am nächsten Morgen zum Schneiden war. Ein stechender Mief aus ausgedörrtem Holz, staubigem Teppich und uraltem Schweiss, der einem den Atem verschlug.

Immerhin war in der Nacht ein reinigendes Gewitter über die Stadt gezogen und hatte die Luft draussen gründlich gesäubert. Mehr denn je wirkte Zürich wie blitzblank gewienert. Gierig sog Stojan die frische Luft ein, genoss die akustische Verbindung zum Leben ausserhalb der Amtshäuser. Trams, die quietschend und rumpelnd über die zahllosen Weichen vor dem Hauptbahnhof fuhren, Autos, die beschleunigten; da eine Hupe, dort eine laute Stimme, ein Hundebellen. Eigentlich ein Tag, der zu schön war, um ihn im Büro zu verbringen.

Doch das ging natürlich nicht. Die Sonderkommission tagte, es galt, im Fall der ermordeten Jolanda Luginbühl erste entscheidende Pflöcke einzuschlagen. Jaun stellte grosse Karaffen mit Wasser auf den Tisch, beflissen wie immer. Stojan hatte ihn dazu geholt, einerseits aus Mitleid, weil das Kellerloch, in dem Jaun sein Dasein fristen musste, wirklich schrecklich war. Andererseits aber auch, weil sich für Stojan die Hinweise verdichteten, dass sein neuer Assistent zwar sagenhaft altbacken wirkte, dafür aber auch sagenhaft effizient war.

Bitterlin eröffnete die Sitzung um Punkt halb acht und kam wie immer sofort zum Thema.

»Lara, Stefan, ihr habt das Privatleben der Luginbühl angeschaut. Was habt ihr gefunden?«

»Nichts Neues«, antwortete Lara. »Eigentlich sogar nichts. Die Frau hatte kein Privatleben. Auf ihrem Handy war eine Dating-App installiert, aber soweit wir das überblicken können, lief dort nicht besonders viel.«

»Keine Hinweise auf romantische Dates?«

»Nicht wirklich. Die meisten Restaurantrechnungen hat sie auf Spesen genommen, die entsprechenden Termine waren in ihrer Agenda eingetragen. Wir gehen davon aus, dass es sich fast durchwegs um Arbeitsessen gehandelt hat.«

Bitterlin machte sich Notizen. »Hinweise in der Wohnung?«

»Keine. Die Blumen, die dort standen, hat sie selbst gekauft. Respektive ihre Assistentin hat das erledigt. Blumen-Abo bei Fleurop.«

»Was sagen die Nachbarn?«

»Auch nichts. Schau dir mal die Preise der Wohnungen dort an. Das sind alles Leute in gehobenen Positionen. Die arbeiten viel, sind viel weg und interessieren sich einen Deut für ihre Nachbarn.«

»Na toll.« Bitterlin nahm einen Schluck Wasser. »Womit wir bei der Firma wären. Was gibt es dort?«

»Auch nicht viel«, ergriff der Mitarbeiter das Wort, der sich um Luginbühls Arbeitgeber gekümmert hatte. »Sie war eine Workaholic. Eigene Assistentin, viele Dienstreisen. Die Leute beschreiben sie als unnahbar und perfektionistisch. Hat manchmal die Leute mit ihrer Detailversessenheit in den Wahnsinn getrieben, aber niemand scheint wirklich etwas gegen sie gehabt zu haben. Privat hat sie niemand gut gekannt. Sie ging nie mit den anderen ein Bier trinken und hat nie von ihrem Privatleben erzählt.«

»Kein Wunder, wenn sie keines hatte. Ist die Nachfolge schon bestimmt?«

»Du meinst, jemand könnte es auf ihre Stelle abgesehen haben? Kaum. Die Stelle wird ausgeschrieben. Ihr Stellvertreter ist bereits sechzig und hat uns gegenüber klargemacht, dass er sich das sicher nicht mehr antun werde.«

»Wäre wohl auch etwas zu einfach gewesen«, brummte Bitterlin. »Dann halt nicht. Was wissen wir denn über dieses Rizin, Stojan?«

Stojan warf einen Blick auf das Faktenblatt, das Jaun ihm gegeben hatte. Eines der Dinger, die der Führung so gefielen und deren Produktion Stojan so viel Mühe bereitete. Und das Jaun anscheinend einfach so aus dem Ärmel schütteln konnte! Noch dazu, obwohl er jeden Tag um Punkt fünf das Büro verliess und, das hatte Stojan überprüft, sogar seine bizarren Hilvert-Visiten in der Pöschwies auf Arbeitszeit buchte. Eigentlich eine Frechheit, aber angesichts dieses Faktenblatts würde Stojan dazu nichts sagen.

»In der ersten Hälfte des letzten Jahrhunderts haben mehrere Staaten die militärische Verwendung von Rizin geprüft, aber letztlich wieder verworfen. Es ist als Bio- und Chemiewaffe geächtet. Wirklich verwendet wurde es nur bei einigen Terrorattacken.«

»Wie kommt man da denn dran?«

»Das Gift kann man mit etwas Geschick und Knowhow aus den Samen der Rizinuspflanze selber herstellen. Und die Pflanze wiederum kann man im Internet bestellen. Sie wird industriell angebaut zwecks Produktion von Rizinusöl.«

»Na toll. Wer immer auch von der entsprechenden Motivation getrieben wird, kann mit Rizin also einen Mord begehen.«

»So ist es.«

»Noch immer keine Drohung oder sonst etwas in der Art?«

Stojan schüttelte den Kopf.

»Vielleicht gibt es im Internet – oder im Darknet – jemanden, der mit dem Mord prahlt. Geht dem mal nach. Aber wirklich überzeugt bin ich von der Terrorhypothese noch nicht.«

»Könnte es um Rache gegangen sein? Jemand, der in einem der Abbaugebiete von Scotsdale jemanden verloren hat? Jolanda Luginbühl war in der Firma für das Coltangeschäft verantwortlich, der Abbau scheint ziemlich hässlich zu sein.« Stojan las von Jauns wirklich gutem Faktenblatt ab. »Coltan wird als Konfliktmineral eingestuft, es steckt in praktisch jedem Elektronikgerät und leider auch hinter zahlreichen Bürgerkriegen, in denen militante Gruppen das Mineral verkaufen und mit dem Gewinn Waffen finanzieren. Ausserdem wird die Umwelt zerstört, werden Menschen vergiftet, und durch die enormen Profite werden Korruption, Gewalt und andere Hässlichkeiten befeuert. Es gibt diverse Nichtregierungsorganisationen, die in den letzten Jahren vermehrt darauf aufmerksam machen.«

»Diese Heilandsandalen-Träger, die einen auf dem Heimweg anquatschen und einem ein schlechtes Gewissen machen wollen«, stellte Bitterlin fest. »Die bringen doch niemanden um. Das sind allesamt Witzfiguren!«

Bitterlins Reaktion nahm Stojan etwas den Wind aus den Segeln, darum griff Jaun den Faden auf. »Es gibt auch kleinere Splittergruppen, die nicht nur die Welt mit Demos und Flyern verbessern wollen, sondern die der Ansicht sind, dass man mehr tun müsste. Heilandsandalen mit Machete sozusagen.«

»Tatsächlich? Hier in Zürich?«

»Ja. Natürlich nicht die Mehrheit. Aber es gibt eine Gruppe, die im Internet ziemlich aktiv ist. Einerseits zählen Menschen aus dem Kongo dazu, in dem sehr viel Coltan abgebaut wird, andererseits Aktivisten aus der ganzen Welt. Die sehen in Scotsdale den Kern allen Übels und schrecken auch vor Gewalt nicht zurück. Es gibt regelmässig Sabotageangriffe auf Förderstätten, möglicherweise auch Hackerattacken auf den Konzern, das muss ich noch verifizieren. Aber die sind durchaus militant.«

»Hm.« Bitterlin starrte aus dem Fenster, schien nachzudenken. Dann nickte er Stojan zu. »Ok, geht dem mal nach. Aber nicht ewig. Ich will hier keine Hexenjagd.«

»Keine Sorge«, gab Stojan zurück. »Ich bin sicher, dass an der Terrorhypothese was dran ist. Bruno hat dazu interessante Hinweise gefunden. In der Szene der militanten Umweltaktivisten treiben sich auch mehrere Personen aus der Schweiz herum. Einer der besonders Aktiven stammt hier aus Zürich, Gion Casati. Und jetzt kommts: Casati ist tot. Letzten Spätherbst ist er quasi vor unserer Nase, auf der Kreuzung Walchestrasse/Neumühlequai, von einem Lastwagen überfahren worden. Seine Freundin hat danach wochenlang hier angerufen und verlangt, dass wir den Unfall endlich als Mord anerkennen und aufklären.«

Auf einen Schlag spürte Stojan die Aufmerksamkeit aller auf sich.

»Was ist passiert?«, fragte Bitterlin.

»Er fuhr mit dem Fahrrad über die Kreuzung und wurde überfahren. Wir haben das als Unfall zu den Akten gelegt.«

»Was es vermutlich auch war«, gab Bitterlin mit einer wegwerfenden Geste zu Protokoll. »Schliesslich erlauben es sich die meisten Radfahrer in Zürich, sich um die Verkehrsregeln zu foutieren.«

*

»Können Sie mir erklären, was das soll?!«

Zurbriggens Gesicht hatte wieder diesen Rotton, sein Schnurrbart bebte. Walter Bitterlin versuchte, in der Miene des Kommandanten zu lesen – erfolglos. Wie er auch beim besten Willen nicht wusste, welche Todsünde er begangen haben könnte. Denn eigentlich lief es gerade richtig gut. Bitterlins Team hatte Zurbriggen mit allen Informationen versorgt, die dieser gebraucht hatte, um sowohl vor der Presse als auch vor dem Stadtrat eine gute Falle zu machen. Eigentlich hatte Bitterlin daher Lob erwartet, keinen Rüffel in Form einer Frage, die mit Ausrufezeichen gestellt wurde.

»Ich verstehe nicht ganz…«, sagte er deshalb zögernd. Was auch stimmte, denn das, was Zurbriggens Hand schwenkte und was ihn so in Rage versetzt zu haben schien, war weder eines der internen Memos noch der aktuelle Tages-Anzeiger, sondern eine profane Postkarte.

»Ich habe Post bekommen«, brummte der Glatzkopf und hielt Bitterlin die Postkarte vor die Nase. Eine typische Ansichtskarte aus Zürich. Im Vordergrund, über der Limmat thronend, das Rathaus. Im Hintergrund das Grossmünster. Über allem ein strahlend blauer Himmel, wie ihn die Stadt an höchstens zehn Tagen im Jahr zustande brachte und der trotzdem auf sämtlichen Postkarten vorzufinden war.

»Von wem denn?«

»Von Hilvert!«, schnaufte Zurbriggen. Er drehte die Postkarte um und zitierte: »Lieber Zurbriggen! Unter dieser Nummer werden Sie in der Sache des Rizin-Mordes Anschluss finden! Hochachtungsvoll, Hilvert. Dazu die Nummer eines Mobiltelefons.«

Bitterlin musste die Kiefer zusammenpressen, um nicht in Gelächter auszubrechen. Mit Mühe hielt er sein Pokerface aufrecht.

»Was fällt diesem Mistkerl ein!« Zurbriggen stemmte sich aus dem Stuhl, begann wie ein gereizter Stier im Büro auf und ab zu gehen.

»Ich habe diese Nummer angerufen«, schimpfte er. »Der Anschluss ist tot, ungültig! Aber ich weiss, dass er etwas zu bedeuten hat! Dass Hilvert damit irgendetwas im Schilde führt! Er führt immer etwas im Schilde!«

Das hingegen hätte Bitterlin sofort unterschrieben. »Vielleicht möchte er sich als Berater anbieten, um so eine vorzeitige Haftentlassung wegen guter Führung zu erwirken?«

»Das kann er vergessen!«, tobte Zurbriggen. »Was denkt der sich eigentlich?! Er hat vor laufenden Kameras erzählt, wie er ein ganzes Magazin in den Kopf seines eigenen Vorgängers gepumpt hat! Und dann hat er diese

Aktion auch noch als legitim hingestellt! Er wird NIE-MALS wieder in irgendetwas ermitteln!«

»Aber diese Nummer hat sicher etwas zu bedeuten«, wandte Bitterlin ein. »Ich kannte Hilvert in seiner aktiven Zeit. Er war unkonventionell, aber nicht unfähig.«

Der Bannstrahl eines bösen Blicks traf ihn, der ihn seine Worte umgehend bereuen liess. »Ob die Nummer etwas zu bedeuten hat oder nicht, ist mir egal. Das finden *Sie* heraus, besser heute als morgen. Mich beschäftigt aber etwas ganz anderes!«

Zurbriggen liess sich in seinen Stuhl fallen, ein völlig übertriebenes Möbel, das mit sagenhaftem Sitzkomfort und unzähligen elektrischen Einstellmotoren verwöhnte. Bitterlin war die feine Ironie dabei nicht entgangen. Ausgerechnet Zurbriggen, der geschickt worden war, um Hilverts Geister zu verscheuchen, nahm täglich in einem Möbel Platz, das, wenn man es genau betrachtete, noch immer Hilverts Eigentum war. Denn dieser hatte den legendären Stuhl einst auf eigene Kosten angeschafft.

»Ausserdem will ich wissen, wie Hilvert an diese Nummer gekommen ist! Er sitzt im Knast! Er dürfte an gar nichts herankommen, weder an diese Nummer noch an sonst etwas! Wie kann es sein, dass er etwas weiss, was wir nicht wissen?«

Bitterlin seufzte. »Das herauszufinden, ist schwierig. Hilvert war bei der Basis sehr beliebt. Letztlich kann ihm irgendwer behilflich gewesen sein.« Auch, aber das verschwieg Bitterlin tunlichst, einer der Intriganten aus der Geschäftsleitung. Denn die schmiedeten in dunklen Hinterzimmern stets an irgendwelchen Messern, um sie jemandem in den Rücken zu rammen.

»Ich will, dass Sie diesen Irgendwer finden, Bitterlin. Dass Sie Hilverts Schmierentheater sofort abstellen! Der fliegt uns sonst um die Ohren, soviel kann ich Ihnen verraten. Hilvert ist eine tickende Zeitbombe. War er immer schon. Eine weitere Detonation verkraftet die Stapo nicht!«

Zurbriggen stemmte sich aus dem Sessel, kam um den Tisch herum, setzte sich neben Bitterlin in den zweiten der beiden Stühle, die vor dem Schreibtisch standen. Eine Geste, die wohl Vertrauen erwecken sollte.

»Sie vertrauen niemandem«, brummte Zurbriggen. »Niemandem. Haben wir uns verstanden?«

Bitterlin nickte.

»Sie bekommen von mir einen Mann abgestellt. Den habe ich von der Kantonspolizei ausgeliehen. Absolut vertrauenswürdig. Kein Wort dazu zu niemandem! Wenn Sie etwas abgeklärt haben wollen, dann kommen Sie zu mir. Wir lassen das über die Kapo laufen. Der Apparat hier ist noch durchdrungen vom Netz dieser Spinne in der Pöschwies. Sie berichten direkt und ausschliesslich an mich!«

»Natürlich.« Bitterlins Pokerface beanspruchte gerade wieder seine gesamte mentale Energie. Was der Kommandant ihm da anbot, war eine der mächtigsten Stellungen innerhalb der Stapo. Der Vertraute des Kommandanten, seine rechte Hand. Wer immer dafür gesorgt hatte, dass Bitterlins Kästchen aus dem Organigramm verschwunden war, der würde sich bald wundern!

»Noch etwas, Bitterlin. Eine Warnung. Eine, die Sie beachten sollten.«

»Natürlich. Welche?«

»Kein Wort davon zu Bruno Jaun. Niemals. Unter keinen Umständen. Denn eines müssen Sie wissen: Von diesen beiden Halunken war Jaun stets der Gefährlichere!«

Jetzt hielt das Pokerface nicht mehr, Bitterlin rutschte ein kurzes Auflachen heraus, das er aber gleich wieder unter Kontrolle brachte. »Bruno Jaun? Weshalb sollte der denn gefährlich sein?«

Zurbriggen starrte ihn bedeutungsschwanger an, mit weit aufgerissenen grossen Glupschaugen.

»Weil alle über ihn so blöd lachen wie Sie gerade eben«, sagte er.

*

Die mehrheitlich linke Stadtregierung tat zwar alles, um den Menschen das Autofahren in der Stadt zu vergällen, aber die Fahrdynamik von über 300 PS und ein offenes Verdeck konnten nun mal kein Tram und kein Bus abliefern.

Für Stojan war jede Fahrt mit seinem neuen BMW die reinste Freude. Als Junge hatte er mit leuchtenden Augen in den Autozeitschriften beim Zahnarzt geblättert und mit dem Finger auf jedes Auto gezeigt, das ihm gefiel. Als Teenager und junger Mann hatte er von Modellen geträumt, die weit jenseits seiner Möglichkeiten lagen, stets die Hoffnung hegend, dass es irgendwann doch noch reichen würde. Dieser Zeitpunkt war vor sechs Monaten gekommen. Stojan hatte sich seinen Traum erfüllt, mattschwarz, mit 21-Zoll-Sportfelgen, Sportfahrwerk und einem dazu passenden Sound. 326 Pferdestärken standen im Fahrzeugausweis. Stojan war sich bewusst, dass er in der Stadt nicht einmal die Hälfte davon mobilisieren durfte, ohne im Knast zu landen. Trotzdem würde er auf keine einzige davon verzichten wollen.

Er wusste, dass ihm drei Viertel der Stadtbevölkerung schwere Probleme mit seinem Ego unterstellten, hervorgerufen durch Defizite in Körperregionen, die zum Fahren nicht benötigt wurden. Es war Stojan egal. Denn dieses Auto war ein Geschenk an sich selbst, der Lohn dafür, dass er es zu etwas gebracht hatte. Sein ganz persönliches Spielzeug.

Obwohl es von der Hauptwache nach Schwamendingen ein Katzensprung war, obwohl sie angehalten waren, Dienstwagen zu benutzen, und obwohl er zuerst zu Fuss zum Parkhaus gehen musste, wo er seinem Auto einen sagenhaft teuren Unterschlupf gönnte, trotz all dieser Gründe fuhr Stojan kurz nach dem Mittagessen mit seinem eigenen Auto nach Schwamendingen, um mit Eliza Hubacher zu sprechen.

Er wusste aus den Akten, dass sie Elisabeth hiess, aber

auch, dass es ihr wichtig war, Eliza genannt zu werden. Elisabeth war ihr wohl zu spiessig, es passte nicht zu einer, die als trendige junge Grüne im Stadtparlament die Geschicke der Limmatstadt mitlenken wollte. Bereits einmal hatte ihr Gesicht von Wahlkampfplakaten gelächelt; noch hatte es für einen Sitz nicht gereicht, aber sie hatte mehr als einen Achtungserfolg erzielt. Stojan war sicher, dass er ihr Gesicht schon sehr bald wieder auf Plakaten sehen würde, dann nämlich, wenn die Parteien nach den Sommerferien den Wahlkampf so richtig eröffneten.

Eliza war die Lebenspartnerin des Aktivisten Gion Casati gewesen. Das allein war noch nicht bemerkenswert. Aussergewöhnlich war jedoch die Tatsache, dass sie nach Casatis Tod täglich bei der Stadtpolizei angerufen hatte, um zu fordern, man möge diesen grausamen Mord endlich aufklären. Die Beamten hatten sie zwar nicht ansatzweise ernst genommen, aber geflissentlich alles protokolliert. Elizas Behauptung, Scotsdale stecke hinter Casatis Tod. Ihre Aussage, dass Casati um sein Leben gefürchtet und sich manchmal tagelang versteckt gehalten habe. Und auch, dass sie selbst um ihr Leben fürchte.

Stojan hatte sich gut über Eliza informiert, damit hatte er Jaun nicht auch noch belasten wollen. Auslöser dieses Eifers – das gestand er sich immerhin selbst ein – war weniger Eliza Hubachers Aussage als vielmehr ein Foto, zu dem ihn seine Mini-Internetrecherche sofort geführt hatte. Das Foto war auch der Grund, weshalb er Madame Hubacher nicht auf die Wache zitiert oder von zwei Uniformierten hatte befragen lassen. Das Foto hatte vielleicht sogar ein klitzekleines bisschen die Entscheidung beeinflusst, das grüne Parteibuch zu übersehen und mit dem BMW zu fahren.

Mit knallendem Auspuff fegte Stojan an den Menschen vorbei, die beim Milchbuck auf einen langweiligen Bus warteten, dann hielt er leicht rechts in Richtung

Schwamendingen. Dieser Stadtteil wirkte, sobald man die grossen Verkehrsachsen verliess, so gar nicht wie das Zürich, das Stojan kannte. Es war nicht die urbane weltoffene Stadt, als die sich Zürich heute gerne sah, sondern die kleinbürgerliche Ausgabe dessen, was sich im Dorf aufgewachsene Menschen in den Sechzigern unter einer Stadt vorgestellt hatten. Mit Reihenhäuschen, Grünflächen und grossen Gärten, um Gemüse anzubauen.

Zwei Generationen später, der Wert grüner Städte wurde langsam erkannt, musste die Denkmalpflege einschreiten, um zu verhindern, dass ganze Quartiere den enorm gestiegenen Bodenpreisen geopfert wurden.

Eliza Hubacher wohnte in einem dieser Reihenhäuschen; ein Regenbogenfähnchen flatterte im Wind, eine Amsel beobachtete den Besucher von ihrer Warte im Gebüsch aus. Die ganze Szenerie hatte etwas von einer Kulisse an sich, eine zu perfekte heile Welt, um nicht inszeniert zu sein.

Stojan parkte den BWM auf der Strasse vor dem Haus, federte aus dem Wagen und drückte auf einen altmodischen Klingelknopf, der über einem farbenfrohen Schildchen mit Eliza Hubachers Namen thronte. Die Haustür wurde praktisch sofort aufgerissen.

Eliza Hubacher sah sogar noch besser aus als auf den Plakaten, und das hiess etwas. Sie wirkte frisch, natürlich und unkompliziert; dabei war sich Stojan sicher, dass jedes Detail dieses Erscheinungsbildes genau so war, wie sie es haben wollte. Wie auch ihre hellwachen, betörend blauen Augen davon Kunde taten, dass vieles in der Regel genau so lief, wie es Eliza Hubacher haben wollte.

Jetzt streiften diese Augen Stojans Blick, glitten weiter zu seinem BMW und wieder zurück zu Stojan. Kurz nur, unauffällig, aber von Stojan sehr wohl bemerkt, tasteten diese Augen danach seinen Körper ab, bevor sie wieder seinen Blick fixierten. Stojan dankte dem Himmel dafür, dass er das Gespräch nicht dem altbackenen Jaun überlassen hatte, und schenkte diesen strahlend blauen Augen sein bestes Lächeln.

»Stojan Marković«, sagte er. »Stadtpolizei Zürich, wir haben telefoniert. Ich komme, um mit Ihnen über den Tod von Gion Casati zu sprechen.«

Die blauen Augen fixierten Stojan noch immer, doch sie schienen eine Nuance dunkler, härter zu werden.

»So ist die Stadtpolizei heutzutage also unterwegs«, sagte sie und deutete auf den BMW. »Kein Wunder, dass erst eine reiche Ziege sterben musste, bis ihr euch für einen normalen Mord interessiert!«

*

»Es könnte bereits früher einen Mord gegeben haben.«

Jaun raunte nur, trotzdem trug seine Stimme weit im Besucherraum in der Pöschwies. Dieser hatte etwas von einem Schulhaus aus den Neunzigern an sich: Farbig lackierte Fensterrahmen, Plattenboden, Fichtenmöbel, bei denen Robustheit wichtiger gewesen war als Design. Alles in allem ein Ambiente, das Jaun niemals behaglich finden würde. Vor allem auch, weil sich dieser ganz typische Knastgeruch einfach nicht ignorieren liess.

Hilvert sass ihm gegenüber; er trug kurze Hosen, seine Füsse steckten in Plastiklatschen, auf dem übergrossen T-Shirt prangte ein kleiner Klecks Spaghettisauce. Doch trotz dieser Umgebung, trotz der verlotterten Kleidung wirkte Hilvert auf Jaun noch immer wie sein Chef, schien es ihm irgendwie, als befände er sich in einer Besprechung in der Hauptwache.

»Wir sind auf einen gewissen Gion Casati gestossen. Er lebte in Zürich, Anfang Dreissig, gehörte zur alternativen Szene, hat bei Hausbesetzungen mitgemacht. Politisch aktiv, aber nicht in einer Partei. Dafür im Internet sehr aktiv, da hat er gegen Scotsdale und gegen weitere Grosskonzerne angebloggt, angevloggt und angetwittert. Der Mann war sozusagen permanent auf Sendung, beseelt von seiner Mission.«

Hilvert schien belustigt, ohne dass sich Jaun den Grund für diese Heiterkeit erklären konnte.

»Gion Casati ist im letzten November tödlich verunglückt«, fuhr er fort. »Er war mit dem Fahrrad in der Stadt unterwegs. Fuhr vom Stampfenbachplatz in Richtung Hauptbahnhof. An der Kreuzung überfuhr er aus unerklärlichen Gründen in vollem Karacho ein Rotlicht und wurde von einem Lastwagen gerammt. Er war sofort tot.«

»Ein Unfall?«

»Haben wir natürlich auch gesagt. Er hatte THC im Blut, hatte sich wohl einen Guten-Morgen-Joint gegönnt. Wir dachten, er sei unaufmerksam gewesen und darum einfach bei Rot weitergefahren.«

»Ganz abgesehen davon, dass jeder zweite Velofahrer in der Stadt ohnehin der Ansicht ist, dass Ampeln nur für Autos gelten.«

»Auch dieser Eindruck mag bei der Gesamtbeurteilung eine Rolle gespielt haben.« Jaun hatte sich gefragt, ob er selbst ebenfalls zu diesem Schluss gekommen wäre, ob bei ihm – oder Hilvert – nicht eine Alarmglocke losgegangen wäre. Aber weder Jaun noch Hilvert hatten etwas vom Tod Gion Casatis mitbekommen: Der eine hatte in der Pöschwies, der andere im Kellerloch gesessen.

»In den Wochen nach dem Unfall hat die Freundin des Toten ständig bei uns angerufen«, fuhr Jaun mit seiner Geschichte fort. »Elisabeth Hubacher, genannt Eliza. Grüne Politikerin mit ebenfalls grosser Sendeleistung. Hat davon geredet, dass jemand ihren Partner umgebracht habe, weil er zu viel gewusst hätte. Weil er Missstände bei Scotsdale aufdecken wollte.«

»Ich nehme an, das hat niemand ernst genommen. Liegt ja irgendwie auch nahe.« Hilvert lehnte sich zurück, mit vor der Brust verschränkten Armen. An seinem Gesicht konnte Jaun sehen, wie sehr es den ehemaligen Kommandanten befriedigte, wieder an einem Fall beteiligt zu sein. Ein in der Wolle gefärbter Bulle – das war Hilvert – blieb nun mal ein Leben lang ein Bulle. Sogar im Knast. Für so einen waren Fälle nicht einfach nur Fälle. Sie waren ein Lebenselixier.

»Natürlich nicht.« Jaun nickte. »Irgendwann hat das wohl auch die Frau erkannt, denn die Anrufe haben nach ein paar Wochen auf einen Schlag aufgehört. Trotzdem habe ich mir jetzt alles nochmal angeschaut. Mindestens eine der beiden Bremsen des Fahrrads hat nicht funktioniert. Das entsprechende Drahtseil war ausgehängt. Das hatte die Polizei zwar bemerkt, aber gedacht, dass der Draht durch den Aufprall gelöst worden sei. Das Fahrrad sah halt so aus, wie ein Fahrrad aussieht, wenn ein Lastwagen darüberrollt.«

»Es könnte manipuliert worden sein«, brummte Hilvert, während seine Mimik von intensivem Nachdenken zeugte. »Es muss aber nicht.«

»Nein. Es könnte ein Unfall gewesen sein. Oder Mord.«

»Wenn es ein Mord war, dann war er mit einem glücklichen Zufall verbunden. Immerhin hätte ja auch kein Lastwagen kommen können.« Hilvert zwinkerte Jaun zu. »Was sagt denn die Witwe? Respektive die Freundin?«

»Die wird gerade verhört, während wir hier miteinander reden. Mein neuer Chef hat das übernommen.«

»Ihr neuer Chef, da schau an. Ich habe ihn im Lokalfernsehen gesehen. Das war dieser junge geschniegelte Kerl, der hinter Ihnen aus dem Hochhaus gekommen ist, in dem der Mord passiert ist, korrekt?«

»Kurzer Bart, schwarze Haare?«

»Genau den meine ich.«

»Ja, das ist er.«

»Sagenhaft, wie die heutzutage rumlaufen.« Hilvert gluckste. »Ich frage mich, was ihm wichtiger ist: die Ermittlung oder das eigene Erscheinungsbild.«

»Also diese Frage kann ich beantworten«, lachte Jaun

und beugte sich vor. »Ich habe genau hingeschaut. Er zupft sich die Augenbrauen. Ausserdem hege ich den Verdacht, dass er sich den Bart schwarz färbt. Der ist einfach zu schwarz, um natürlich zu sein. Soll der letzte Schrei sein, sagt mein Coiffeur.«

Lautes Gelächter füllte den langweiligen Besucherraum in der Justizvollzugsanstalt Pöschwies, als sich Jaun und Hilvert für den Rest der Besuchszeit einem der sowohl ältesten als auch erfüllendsten Zeitvertreibe der Menschheit hingaben: Sie lästerten über den Chef.

4

»Wer garantiert mir, dass Sie diese Ermittlung jetzt ernster nehmen?«

Eliza Hubacher war voll im Angriffsmodus. Sie hatte Stojan reingebeten und ihm in der Küche ein Glas Wasser angeboten – mit der spitzen Bemerkung, dass sie leider keinen Champagner zur Hand habe, um dem Detektiv der Stapo ein würdiges Getränk zu reichen.

Stojan nahm diese und andere Spitzen kaum wahr, zu sehr war er damit beschäftigt, in dem folgenden Gespräch eine professionelle Fassade aufrechtzuerhalten. Denn Eliza Hubacher entfaltete eine Wirkung auf ihn, die sogar ihn selbst verwirrte.

Sie war strahlend schön, das allein konnte es jedoch nicht sein, schöne Frauen hatte Stojan schon oft gesehen. Aber Eliza hatte Charisma und Sexappeal, und zwar nicht zu knapp. Eine starke, selbstbewusste Frau, die gut aussah: Hätte Stojan Eliza in einer Bar angetroffen, am See, im Fitnesscenter, sprich einfach irgendwo, er hätte sie sofort angesprochen. Er hätte sie angesprochen und er hätte sich auch nicht aus Respekt vor ihr mit einem einfachen Nein abspeisen lassen. Er hätte sie so lange umworben, bis sie ihm entweder eine heftige, unmissverständliche Abfuhr erteilt oder aber ihm ihre Telefonnummer gegeben hätte.

Nur dass das jetzt natürlich nicht ging. Denn er war nicht Stojan. Er war Stojan, der Polizist. Und sie war nicht Eliza, sondern Eliza, die Zeugin. Die noch dazu ihren Freund verloren hatte. Durch einen Unfall oder einen Mord.

»Wir nehmen diese Ermittlung sehr ernst. Haben wir immer.« Stojan bemerkte, wie er sich bereits nach einem Politiker anhörte. »Wir haben den Tod von Herrn Casati sorgfältig geprüft, aber keine Hinweise gefunden, die einen Mord plausibel erscheinen liessen.«

»Zum Glück ist das jetzt anders.« Aus ihrer Stimme troff Verachtung. »Jetzt ist diese reiche Ziege tot, da wird die Polizei natürlich aktiv. Hat der Vorstand von Scotsdale bereits angerufen?«

Stojan schüttelte den Kopf, verzichtete auf die Entgegnung, dass kaum jemand so oft bei der Stapo angerufen habe wie Eliza Hubacher selbst.

»Könnten Sie mir nochmal erzählen, was Gion Casati vor seinem Mord mit Jolanda Luginbühl zu tun hatte?«

Sie sah ihn herausfordernd an. »Haben Sie Ihre Akten verlegt? Soweit ich mich erinnere, habe ich das mehrmals zu Protokoll gegeben!«

»Nein, ich habe alles gelesen.« Stimmte sogar. »Aber ich möchte es noch einmal aus erster Hand erfahren.«

»Damit Sie nachher nach Widersprüchen graben und mir vorwerfen können, meine Geschichte sei nicht glaubwürdig?«

»Nein.« Stojan seufzte, sah ihr direkt in die Augen. Dabei durchschoss ihn ein heisser Schauer. Aber er hielt ihrem Blick stand. «Hören Sie, ich verstehe, dass Sie frustriert sind, weil die Stapo bisher nichts unternommen hat. Aber ich versichere Ihnen, das war nicht aus Schlamperei oder Verachtung gegenüber Herrn Casati. Es gab einfach nicht genug Spuren, die auf Mord schliessen liessen. Eine Mordermittlung muss von der Staatsanwaltschaft genehmigt werden, und das tut diese nur, wenn entsprechende Fakten vorliegen. Das ist im Fall Luginbühl anders, denn wir haben eindeutige Hinweise auf Mord, und das Mordopfer stand mit Herrn Casati in Kontakt.«

Sie dachte kurz nach, dann nickte sie. Ein kleines Lächeln huschte über ihr Gesicht, in ihren aufregend blauen Augen blitzte etwas auf, das Stojan nicht eindeutig zuordnen konnte.

»Gion setzte sich seit vielen Jahren dafür ein, dass die Rohstoffkonzerne endlich ihre Verantwortung wahrnehmen müssen. Dass sie dafür geradestehen müssen, wenn Menschenrechte verletzt und die Umwelt zerstört werden. Er wollte, dass all den sorglosen Kunden hierzulande diese Missstände endlich bewusst werden. Dass sich jeder schämt, wenn er schon wieder ein neues Smartphone kauft, obwohl das alte noch funktioniert.«

Stojan schwieg, fühlte sich angesprochen.

»Wie alt ist Ihr Smartphone?« Als hätte sie in seinem Gesicht lesen können. Die Frau war schlau, aufregend und sexy.

»Vier Monate.« Stojan lächelte. »Ertappt!«

»Die meisten sind so. Niemand denkt darüber nach, was unser Konsumverhalten anderswo bewirkt. Gion wollte das ändern.«

»Wie kam er in Kontakt zu Jolanda Luginbühl?«

»Er hat seit langem versucht, einen Insider zum Auspacken zu bewegen. Jolanda Luginbühl hat er im Kongo kennengelernt. Er war dort, um Informationen über den Abbau von Coltan zu sammeln. Zeugenaussagen, Bilder. Sie war dort, weil sie ebendiese Minen beaufsichtigte. Sie waren im gleichen Hotel und haben sich kennengelernt.«

»Wann war das?«

»Vor ungefähr zwei Jahren. Gion kam mit ihr ins Gespräch. Er konnte ihr offenbar die Augen öffnen über die Art der Geschäfte, mit denen sie ihr Geld verdiente. Dass diese um des Profits willen die Lebensgrundlage und Gesundheit vieler Menschen zerstören.«

»Wollte sie aussagen?«

»Zuerst nicht. Aber Gion hat nicht lockergelassen und sie weiter intensiv bearbeitet.« Sie verzog ihre Mundwinkel. »Er konnte ziemlich hartnäckig sein.«

»Und dann?«

»Jolanda Luginbühl wollte schliesslich kooperieren, wollte die Machenschaften der Rohstoffkonzerne offenlegen. Denn es geht nicht nur darum, dass im Kongo Umweltauflagen missachtet werden. Da können die sich immer rausreden, weil das in der Schweiz nicht strafbar ist. Aber sie wusste, dass die Firmen auch gegen hiesige Gesetze verstossen. Allerdings geht es dabei eher um Geldwäscherei, Bestechung und Korruption.«

»Hatte sie Beweise?«

Stojans Frage folgte ein Schweigen, das sich unerwartet in die Länge zog, aber nicht unangenehm war. Schliesslich wandte Eliza den Blick ab, liess ihn durch die Küche schweifen. Eine schöne Küche, nicht so neu und trendig, wie es derzeit der letzte Schrei war, aber von einer herzlichen Gemütlichkeit, die Stojan sofort für sich einnahm. Eine Küchenkombination mit kleinen Fenstern an den Schränken, an den Kanten war die Farbe abgeschossen. Blumen auf dem Fenstersims, das Foto eines Mädchens mit einem Hund daneben. Postkarten am Kühlschrank, auf einem Regal Tassen als Andenken an vergangene Reisen. Vor dem Fenster die urtümliche Wildnis des Gartens, mitten in Zürich. Eine Wohlfühlküche, die förmlich danach schrie, dass man am Sonntagmorgen in Pyjama und Pantoffeln zu zweit frische Croissants verdrückte und Kaffee trank. Stojan brauchte nicht mal die Augen zu schliessen, um das alles vor sich sehen, den Duft nach Kaffee in der Nase riechen zu können. Er und Eliza bei einem gemeinsamen Frühstück nach einer…

»Ich weiss es nicht«, platzte Elizas Stimme in Stojans Tagträume, so unvermittelt, dass er zusammenfuhr.

»Sind Sie eingeschlafen?« Sie lächelte, doch ein Hauch harter Kritik schwang in ihrer Stimme mit.

»Nein, nein. Entschuldigung«, stammelte Stojan. »Ich habe diese gemütliche Küche bewundert. Bitte entschuldigen Sie.«

»Danke.« Sie sah ihn an, lange, vielsagend. Diesmal senkte Stojan den Blick. Die Frau wusste haargenau um die Wirkung, die sie auf andere hatte.

»Ich vermute, dass Gion Beweise hatte«, nahm sie dann den Faden des Gesprächs wieder auf. »Was habe ich nicht danach gesucht, seit er tot ist. Aber ich habe nichts gefunden. Er sagte mir, wie schwierig es für Jolanda Luginbühl sei, diese Beweise zu entwenden, ohne aufzufliegen. Sie hatte Angst, denn sie wusste, wozu ihr Arbeitgeber fähig war.«

»Hatte Gion Casati denn keine Angst?«

Sie schüttelte den Kopf. »Gion hatte nie Angst.«

Eine Pause, die sich in die Länge zog. »Aber ich schon.« Ihre Stimme war leise, beinahe ein Flüstern nur. »Ich habe Angst. Seit Gion tot ist, bringt sie mich fast um den Verstand!«

Stunden später, als Stojan im Fitnesscenter Gewichte stemmte und jede einzelne Faser seines Körpers spürte, da wollte ihm Eliza Hubacher einfach nicht aus dem Kopf gehen. Er fragte sich, was eine Frau wie sie dazu gebracht hatte, mit einem wie Gion Casati zusammen zu sein. Einem Mann, der mit einem uralten Fahrrad durch die Stadt gekurvt war, kein anständiges Einkommen gehabt und sich allem Anschein nach die Haare selber geschnitten hatte.

War es, weil er ein Weltverbesserer gewesen war? Ein Abenteurer, aufregender und spannender als einer wie Stojan, der zwar gut verdiente, dem es aber reichte, sein im Kern spiessiges Leben mit einem etwas lauteren Auspuff aufzupeppen?

Stojan wusste noch immer keine Antwort auf die Frage, als er frisch geduscht den Heimweg antrat. Nur Eliza Hubacher, die kreiste ihm immer noch im Kopf herum.

*

Ein herrliches Lüftchen kam vom See her und liess die Blätter der mächtigen Linden auf dem Bauschänzli leise rascheln. Als Teil der alten Stadtbefestigung hatte das Bauschänzli einst die Reichtümer der Limmatstadt geschützt, heute war es einer der schönsten Orte Zürichs, um einen warmen Sommertag zu verbringen. Hinter der Quaibrücke lockte der offene See, auf dem die Segel im Wind standen, in der Ferne grüssten bei klarer Sicht die Alpen.

Walter Bitterlin hatte sich mit seinem Verbindungsmann von der Kapo getroffen. Sie trafen sich immer auf neutralem Grund, um keinen Verdacht zu erregen. Der Mann arbeitete ruhig und effizient, aber bisher war bei seinen Bemühungen nicht viel Brauchbares herausgekommen. Wobei nichts nicht nichts war: auch der Ausschluss einer Option bringt eine Ermittlung weiter.

Nun war der Mann gegangen, und Bitterlin blieb noch etwas sitzen. Es war kurz vor fünf, ins Büro wollte er nicht mehr, nach Altstetten in seine Wohnung noch weniger. Er bestellte sich ein Bier, zündete sich eine Zigarette an, nahm einen tiefen Zug, schloss beim Ausatmen die Augen. Hörte den Kies, der unter den Füssen des Kellners knirschte, die Stimmen der Menschen an den anderen Tischen, das Horn eines Kursschiffs auf dem See.

Hilverts Postkarte ging ihm nicht aus dem Kopf. Die Nummer darauf war die Nummer von Gion Casati gewesen, der vor der Walchebrücke von einem Lastwagen überrollt worden war. Wie zum Teufel war Hilvert an diese Nummer gekommen? Noch bevor irgendeiner innerhalb der Stapo den Namen »Gion Casati« überhaupt in den Mund genommen hatte? Und zudem, obwohl diese Nummer bereits Monate vor dem Rizin-Mord an Jolanda Luginbühl abgestellt worden war?

Klar war mittlerweile, dass Gion Casati mit Jolanda Luginbühl in Kontakt gestanden hatte. Regelmässig. Das bestätigten nicht nur Casatis Freundin, diese Eliza, sondern auch die Telefondaten der beiden Toten. Sie hatten bis zu Casatis Tod regelmässig miteinander telefoniert. Textnachrichten hatten sie leider nicht ausgetauscht, Mails auch nicht, weshalb der Inhalt dieser Kontakte für immer verloren war.

Hatte Casati die Luginbühl davon überzeugen wollen, heikle Unterlagen zu suchen und ihm zu übergeben? Hatte sie irgendetwas Illegales publik machen wollen?

Hatte sie etwas gewusst, das Scotsdale hätte gefährlich werden können? Gefährlicher als die üblichen Anschuldigungen vonseiten der NGOs? Eliza Hubacher war davon überzeugt, auch Stojan tendierte zu dieser Ansicht. Aber konkrete Hinweise, worum es bei diesen beiden Morden gegangen war, gab es keine. Falls Casatis Tod überhaupt ein Mord gewesen war.

Womit Bitterlin wieder bei Hilvert anlangte. Neben der Frage, wie dieser an Casatis Nummer gekommen war, stand eine viel grössere im Raum: Was bezweckte Hilvert mit seinem Manöver? Welche Rolle spielte der harmlos wirkende Bruno Jaun in dieser Scharade?

Bitterlin hatte sich Zurbriggens Rat zu Herzen und Jaun unter die Lupe genommen. Hilverts ehemaliger Assistent war ein Bünzli, wie er im Buche stand. Wohnte mit seiner Frau in einem Einfamilienhaus auf dem Land, die beiden hatten einen Hund, Geranien auf dem Fensterbrett und in den Ritzen der mit Verbundsteinen gepflasterten Garagenzufahrt wuchs kein einziges Unkraut. Die Tochter kam regelmässig zu Besuch, einmal die Woche hütete Jauns Frau Kathrin die Enkelin.

Bruno Jaun selbst hatte sein langweiliges Berufsleben im Dienst der öffentlichen Hand verbracht, zuerst in der Verwaltung der Stadt, den Grossteil aber bei der Stadtpolizei, zu der er in den Neunzigern gestossen war. Ein Leben lang war er Hilverts Assistent gewesen, hatte offenbar keinerlei persönliche Ambitionen entwickelt, was ihm in der Geschäftsleitung den Spitznamen »Hilverts Blinddarm« eingebracht hatte. Immer mit dabei, aber nicht wirklich notwendig.

Doch bei genauerem Hinsehen – was Bitterlin nun getan hatte – fielen einige kleine Unregelmässigkeiten auf, insbesondere in Bezug auf die Ereignisse jener Tage, als der damalige Stapo-Kommandant Karl Leimbacher spurlos verschwunden war. Es waren Haarrisse in einem ansonsten perfekt wirkenden Bild.

Hilvert hatte Folgendes ausgesagt: Leimbacher, sein

Vorgänger ad interim, sei der Zürcher Ripper gewesen und hätte nicht nur zahlreiche Menschen getötet, sondern auch ihn, Hilvert, umbringen wollen, als dieser ihm auf die Schliche gekommen sei. In Notwehr hatte Hilvert vermocht, Leimbacher zu töten, doch statt die Tat offenzulegen, hatte er sie vertuscht und die Leiche entsorgt. Laut Hilvert in der Sonderabfallverbrennungsanlage, doch bis heute hatte die Polizei keine überzeugenden Spuren nachweisen können, die seine Geschichte untermauerten. Tatort, Tatwaffe, Leiche: alles unwiederbringlich verloren.

Das war einer der Risse in dem schönen Bild. Hilvert war ein Chaot, immer schon gewesen. Die Unordnung in seinem Büro war legendär und stets Anlass für Spötteleien in der Mannschaft gewesen. Dass so einer einen perfekt aufgeräumten Tatort hinterliess, war zumindest fragwürdig.

Ganz anders Bruno Jaun. Penibel, genau, scheinbar langweilig.

Hatte Jaun aufgeräumt? Hatte er am Ende sogar Leimbacher umgebracht? Warum sass dann Hilvert in der Pöschwies ein? Warum hatte er die Schuld auf sich genommen, spielte er den reumütigen Einzeltäter?

Bitterlin hatte keine Ahnung, was damals gelaufen war, aber er war ziemlich sicher, dass an der Geschichte etwas faul war. Denn je genauer er hinschaute, desto klarer wurde eines: Wo immer sich Hilvert in den vergangenen fünfundzwanzig Jahren aufgehalten hatte, da war Jaun nicht weit gewesen. Mittlerweile war Bitterlin überzeugt davon, dass Jaun jedes Detail von dem wusste, was damals geschehen war. Womit Zurbriggen recht behielt: Bruno Jaun war gefährlich.

Das wiederum rückte die Vorgänge innerhalb der Stapo in ein ganz anderes Licht. Wenn Jaun nicht so langweilig und unschuldig war, wie es den Anschein machte, wie mochte er darauf reagieren, dass er in das übelste Kellerloch der ganzen Stapo gesteckt worden war? Sann er auf Rache? Oder schmiedeten Jaun und Hilvert womöglich gar zusammen einen Plan? War am Ende Hilverts Aufenthalt im Knast Teil eines grösseren Plans? Eine Art Verschnaufpause, die die beiden gebraucht hatten, um wieder auf die Beine zu kommen? Waren die gegenwärtigen Ereignisse die Vorboten eines Coups, der Hilvert aus dem Knast holen sollte?

Bitterlin ahnte dumpf, dass es kein plumper Ausbruchversuch werden würde. Wenn Jaun tatsächlich so durchtrieben war, wie Bitterlin mehr und mehr vermutete, dann planten er und Hilvert etwas weitaus Grösseres. Zurbriggens Sturz vielleicht? Hilverts Rückkehr an die Spitze der Stapo? Dazu müsste der alte Kommandant aber rehabilitiert werden, reingewaschen von aller Schuld. Das wiederum ging nur, wenn man diese Schuld einem anderen anhängen konnte.

Mit einem Wink bestellte Bitterlin noch ein grosses Bier; die Uhrzeiger waren bereits über eine Stunde weitergerückt, ohne dass er es bemerkt hatte. Zum Bier bestellte er sich Schnitzel mit Pommes, es galt schliesslich, diesem absurden Gesundheitswahn zu trotzen, der weite Teile der Bevölkerung erfasst zu haben schien. Manchmal dünkte Bitterlin, jeder über 45 in der Stapo habe damit begonnen, Marathon zu laufen und irgendeine neue Ernährungsphilosophie auszuprobieren: zuckerlos, intervallfastend oder alkohol- und koffeinfrei. Einige Kollegen hatten ihn sogar einmal gefragt, ob er mit ihnen über Mittag joggen kommen wolle. Nachdem Bitterlin erfahren hatte, dass die Route mal eben schnell von Zürich nach Adliswil und zurück führte, hatte er dankend abgelehnt. Die hatten sie ja nicht mehr alle.

Sein Instinkt sagte ihm, dass irgendetwas im Tun war, etwas Grosses. Fast schien ihm, als könne er die Geschütze sehen, die da in der Ferne aufgerichtet wurden. Und die alle auf Zurbriggen zielten, den Glatzkopf, der so dreist gewesen war, sich in Hilverts Sessel zu setzen.

Vielleicht war auch das kein Zufall. Hätte Jaun nicht

Hilverts Sessel einlagern lassen, wenn er wirklich davon ausgegangen wäre, dass sein einstiger Chef niemals zurückkehren würde? Bitterlin wusste, dass Jaun Hilverts gesamtes Hab und Gut verwahrte, dass er ein Lager gemietet hatte, in dem dessen Kleider, Möbel, ja jede einzelne seiner blank polierten Kasserollen in einem staubfreien Ambiente der Rückkehr ihres Meisters harrten, auf dass der wieder seine inkorrekten Süppchen darin kochen konnte.

Der Stuhl war noch da, weil Zurbriggen nur ein Intermezzo war; das wurde Bitterlin in diesem Moment klar. Der Stuhl war nicht vergessen gegangen, er verkörperte einen Machtanspruch!

Womit Bitterlin sich selbst eine wichtige Frage beantworten musste. Auf welche Seite wollte er sich stellen? Wollte er Zurbriggen unterstützen und so seine neu gewonnene Stellung als mächtige rechte Hand des Kommandanten ausbauen? Mit dem Risiko, zusammen mit dem Kapitän unterzugehen? Oder wollte er beiseitetreten, Zurbriggen beim Sturz in den Abgrund zusehen und die erstbeste Gelegenheit ergreifen, sich selber auf den Stuhl des Kommandanten zu hieven? Während alle anderen in der Geschäftsleitung noch damit beschäftigt sein würden, Bitterlins Abteilung unter sich aufzuteilen? Wollte er der Brutus sein?

Allein die Option raubte Bitterlin fast den Atem. Er hatte sich selbst nie als übermässig ehrgeizig eingestuft; er hatte einfach immer vorwärtskommen und seine Arbeit gut machen wollen. Dass sich ihm nun die grösste aller Chancen eröffnete, überraschte ihn selbst.

Doch wie auch immer er sich entschied, eines war klar: Er musste von nun an jeden einzelnen seiner Schachzüge mit grösster Sorgfalt abwägen.

*

Die Stimmung passte zur Luft im Raum: stinkig und drückend. Eines der Fenster des Sitzungszimmers stand offen, doch damit liess sich lediglich die Luft, nicht aber die Stimmung aufbessern.

Der Grund für die schlechte Stimmung lag in Form mehrerer Tageszeitungen in der Mitte des Tisches. Die vierte Macht im Staat wusste, dass Gion Casati in den Luginbühl-Ermittlungen auf den Radar gekommen war. Ob es die Journalisten selbst ausgegraben oder ob es ihnen jemand gesteckt hatte, war unerheblich, auch wenn Stojan auf ein Leck tippte. Denn der Rizin-Mord war schon länger nicht mehr thematisiert worden.

Das war nun anders. Genüsslich bohrte die Presse erneut ihre spitzen Federn in die kaum verheilten Wunden der Stadtpolizei und drosch mit Schlagzeilen wie »Schlampige Ermittlungen« oder »Hilfloses Stochern im Dunkeln« auf den selbsterklärten Freund und Helfer der Zürcher Stadtbevölkerung ein.

Stojan kam nicht umhin, diese Attacken persönlich zu nehmen, und er war ziemlich sicher, dass Zurbriggen ähnlich fühlte. Besser, er lief dem Polizeikommandanten heute nicht über den Weg.

Nur Bitterlin, der wieder am Kopfende sass, die gesamte Sonderkommission um sich geschart, schien gegen diese Attacke immun zu sein; er wirkte weder überrascht noch erzürnt. Ganz im Gegenteil: Stojans Chef sah zufrieden aus, überaus zufrieden sogar. Vor ihm auf dem Tisch stand ein Kaffeebecher aus dem Take-away, Brotkrumen am Revers zeugten davon, dass er im Büro gefrühstückt hatte. Vielleicht hatte er auch da geschlafen, sein Hemd und seine ausser Kontrolle geratene Frisur sahen jedenfalls danach aus.

Gut möglich allerdings auch, dass Bitterlin aufgestanden war, noch auf dem Klo die Nachrichten gelesen hatte und dann völlig überstürzt ins Büro geeilt war.

»Ihr habt das wohl alle gesehen«, eröffnete Bitterlin die Sitzung. »Die Zeit der ungestörten Ermittlungen ist damit wohl abgelaufen.«

»Was sagt Zurbriggen dazu?«, wollte Lara wissen.

»Ich hatte noch nicht das Vergnügen«, feixte Bitterlin. »Er ist besetzt. Termin beim Stadtrat. Hoffentlich schluckt er vorher einen Betablocker!«

Ein kurzes Grinsen schwappte wie eine Welle einmal um den Sitzungstisch.

»Wie auch immer: Wir brauchen jetzt Ergebnisse. Was haben wir?«

Nacheinander präsentierten alle ihre Fortschritte. Die Beiträge waren auffallend kurz und liessen sich mit einem kleinen Satz zusammenfassen: Sie hatten nichts.

»Gibt es jemanden aus dem Dunstkreis dieser militanten Ökos und Weltverbesserer, den wir als verdächtig deklarieren könnten?«

Stojan glaubte, sich verhört zu haben, doch er liess sich nichts anmerken. »Bruno hat die wichtigsten Akteure zusammengesucht. Ein paar wohnen in Zürich, viele aber in anderen Kantonen; das macht es etwas kompliziert. Wir haben die, die in Zürich sind, oberflächlich überprüft, aber keinen einzigen Hinweis darauf gefunden, dass sie in den Mord an Jolanda Luginbühl verwickelt sein könnten. Die Frau scheint nicht eine einzige Drohung erhalten zu haben, und die weitere Auswertung ihrer privaten Korrespondenz dürfte das bestätigen. Leider blocken uns die Juristen von Scotsdale ab, wenn es um ihren geschäftlichen Account geht. Von wegen Geschäftsgeheimnis und so.«

»Hm.« Bitterlin fuhr sich durchs Haar, was der schon vorher kaum existenten Frisur nicht förderlich war.

»Ausserdem geht das rein logisch für mich nicht wirklich auf«, fügte Stojan hinzu.

»Wieso?«

»Das sind Leute, die sich dafür einsetzen, dass die Welt besser wird. Sie schreiben sich Fairness, Menschenwürde und Umweltschutz auf die Fahnen, essen kein Fleisch und fliegen kaum. Wieso sollte so jemand plötzlich zu Mord und Totschlag greifen?«

»Lass dich von einer hehren Fassade nicht blenden,

Stojan. Wenn ich etwas gelernt habe in meinem Leben, dann die erschreckende Tatsache, wie viele wie viel heucheln.«

»Selbst dann. Warum sollten sie Gion Casati umbringen? Er war doch einer von ihnen.«

»Da bist du mit deiner Schlussfolgerung etwas vorschnell.« Leichter Tadel schwang in Bitterlins Stimme mit. »Einerseits wissen wir nicht mit Sicherheit, dass Casati umgebracht wurde, auch wenn seine Freundin das gebetsmühlenartig wiederholt. Andererseits ist es alles andere als sicher, dass wir von einem einzigen Täter ausgehen können, selbst wenn die Fälle zusammenhängen.«

Stojan merkte, wie sich seine Wangen rot färbten. Verdammt, da hatte er den Mund etwas vorschnell aufgerissen. Peinlich!

Bitterlin wirkte aber alles andere als unzufrieden. »Wenn ich mal zusammenfassen darf, was ihr bisher so an Thesen auf den Tisch gelegt habt. These Nummer eins: Irgendjemand hat Gion Casati umgebracht, und jemand anders hat sich dafür an Jolanda Luginbühl gerächt. Das würde bedeuten, dass wir von zwei Tätern ausgehen müssen, wobei vielleicht sogar die Luginbühl in den Tod von Casati verwickelt war, sie also nicht nur Opfer, sondern auch Täterin gewesen sein könnte.«

Stojan versuchte sich diese Theorie vorzustellen. Jolanda Luginbühl, die mondäne, knallharte Geschäftsfrau, die merkt, dass Gion Casati ihr gefährlich wird. Die handelt, entschlossen und effektiv, aber nicht unbemerkt. Dann, später, einer aus dem Lager von Casati, der die Luginbühl mit Rizin ausschaltet. Auge um Auge sozusagen. Ja, der Rohstoffhandel war sicher nicht ganz sauber, aber derart mafiös? Konnte das sein? Dass eine wie Jolanda Luginbühl mit ihrer blitzblank polierten Fassade hinter dieser Fassade derart verdorben war? Oder war er, Stojan, naiv und gutgläubig, weil er sich diese Frage überhaupt stellte?

Bitterlin, der nichts von Stojans Gedanken wusste, redete unbeirrt weiter. »Wie ich aus deinem Statement heraushöre, Stojan, findest du diese Theorie etwas abwegig. Ergo suggerierst du, jemand habe Gion Casati umgebracht, weil er eine Gefahr darstellte. Weil er etwas wusste oder Jolanda Luginbühl dazu bringen wollte, etwas publik zu machen. Vielleicht sollte der Mord, der dann wirklich verdammt gut kaschiert war, nicht nur Casati zum Schweigen, sondern auch die Luginbühl wieder auf die richtige Spur bringen. Möglicherweise hat das aber nicht geklappt, vielleicht wollte die Luginbühl nach dem Mord an Casati erst recht auspacken!«

»Worauf auch sie mundtot gemacht wurde«, vervollständigte Stojan den Gedankengang.

»Genau. Dann hätten wir nur einen Täter.« Bitterlin kniff sein Gesicht zusammen, starrte an die Decke, sortierte seine Gedanken. Eine konzentrierte Stille senkte sich auf das Sitzungszimmner, die Stojan nicht zu durchbrechen wagte. Von draussen drang schwach der Verkehrslärm herein, vom Flur ein paar gedämpfte Stimmen. Menschen, die redeten, ohne dass man ihre Worte verstand.

»Ich muss Antworten auf zwei Fragen haben«, sagte Bitterlin dann in die Stille hinein. »Erstens: Hatte Jolanda Luginbühl allenfalls irgendetwas mit Gion Casatis Tod zu tun? Besteht eine Möglichkeit, auch wenn sie noch so winzig ist, dass die Frau bei diesem Unfall die Finger im Spiel hatte?«

»Und zweitens?«

»Zweitens.« Bitterlin sah wieder mit zusammengekniffenen Augen zur Decke; Stojan fiel auf, dass sich sein Vorgesetzter nicht rasiert hatte. »Wenn jemand Casati und die Luginbühl zum Schweigen gebracht hat, dann müssen die beiden über sehr brisante Informationen verfügt haben. Dann muss es irgendwo Beweise geben, die jemandem zwei Morde wert waren. Diese Beweise brauchen wir.«

»Eliza Hubacher hat etwas in der Art gesagt«, erzählte Stojan. »Dass sie überzeugt sei, Gion Casati habe irgendwo Beweise versteckt. Aber sie konnte bisher nichts finden.«

»Dann wären diese Beweise immer noch dort, wo Casati sie versteckt hat. Denn hätte der Mörder sie gehabt, hätte er die Luginbühl nicht umbringen müssen.«

Bitterlin verfiel erneut in Schweigen. Der Moment dehnte sich aus, das Schweigen wurde drückend. Als Stojan seinen Blick hob, erkannte er, dass alle auf den Tisch vor sich schauten. Nur Bitterlins Augen ruhten hellwach auf ihm, Stojan. Als befände er sich in einer Prüfung, nur dass er der Einzige im Raum wäre, der das bisher nicht verstanden hätte. Schweiss brach ihm plötzlich aus allen Poren.

»Bin ich eigentlich der Einzige, der diese These etwas an den Haaren herbeigezogen findet?«, warf Bitterlin in die Runde.

Nun wechselte das Schweigen seine Tonalität, wurde von bleiern zu angespannt. Stojan sah Lara an, doch sie wich seinem Blick aus. Zerpflückte Bitterlin hier gerade seine Theorie, stellte er ihn, Stojan, bloss? Doch Bitterlin wirkte nicht aggressiv; vielmehr schien er seine Frage in der aufrichtigen Absicht gestellt zu haben, eine Antwort zu erhalten.

»Entschuldige, wenn ich so blöd frage, aber was stört dich daran?«, entgegnete Stojan patzig.

»Dass wir von einem internationalen Grosskonzern reden, der mitten in Zürich Leute umbringen lassen soll«, brummte Bitterlin. »Wir sind doch nicht in Hollywood!«

»Aber es muss doch ein Motiv geben! Zwei Menschen sind tot.«

Bitterlin seufzte. »Und das Privatleben von dieser Luginbühl gibt tatsächlich nichts her? Einfach nichts?«

Lara schüttelte den Kopf. »Wir haben ihre Telefondaten ausgewertet, zwei Jahre zurück. Praktisch nur

Kontakte innerhalb der Firma. Ihre Assistentin, die Geschäftsleitung, die Buchhaltung, der Rechtsdienst. Dann vereinzelt Kontakte mit ihrer Familie. Ausserhalb von Scotsdale hatte die Frau keinerlei Kontakte, abgesehen von diesem Gion Casati.«

»Hatte sie ein zweites Telefon?«

»Wir haben keines gefunden.«

»E-Mails?«

»Ihr privater Account gibt nichts her. Den der Firma konnten wir noch nicht untersuchen, weil die Anwälte von Scotsdale blocken und uns die Staatsanwaltschaft keinen Durchsuchungsbefehl ausstellt.«

Bitterlin horchte auf. »Tatsächlich? Mit welchem Argument?«

»Geschäftsgeheimnis. Jolanda Luginbühls geschäftliche Kontakte hätten nichts mit dem Mord zu tun. Sie sei in ihrer Freizeit in ihrer privaten Wohnung umgebracht worden.«

»Und die Staatsanwaltschaft will sich bei einer Firma mit derart hochbezahlten Anwälten nicht die Finger verbrennen. Feiges Pack!« Aus Bitterlins Worten sprach eine Verachtung, die Stojan überraschte.

»Glaubst du, dass Scotsdale Druck ausübt?«

»Quatsch! Die Staatsanwaltschaft hat die Hosen gestrichen voll, nachdem Hilvert den Korruptionssumpf um die letzte Oberstaatsanwältin publik gemacht hat. Und wir haben eine miserable Fehlerkultur in diesem Land: Mach einen Fehler, und du wirst gelyncht. Also unternehmen die Leute lieber nichts, damit sicher nichts falsch sein kann!«

Wieder machte sich in der Runde Schweigen breit; niemand wagte Bitterlin zu widersprechen oder hatte Lust, die Diskussion zu vertiefen. Schliesslich war es an Bitterlin, das von ihm verursachte Schweigen wieder aufzubrechen.

»Naja«, brummte er, »daran können wir so auf die Schnelle nichts ändern. Ich persönlich bin aber nicht überzeugt von der Geschichte vom korrupten, bösen Grosskonzern. Da müsst ihr mir schon mehr bringen, damit ich bei der Staatsanwaltschaft Druck machen kann. Und ich will, dass ihr Jolanda Luginbühls Privatleben noch genauer umkrempelt. Da muss es etwas geben. Sie war auch nur ein Mensch. Und, Stojan!«

Stojan schreckte auf. »Ja, was?«

»Diese Elisabeth Hubacher. Die Freundin von Casati.«

Stojan dachte an Eliza. Ihre blonden Haare. Der Blick aus ihren blauen Augen!

»Du solltest dich ein bisschen um sie kümmern«, hörte Stojan irgendwann Walter Bitterlins Stimme, als wäre der weit weg. »Nur für den Fall, dass ein Körnchen Wahrheit an ihrer Geschichte ist. Horch sie unauffällig aus. Falls es tatsächlich irgendwo diese hochbrisanten Beweise gibt, von denen sie redet, dann wird sie den Schlüssel dazu haben. Vielleicht irgendetwas, das Casati mal erwähnt hat.«

»Ich soll sie aushorchen?«, echote Stojan, seine Stimme krächzte.

»Natürlich. Aber versprich dir bitte nicht zu viel davon.«

Bitterlin sah auf die Uhr und stand abrupt auf. »Ich muss mich verabschieden«, sagte er. »Termin beim Glatzkopf.« Er grinste. »Keine Sorge. Wir stehen gar nicht so schlecht da. Wenn man das Ganze richtig präsentiert, wirkt es, als hätten wir alles perfekt im Griff. Lasst mich nur machen, das krieg ich hin. «

Bitterlin liess die Tür offenstehen, als er, den Tages-Anzeiger unter dem Arm, in Richtung Treppenhaus davoneilte.

Stojan liess die Worte seines Chefs nachklingen, während sich ein merkwürdiges Gefühl in seiner Bauchgegend ausbreitete, irgendwo zwischen mulmig und kribbelnd.

Er sollte sich um Eliza Hubacher kümmern. Das war

gefährlich, unabhängig davon, ob es irgendwo Beweise gab oder nicht.

*

Die Spinne in der Pöschwies war erneut aktiv geworden und hatte ihr heimtückisches Gift eingesetzt. Bitterlin wusste das, bevor die Tür zum Büro des Kommandanten hinter ihm ins Schloss gefallen war.

Zurbriggen schäumte, er bebte vor Anstrengung, weil er jeden einzelnen Muskel einsetzen musste, um nicht aus der Haut zu fahren.

»Er hat wieder geschrieben!«, brüllte er, jede Zurückhaltung fahrenlassend. »Was fällt dieser Kreatur ein?!« Eine Salve wüster Flüche ergoss sich auf Bitterlin, der sein bestes Pokerface aufsetzte und im Stuhl vor Zurbriggens Schreibtisch Platz nahm. Der Eruption ins Auge blickend, aber doch weit genug entfernt, um sich nicht zu verbrennen.

Hilverts Provokationen waren legendär. Bitterlin hatte Hilvert lange genug in Aktion erlebt. Es gab kaum einen, den der alte Kommandant nicht hatte zur Weissglut treiben können. Dass er es mit grösstem Vergnügen tat, hatte die Wut seiner Opfer jeweils nur noch gesteigert.

Doch Zurbriggen war neu in der Stapo, hatte sich nicht durch eine stetige Exposition immunisieren können. Ganz abgesehen davon, dass das aufbrausende Naturell seines Nachfolgers Hilvert zusätzlich in die Hände spielte.

»Was kam diesmal?«

»Eine weitere Postkarte!« Zurbriggen hielt sie Bitterlin vor die Nase, abermals ein Motiv aus Zürich. Die Fraumünsterkirche, natürlich im strahlendsten Sonnenschein. Auf dem Platz vor der Kirche waren Fotos von Chagalls Fenstern integriert, eine Explosion aus Farben; die abgebildeten Figuren nahm man erst beim zweiten Hinsehen wahr. Fast wie bei einem Mord, da erschloss sich einem das Wesentliche oft auch nicht auf den ersten

Blick. Bitterlin traute Hilvert zu, dass er die Karte mit Bedacht ausgewählt hatte.

»Verehrter Zurbriggen!«, las der Kommandant jetzt vor, sein donnernder Bass hätte das Fraumünster mühelos ausgefüllt. »An einem dieser Plätze blüht Ihr rotes Wunder!«

Zum Glück war Bitterlin vorbereitet, sein Pokerface zeigte nicht den kleinsten Riss. »Auf welche Plätze er sich wohl bezieht?«

»Auf die hier!«, schnaubte Zurbriggen und schwenkte einen Stadtplan, den er bisher unter seiner geballten Faust auf dem Schreibtisch verborgen hatte. Bitterlin erkannte rot markierte Stellen, die sich über die gesamte Stadt verteilten.

»Was zum Teufel will er uns damit sagen?«

»Er hat alle Schrebergartenareale markiert! Wissen Sie, wie viele das sind? 133 Hektaren! 5500 Kleingartenparzellen verpachtet die Stadt!«

Bitterlin griff wortlos nach der Karte, die Zurbriggen nun nicht mehr schwenkte, sondern ihm hinhielt. Tatsächlich, Hilvert hatte sämtliche Schrebergärten der Stadt markiert, mit rotem Filzstift.

»Das sagt mir leider gar nichts«, murmelte Bitterlin. »Wir haben null Anhaltspunkte, dass irgendetwas bei diesem Mord mit einem Schrebergarten zusammenhängt.«

»Aber Hilvert hat diese Anhaltspunkte, sofern er uns nicht komplett zum Narren halten will! Und nicht mal ich unterstelle ihm das!«

Zurbriggen sprang auf, begann auf und ab zu gehen. Fensterfront Südseite, Kachelofen, Fensterfront Ost, dann wieder von vorn. Draussen heulten Sirenen auf, als mehrere Einsatzfahrzeuge losfuhren, ihr auf- und abschwellendes Gejaule wurde immer tiefer und verlor sich schliesslich im Hintergrundlärm der Stadt.

»Dieser Intrigant gehört stillgelegt!«, kochte Zurbriggen. »In Isolationshaft gesteckt! Jemand kommuniziert mit ihm, das ist offensichtlich! Versorgt ihn mit Informationen, die wir haben sollten, die aber er hat! Das ist UNERTRÄGLICH!«

»Ich habe das überprüfen lassen. Hilvert hat keine anderen Besucher als Bruno Jaun. Der kommt einmal die Woche und bringt ihm Pralinen. Abgesehen davon erhält Hilvert kaum Post und führt auch nur wenige Telefongespräche. Allesamt mit harmlosen Adressaten.«

»Dann muss es Jaun sein, der aus dem Nähkästchen plaudert! Ich sagte doch, dass Sie dem nicht trauen können! Wir sollten ihn sofort vor die Tür stellen!«

»Das halte ich für keine gute Idee, mit Verlaub. Ich habe mir Bruno Jaun etwas genauer angeschaut. Im Hinblick auf den Mord an Karl Leimbacher, den Hilvert gestanden hat. Meine Vermutung ist, dass Jaun viel darüber weiss. Sehr viel. Vielleicht sogar *alles*. Niemand weiss, wie er reagiert, wenn wir ihn rausschmeissen. Besser, wir halten ihn hier drin und unter Kontrolle.«

Das beendete sowohl Zurbriggens Schimpftirade als auch seinen nervösen Gang durchs Büro. »So etwas in der Art habe ich vermutet. Ich sagte Ihnen: Jaun ist gefährlich.«

»Es gibt trotzdem keine Anzeichen dafür, dass er etwas mit diesen Postkarten, die Hilvert schickt, zu tun hat. Ich habe mit Stojan gesprochen. Er lobt Jaun in allen Tönen; effizient, pflichtbewusst. Gut möglich, dass Jaun tatsächlich weiss, was vor drei Jahren geschehen ist. Mit Leimbacher, meine ich. Aber vielleicht ist er zu naiv, um mit diesem Wissen etwas anzufangen.«

Zurbriggen brummte etwas Unverständliches.

»Ich könnte Jaun die Karte zeigen«, schlug Bitterlin vor. »Er hat ein Vierteljahrhundert mit Hilvert zusammengearbeitet. Wenn einer versteht, was der vorhat, dann Jaun.«

»Sie unterstehen sich!«, gebot Zurbriggen in einem derart drohenden Tonfall, dass Bitterlin die Option umgehend verwarf. »Solange auch nur der kleinste Verdacht besteht, dass dieser Irre in der Pöschwies geheime Quellen hier in der Stapo hat, bleiben seine Sendungen absolut vertraulich!«

Zurbriggen schien sich etwas beruhigt zu haben; er setzte sich wieder in seinen respektive Hilverts Sessel und musterte Bitterlin eingehend.

»Finden Sie heraus, was diese Karte zu bedeuten hat. Ob und wie sie mit der Telefonnummer zusammenhängt, die Hilvert uns das letzte Mal geschickt hat.«

»Das war die Telefonnummer dieses anderen Toten. Von Gion Casati.«

Die Kaskade der Mimiken auf Zurbriggens Gesicht war köstlich. Erstaunen, dann Verstehen, dann Empörung.

»Warum hat Hilvert das vor uns gewusst?!«

Bitterlin schüttelte seufzend den Kopf. »Die Luginbühl hatte hunderte Kontakte in ihrem Adressverzeichnis. Wie Hilvert da den einen rausziehen konnte, der für den Fall entscheidend ist, ist mir echt ein Rätsel.«

»Er verarscht uns«, stellte Zurbriggen das Offensichtliche fest.

»Tja ...«

»Hören Sie zu, Bitterlin.« Zurbriggen zielte mit dem Finger auf Bitterlin, feinfühlige Kommunikation war seine Sache nicht. »Sie finden heraus, was die beiden Teufelsbraten im Schilde führen, Jaun und dieser Intrigant in der Pöschwies!« Er spie die letzten Worte regelrecht heraus.

»Wenn Sie Jaun überwachen wollen, nur zu! Ich besorge Ihnen den entsprechenden Beschluss und Leute von der Kapo, die das übernehmen. Ich werde mir mal Hilvert zur Brust nehmen. Der Direktor der Pöschwies ist ein guter Freund von mir. Der hat sicher irgendwo ein Kellerloch, in das man Hilvert stecken kann.«

Bitterlin nickte. Das war in der Tat ein Angebot, das man ihm nicht zweimal machen musste. Er würde Jaun sofort observieren lassen, vielleicht fände er so heraus, was der und Hilvert vorhatten. Die beiden umgab seit jeher ein dubioser Nebel, es war höchste Zeit, Licht in dieses Dunkel zu werfen!

»Vor allem aber müssen wir diesen leidigen Rizin-Mord aufklären. Ich brauche jemanden, den wir in Untersuchungshaft nehmen können!«

Bitterlin reagierte auf diese Feststellung mit einer hochgezogenen Augenbraue, liess aber kein einziges Wort fallen. Zurbriggen wollte reden, er brauchte einen Verbündeten; das wurde Bitterlin in diesem Moment klar.

Jetzt seufzte der Polizeikommandant, strich sich über die Glatze. Er schien abzuwägen, ob er reden oder schweigen sollte, obwohl rein rational die zweite die klügere Option war und ihm das auch bewusst war.

»Es ist nicht einfach«, hob er schliesslich an, gedankenverloren seine Hände auf dem Schreibtisch musternd. »Einen Stadtrat der Alternativen Liste als Vorgesetzten zu haben. Einen, der in seiner Jugend selbst Farbbeutel gegen die Fassaden verantwortungsloser Grosskonzerne geschmissen hat. Den dürfte es stark danach gelüsten, Scotsdale an den Pranger zu stellen. Ob begründet oder nicht, fragt man bei entsprechender Motivation gerne erst später.«

Bitterlin hielt die Alternative Liste für weltfremde Fantasten und Politiker generell für profilierungssüchtige Schwätzer; entsprechend traute er dem Stadtrat sehr wohl zu, durch eine unbedachte Aktion eine Katastrophe auszulösen. »Das kann ich mir durchaus vorstellen«, brummte er.

»Es ist heikel. Bei diesem Fall kommen ein paar schwierige Aspekte zusammen.«

Zurbriggen machte eine Pause, füllte sie mit zwei Seufzern aus, liess sie länger werden. Bitterlin schwieg, nichts anderes wurde von ihm erwartet.

»Den Bürgerlichen kommt es gerade recht, dass der linkste aller Stadträte der Polizei vorsteht. Dann haben sie einen, dem sie die Schuld zuschieben können. Also quälen sie ihn, wo es nur geht. Der Skandal um Hilvert war für die ein Gottesgeschenk. Der Beweis, dass diese linke Bazille ihren Laden nicht im Griff hat. Doch jetzt wendet sich das Blatt. Ausgerechnet ein Grosskonzern gerät im Zusammenhang mit einem hässlichen Mord ins Rampenlicht. Themen wie Ausbeutung, Umweltzerstörung und Korruption werden ans Tageslicht gespült. Dieses Mal steht die Klientel der Bürgerlichen im Zentrum. Da wittert mein linker Vorgesetzter die Gelegenheit, Seitenhiebe auszuteilen. Ich konnte ihn mit äusserster Mühe davon abhalten, in den Medien schwere Anschuldigungen gegen das Geschäftsgebaren von Scotsdale zu erheben. Aber ich habe keine Ahnung, wie lange er noch an sich halten kann.«

Das waren ja interessante Möglichkeiten, die sich da auftaten, ganz besonders im Hinblick auf die Intriganten in der Geschäftsleitung. »Denken Sie, dass er für die Lecks an die Presse verantwortlich sein könnte?«, warf Bitterlin ein.

Zurbriggen atmete ein, hielt die Luft in seinen Lungen, liess sie langsam entweichen. In seinem Gesicht konnte Bitterlin Ratlosigkeit lesen. »Ich weiss es nicht«, knurrte der Kommandant. »Es kann gut sein. Sässen wir nicht alle im gleichen Boot, würde ich ihn mal testen.«

»Mit einer Falschinformation, die nur er hat?«

»Genau.« Zurbriggen grinste. »Aber das ist zu heiss. Ich hocke an meinem Posten auf zahlreichen Pulverfässern, da darf ich nicht mit dem Feuer spielen. Denn eines ist klar: Die Bürgerlichen warten nur darauf, dass wir einen Fehler machen. Dann können sie nicht nur ihre Klientel aus dem Fokus nehmen, sondern auch den gehassten Stadtrat abschiessen.«

Hinter Bitterlins neutralem Gesichtsausdruck arbeitete es auf Hochtouren, während er seine nächsten Worte auf der Goldwaage abwog. »Sie könnten bei Ihrem Chef durchblicken lassen, dass es Hinweise auf eine Täterschaft aus der linksalternativen Szene gibt. Das würde ihn vielleicht etwas zähmen.«

Der Glatzkopf musterte Bitterlin, als könne er mit seinem Blick in dessen hinterste Hirnwindungen vordringen. »Gibt es denn solche Hinweise?«

»Wir durchleuchten die ganze Szene. Es gibt aber grundsätzlich zwei denkbare Szenarien.«

»Die da wären?«

»Entweder hat jemand aus Jolanda Luginbühls privatem Umfeld sie umgebracht. In diesem Fall wissen wir weder, wer das sein könnte, noch was das Motiv sein könnte, denn sie scheint kein privates Leben gehabt zu haben. Oder aber ihr Tod hängt mit den wirren Theorien zusammen, die dieser Gion Casati verbreitet hat. Und damit auch mit Scotsdale. Vielleicht wollten die beiden Missstände aufdecken und wurden vom Konzern zum Schweigen gebracht. Wir prüfen auch die Option, dass Jolanda Luginbühl selbst in den Tod von Casati verwickelt war und dass sich irgendjemand dafür gerächt hat.«

Zurbriggens Blick war hellwach. »Das sind ja interessante Optionen«, murmelte er. »Das bedeutet, dass ...« Er liess den angefangenen Satz versiegen, ohne offenzulegen, was in seinem Kopf gerade vor sich ging. Stattdessen liess er sich in das weiche Polster der Rücklehne fallen. Seinem Gesicht war anzusehen, dass er intensiv nachdachte. Die Augen fast ganz geschlossen, mit dem Zeigefinger auf die Armlehne klopfend.

Schliesslich richtete er sich auf und fixierte Bitterlin.

»Wir machen jetzt Folgendes«, sagte er entschlossen. »Eine Razzia auf dem besetzten Kochareal. Vielleicht finden wir Rizin oder sonst irgendwelche Hinweise, die uns weiterbringen. Falls nicht, finden wir mit Sicherheit allerhand anderes, das illegal ist. Damit verschaffen wir uns etwas Luft in den Medien und machen den Stadtrat für ein bis zwei Wochen mundtot. Der soll ruhig spüren, dass ich nicht zögere, seine linksalternativen Busenfreunde aufzumischen. Während dieser Verschnaufpause müssen Sie Ihre Hausaufgaben machen, Bitterlin. Herausfinden, wer Hilvert mit Informationen versorgt und was der ausbrütet. Und mir einen konkreteren Verdächtigen in dieser Rizin-Sache verschaffen.«

Als Bitterlin Zurbriggens Büro verliess, war ihm, als laste das tonnenschwere Gewicht der Stockwerke über ihm einzig und allein auf seinen Schultern. Das hier war seine Prüfung. Würde er sie bestehen, winkte ihm eine praktisch unanfechtbare Macht innerhalb der Stapo – ob mit oder ohne Zurbriggen. Versagte er, würde er mit Zurbriggen untergehen.

»Jetzt kommt's drauf an«, murmelte Bitterlin, als er die Treppe hinauf in Richtung seines Büros ging, vorbei an den Büros der anderen Abteilungsleiter. Es war ihm, als könnte er den Gestank der Intrigen, die da hinter verschlossenen Türen geschmiedet wurden, bis auf den Flur hinaus riechen. Gut möglich, dass sogar Hilverts Briefe damit in Zusammenhang standen und den einzigen Zweck hatten, Zurbriggen zur Weissglut zu reizen und Bitterlins Unfähigkeit vorzuführen.

So ergab es sich wie von selbst, dass er sich zuallererst diesem Aspekt der Geschichte zuwenden würde: Hilvert und Jaun. Damit würde er weder die Soko noch Stojan beauftragen, nein, um diese beiden Halunken würde er sich persönlich kümmern.

5

»Er muss irgendwo Beweise aufbewahrt haben«, sinnierte Eliza Hubacher, während der Blick aus ihren blauen Augen aus dem Fenster schweifte, zu einem der beiden Insektenhotels, die im Garten aufgestellt waren.

Stojan nutze den Moment, sie im Profil eingehend zu betrachten. Tatsächlich, auch aus dieser Perspektive eine Wucht! »Bisher haben wir von denen aber keine Spur gefunden«, erwiderte er, befremdet ob seiner Stimme, die irgendwie heiser aus dem trockenen Hals kam.

»Was habe ich nicht danach gesucht«, murmelte sie, den Blick vom Garten ab- und ihm wieder zuwendend. »Ich habe das ganze Haus auf den Kopf gestellt, den Keller durchwühlt. Seine Wohnung habe ich von zuunterst nach zuoberst umgedreht – nichts.«

»Hat er nicht hier gewohnt? Soweit ich mich erinnere, war er unter dieser Adresse gemeldet?«

Sie lächelte, zuerst irgendwie abwesend, dann direkt Stojan fixierend mit diesem spöttischen Blick, der ihn wissen lassen sollte, dass sie sich über jeden einzelnen seiner Hintergedanken bei dieser Frage im Klaren war.

»Er hatte noch seine alte Wohnung. Eine winzige 1-½-Zimmerwohnung im Kreis 4. Er hat dort gewohnt, als wir uns kennenlernten. Als meine Tante starb, konnte ich dieses Häuschen übernehmen, und Gion ist hierhergezogen. Er hat seine Wohnung aber behalten. Er war halt ein sehr freiheitsliebender Mensch und wollte sich eine gewisse Unabhängigkeit bewahren.«

»Gibt es diese Wohnung noch?«

Sie schüttelte den Kopf. »Glücklicherweise nicht mehr, die hat mir nur Ärger gemacht. Wir waren ja nicht verheiratet, Gion und ich. Folglich hat seine Schwester alles geerbt; eine ekelhafte Ziege, mit der habe ich mich nie verstanden. Sie hat die Wohnung sofort gekündigt und gesagt, sein Nachlass ginge mich einen Dreck an.

Wir haben wochenlang gestritten, bis ich endlich in Gions Wohnung reindurfte, um ein paar Andenken mitzunehmen. Ich hatte einen Nachmittag Zeit und habe erfolglos nach den Beweisen gesucht. Auch seinen Schrebergarten habe ich mehr als einmal durchforstet, aber auch da: nichts.«

Stojan horchte auf. »Er hatte einen Schrebergarten?«

Sie nickte, zeigte mit der Hand in Richtung Zürichberg. »Klar, da grad um die Ecke. Das war der Grund, warum wir zusammenkamen. Er hatte den Garten seit Langem, und wir haben uns furchtbar altmodisch an der Tramhaltestelle gleich daneben kennengelernt.«

Stojan dachte an das bizarre Gespräch, das er mit Bitterlin geführt hatte, kurz nach dessen letzter Besprechung beim Glatzkopf. Bitterlin hatte gesagt, er solle Augen und Ohren offenhalten, ob irgendwann ein Schrebergarten in den Fokus der Ermittlungen rücke. Allerdings hatte er auch auf Nachfrage nicht sagen wollen, wie er zu dieser Information gekommen war, die scheinbar aus dem Nichts auftauchte. Doch nun sass Stojan in der Küche der wunderschönen Eliza Hubacher, und die redete gerade davon, dass ihr toter Freund einen Schrebergarten gehabt hatte.

»Können Sie mir den Garten zeigen?«

»Klar. Den habe ich noch. Sie wissen sicher, wie schwierig es ist, sich eines dieser Areale zu sichern. Gions Schwester wusste nichts davon, also habe ich bei der Stadtverwaltung auf die Tränendrüse gedrückt und den Pachtvertrag auf mich umschreiben lassen. Ich bin nach wie vor gerne dort oben, es war unser kleines Paradies.«

Durch Stojans Kopf rauschten gerade wieder Bilder, verbotene Bilder. Bilder von Eliza in einem grünen Paradies ...

Sie zögerte keine Sekunde, als er vorschlug, den Garten gleich jetzt zu besichtigen.

Es waren nur wenige Hundert Meter von Elizas Häuschen zu der kleinen Schrebergartenanlage oberhalb der Sekundarschule Stettbach. Für Stojan wie ein Spaziergang durch eine andere Welt. Er, der im Niederdorf wohnte, im Stadtzentrum arbeitete und in den Ausgehvierteln seine Freizeit verbrachte, kam praktisch nie an Orte wie diesen. Links der Stettbacherstrasse erstreckten sich Wiesen und Obstanlagen bis zum Wald, Schafe weideten auf einer der Parzellen, vom Hof der nahegelegenen Schule drang Kindergeschrei an seine Ohren. Die Idylle, die Stojan bereits in Elizas Küche aufgefallen war – hier vertiefte sich dieser Eindruck weiter.

Die Schrebergartenanlage schmiegte sich an den Hang. Es war ein relativ kleines Areal zwischen Probstei- und Stettbacherstrasse. Die Mehrheit der Gärten diente dem Anbau von Gemüse, doch mittendrin befand sich eine Wildnis, deren wilde Schönheit einen markanten Kontrast zu den geordneten anderen Parzellen bildete. Es war eindeutig, dass hier Elizas Reich lag.

Sie betraten den Garten durch einen Rosenbogen. Die Wildrose, die daran wucherte, hätte wohl vor einiger Zeit geschnitten werden sollen; sie versuchte mit ihren Dornenzweigen, jedem Besucher das Gesicht zu zerkratzen. Hagebutten leuchteten rot in der Sonne, das Brummen unzähliger Insekten erfüllte den Garten.

»Willkommen in meinem Paradies«, sagte Eliza, ihr Gesicht von einem Strahlen erfüllt, das von innen kam. »Hier ist mehr Biodiversität anzutreffen als auf allen anderen Parzellen zusammen, darum lässt mich sogar der gestrenge Chef der Anlage in Frieden.«

Zum ersten Mal schien es Stojan, als seien die traurigen Schatten und die Anspannung verschwunden, die sonst Spuren in ihrem Gesicht hinterliessen. Er selbst war überhaupt kein Gartenmensch – das gab nur Arbeit und Dreck –, aber hier konnte er verstehen, warum Eliza von einem Paradies sprach. Der Garten war bis in die hinterste Ecke überwuchert mit Blumen und Sträuchern. Nicht die streng geometrische Ordnung eines peniblen Gartengestalters, sondern die urchige Wildheit eines kreativen Geists, der jedem Pflänzchen, egal welcher Farbe und Form, seinen Platz auf der Erde lässt. Der nicht ordnend und korrigierend eingreift, der weder einem Plan noch einem Konzept folgt, sondern ganz im Moment aufgeht, stets Neues entstehen und Altes vergehen lässt.

Das hier, so viel erkannte Stojan sofort, war die wirkliche Eliza Hubacher, sie war faszinierender, als er gedacht hatte.

Staunend streifte er durch diese Wildnis, lauschte dem Summen der Insekten, dem Rascheln irgendwelcher Lebewesen, die sich unter den Blättern bewegten, ohne sich dem Blick des Betrachters zu offenbaren. Sah sich an der Vielzahl der Farben und Formen satt. Da eine pralle, goldgelbe Blüte, die sich zur Sonne reckte, dort eine Pflanze, die mit spektakulär gezackten Blättern auf sich aufmerksam machte. Blüten und Blätter in allen Farben und Formen, einiges bereits voll ausgewachsen, anderes gerade frisch aufschiessend oder in wagemutigen Schwüngen zur Sonne strebend.

Am obersten Ende der Parzelle ein kleines Gartenhäuschen, das etwas mehr als nur einen neuen Anstrich benötigte und doch gerade durch die Anzeichen beginnenden Verfalls romantisch wirkte. Ein grosszügiges Vordach, ein gemauerter Kamin, zwei dick gepolsterte Stühle um einen kleinen runden Tisch. Ein Ort zum Verweilen.

»Ich habe den Schuppen dreimal total ausgeräumt und jeden Winkel untersucht«, drang Elizas Stimme langsam durch all die Geräusche des Gartens; sie wirkte müde und irgendwie resigniert. »Aber gefunden habe ich nichts.«

»Vielleicht hat er es irgendwo im Garten vergraben?«

Ein Schulterzucken, das die Frage besser beantwortete als jede konkrete Replik. Wie sollte man in dieser Wildnis etwas finden, ohne alles zu zerstören?

Sie setzten sich in die beiden Stühle, neben Stojan eine gewaltige Pflanze, höher als das Häuschen, jede Frucht ein kleiner, blutiger Morgenstern.

Mit Sicherheit hatten sie hier gesessen, Eliza und Gion Casati. Der Grill noch warm, die schmutzigen Teller auf dem Tisch, ein kühles Bier oder ein Glas Wein in der Hand. Vielleicht hatten sie den Garten bestaunt, die Farben und Formen, vielleicht hatte er aber auch davon erzählt, dass er drauf und dran war, Scotsdale in die Knie zu zwingen. Dass seine Kontaktperson, Jolanda Luginbühl, auspacken würde. Wenn sie sich nur erst traute.

Als Stojan plötzlich Elizas Hand auf seinem Arm spürte, zuckte er vor Schreck zusammen, so sehr war er in Gedanken versunken gewesen.

»Ich habe Angst«, sagte sie, ihre Hand an Ort und Stelle lassend. »Was, wenn die kommen, um Gions Beweise zu suchen?«

Stojan merkte, wie ihm der Schweiss auf die Stirn trat angesichts dieser Hand auf seinem Arm. In seinem Kopf rasten die Gedanken, aber er hatte äusserste Mühe, sie auf den Fall zu lenken.

»Das sind im Moment doch nur Vermutungen«, krächzte er im Versuch, beruhigend und souverän zu klingen. »Wir wissen doch nicht einmal, ob der Tod von Gion Casati mit dem Mord an Jolanda Luginbühl zusammenhängt.«

In dem Lächeln, das sie ihm schenkte, lagen Mitleid und Unverständnis. Als würde sie sich fragen, wie man nur so naiv und gutgläubig sein könne.

»Für mich sind das leider etwas mehr als Vermutungen, Herr Detektiv«, gab sie zurück. »Mein Freund ist brutal ermordet worden, seine Quelle mit Gift ausgeschaltet. Und mir ist klar, dass die nicht zögern, auch mich aus der Welt zu schaffen, wenn sie mich für ein Risiko halten. Vielleicht glauben Sie mir dann, wenn Sie mich in der Pathologie gesehen haben.«

*

»Feiges Pack!«, brummte Walter Bitterlin, als er am Vormittag des 14. August vor dem Firmensitz von Scotsdale aus dem Dienstwagen stieg.

Damit meinte er die Zürcher Staatsanwaltschaft, die ihm einen Durchsuchungsbefehl verweigert hatte. Selbstredend hatten die Damen und Herren Juristen ausführliche Begründungen für dieses Vorgehen geliefert, doch Walter Bitterlin wusste, woher der Wind wehte. Je ausführlicher die Begründung, desto weniger Substanz steckte dahinter. Unter dem Strich lief es darauf hinaus, dass sie die Hosen voll hatten. Nicht noch ein Skandal, nur nicht die Ruhe stören, die nach dem Sturm um Hilvert in den Medien eingekehrt war, nur ja keinen Fehler machen. Ob das letztlich dazu führte, dass ein Mord nicht aufgeklärt wurde, nahm man billigend in Kauf.

Bitterlin hatte den Anruf mit der neuen Oberstaatsanwältin ziemlich abrupt beendet, um zu verhindern, dass er seine Ansicht in kurze und prägnante Sätze kleidete und damit die Zusammenarbeit zwischen Staatsanwaltschaft und Stadtpolizei nachhaltig störte. Dass er deswegen aber von seinem Ziel ablassen würde, stand ausser Diskussion.

Um seinem Auftritt etwas mehr Gewicht zu verleihen, liess sich Bitterlin von zwei uniformierten Kollegen sekundieren, als er um kurz nach acht Scotsdales Zweigniederlassung an der Hardturmstrasse betrat, der Dame am Empfang sein freundlichstes Lächeln schenkte und ihr erklärte, dass es durchaus im Interesse der Firma sei, wenn man ihn jetzt mit jemandem reden liesse, der ein bisschen Verantwortung hätte und Entscheide fällen könnte.

Eine Viertelstunde später konnte Bitterlin daher dem verantwortlichen Standortleiter noch immer mit seinem freundlichsten Lächeln die Optionen präsentieren, deren es aus seiner Sicht zwei gab. Die erste: volle und sofortige Kooperation mit der Stadtpolizei inklusive

Aushändigung sämtlicher Dokumente und elektronischer Geräte, an denen und mit denen Jolanda Luginbühl gearbeitet hatte. Die Stadtpolizei würde im Gegenzug weiterhin in Zivil und in aller Stille agieren. Die zweite Option: sein sofortiger Rückzug aus dem Haus, Einschlagen des formellen Weges mit Beantragung eines Durchsuchungsbefehls und voller Transparenz gegenüber den Medien bezüglich der Ermittlungen der Stadtpolizei zu den mutmasslichen Hintergründen des Mordes an Jolanda Luginbühl. Bitterlin gab grosszügige fünfzehn Minuten Bedenkzeit und reichte dem Manager zuvorkommend Zurbriggens Visitenkarte mit dem Hinweis, für Beschwerden, Druckversuche und das Aktivieren von Netzwerken sei sein Chef zuständig.

Der Bluff war gewagt, denn weder würde Bitterlin den angedrohten Durchsuchungsbefehl erhalten, noch wusste Zurbriggen, was sein Untergebener gerade trieb. Doch wenn Bitterlins Vermutung nicht täuschte, hatte Scotsdale keinen direkten Draht zu Zurbriggen – den hielt Bitterlin für grundsätzlich nicht korrumpierbar – oder zur Zürcher Staatsanwaltschaft – die war bis gerade eben aus Scotsdales Sicht bestimmt vollkommen irrelevant gewesen. Womit der Ausgang dieses Kräftemessens einzig und allein davon abhing, ob der Manager Bitterlin zutraute, mit gezielt gestreuten Informationen an die Medien seinen Job zu riskieren, nur um eine Ermittlung voranzubringen.

Offenbar wirkte Bitterlin entschlossen genug, denn der Manager entschied sich ziemlich rasch für Option eins. Zwar blitzte unter seiner professionellen Fassade kurz die Empörung darüber auf, derart überrumpelt worden zu sein, aber letztlich war ihm anzusehen, dass er nicht davon ausging, seine Firma habe irgendetwas zu verbergen. Bitterlin war schon sehr lange bei der Polizei, und er hatte einen fast untrüglichen Spürsinn dafür entwickelt, ob jemand etwas vor ihm verbarg.

Nicht zuletzt deshalb hatte es ihn zutiefst ins Mark getroffen, dass er die Scheidungsabsicht seiner Frau erst bemerkt hatte, als sie schwarz auf weiss vor ihm auf dem Tisch gelegen hatte.

Doch in professioneller Hinsicht hatte ihn sein Instinkt kaum je im Stich gelassen. Und jetzt sagte ihm dieser, dass der Scotsdale-Manager von irgendwelchen Drecksgeschäften, so sie denn tatsächlich existierten, nichts wusste, ja nicht einmal ahnte. Bitterlin verliess die Hardturmstrasse daher gleich wieder und liess die Uniformierten die Detailarbeit verrichten. Er selbst wollte sich einem ganz anderen, älteren Fall zuwenden.

Karl Leimbacher war Kommandant ad interim gewesen, als er verschwand. Es waren dunkle Zeiten gewesen, ein Serienmörder hatte Zürich in Atem gehalten, der Kommandant der Stadtpolizei war in Affoltern am Albis im Wald überfallen und um ein Haar ermordet worden. Zufällig anwesende Passanten hatten Schlimmeres verhindert, doch der Kommandant hatte schwerverletzt im Koma gelegen, weshalb sein Vize, Karl Leimbacher, seine Stelle eingenommen hatte.

Hilvert war damals Leiter der Kriminalabteilung, also Bitterlins Vorgänger gewesen, zwar als Nachfolger des bald in Rente gehenden Kommandanten bestimmt, aber noch nicht in Amt und Würden.

Kurz nach dem Überfall auf den Kommandanten war der Oberstaatsanwalt ermordet worden, dann war Leimbacher spurlos verschwunden. Seine Leiche hatte man nie gefunden, und weder sein Verschwinden noch die zahlreichen Morde in der Stadt in jener Zeit waren aufgeklärt worden.

Bis Thomas K. Hilvert, damals bereits seit drei Jahren Kommandant der Stadtpolizei, an einer kurzfristig einberufenen Pressekonferenz eine wirklich schmutzige Bombe gezündet hatte.

Leimbacher sei der Serienmörder gewesen, er, Hilvert, habe ihn in Notwehr getötet und die Leiche als Sondermüll entsorgt.

Der Skandal war so gross gewesen, dass das primäre Ziel der Stadtpolizei darin bestanden hatte, ganz viel Sand auf den Brand zu schütten. Im Detail aufzuklären, was damals wirklich passiert war, hatte keine Priorität. Folglich war Leimbachers Tötung durch Hilvert nie mit einer lückenlosen Beweiskette untermauert worden – Hilverts öffentliches Geständnis hatte reichen müssen.

Nun sass Hilvert in Haft, und seinem Nachfolger Zurbriggen war es gelungen, in der Stapo wieder Ruhe und Stabilität herzustellen. Die Tage ohne Berichterstattung über Bitterlins Arbeitgeber nahmen stetig zu, alle waren beruhigt; kein Grund also, in dem Sand zu wühlen, mit dem man das damalige Feuer erstickt hatte.

Doch nun hatte Bitterlin genau das vor. Denn irgendetwas ging vor in der Stadtpolizei, das war unbestreitbar. Hilvert, der mysteriöse Botschaften aus dem Knast schickte. Der offenbar über Informationen verfügte, die er nicht haben dürfte. Der unscheinbare Jaun, der unsichtbar in seinem Kellerloch hockte, aber Bitterlin mit dieser Fassade nicht mehr täuschen konnte. Und nicht zuletzt das neue Organigramm, aus dem irgendjemand Bitterlin einfach so entfernt hatte.

Dass dies, wie Bitterlin anfangs vermutet hatte, auf Geheiss Zurbriggens geschehen war, schloss er mittlerweile aus. Ganz im Gegenteil: Zurbriggen schien ihm zu vertrauen, hatte ihn mit nie dagewesener Macht innerhalb der Stapo ausgestattet.

Ergo war jemand anders dafür verantwortlich. Jemand, der nicht mit Zurbriggens Einverständnis operierte, der sich unter dem Radar des unter Druck stehenden Kommandanten befand.

Walter Bitterlin kam nicht um die Vermutung herum, dass Hilvert und Jaun irgendwie ihre Finger im Spiel hatten.

Vor allem machte ihm eine ganz andere Vermutung zu schaffen: Wenn Hilvert aus dem Knast heraus und vielleicht sogar Zurbriggens Platz wieder einnehmen wollte, dann brauchte er einen Sündenbock, dem er die Ermordung Leimbachers anhängen konnte. Eine überzeugende Geschichte, die erklärte, warum er die Tat gestanden hatte und ins Gefängnis gegangen war. Zum Beispiel die Geschichte von einem skrupellosen Mörder, der Hilvert mit gefälschten Beweisen belastet hatte. In dieser Geschichte müsste der Mörder selbstverständlich einer sein, der wusste, wie die Polizei arbeitete, wie Beweise interpretiert wurden. Er müsste, mit anderen Worten, einer aus dem Inneren des Polizeiapparates sein, idealerweise einer, der von Hilverts Abgang direkt profitiert hatte.

Es würde keiner besser passen als Bitterlin selbst, der damalige und heutige Chef der Kriminalabteilung. Dieser Gedanke war ihm in der Nacht gekommen, danach hatte er kein Auge mehr zugetan.

Es würde alles Sinn ergeben, sogar seine Scheidung, die fast gleichzeitig mit der Krise in der Stapo über die Bühne gegangen war. Der irre Karrierist, der Hilverts Posten als Leiter der Kriminalabteilung übernommen hatte und sich nun im engsten Dunstkreis des Kommandanten bewegte? Bitterlin war, als könne er die Schlagzeile in den Boulevardmedien sehen. Das Interview mit seiner Ex, die berichten würde, dass ihr Mann kaum je daheim gewesen war. Der auf die kleinste Kritik aufbrausend reagiert und herumgebrüllt hatte. Sie würde in aller Öffentlichkeit Gott dafür danken, dass sie es rechtzeitig geschafft hatte, sich von diesem Monster zu befreien. Der muskelbepackte Jüngling, mit dem sie sicherlich bereits vor der Scheidung eine Affäre gehabt hatte, würde so vom Ehespalter zum Retter in der Not, Bitterlin vom Opfer zum Täter.

Bestand die Gefahr, dass er einmal mehr einen so gewaltigen Schlag nicht voraussehen würde? Dass er naiv in seiner Blase lebte und arbeitete, während Jaun und Hilvert bereits an Beweisen bastelten, die seine Schuld belegen würden?

Bis zu seiner Scheidung hätte Bitterlin im Brustton der Überzeugung behauptet, dass so etwas nicht möglich wäre. Dass sein Instinkt ihn rechtzeitig warnen würde. Doch seit der Scheidung wusste er, dass die schlimmsten Schläge aus jener Richtung kommen, aus der man sie zuletzt vermutet.

Eines aber schwor er sich: noch einmal würde er sich nicht überrumpeln und aus seinem eigenen Leben werfen lassen!

*

Es war, als hätte man einen Picasso in einem Schweinestall aufgehängt.

Eliza Hubacher war unangemeldet am Empfang der Hauptwache erschienen und hatte verlangt, sofort mit Stojan Marković zu sprechen, einem Anliegen, dem dieser nach telefonischer Benachrichtigung lieber nachgekommen war, als sich Eliza Hubacher vorstellen konnte. Nun war sie also da, in der Stapo, zwischen sterilem Standardmobiliar, abgetretenem Linoleum und vornehmlich männlichen Polizeiwesen bar jeder äusserlichen Attraktivität. Ein ausdrucksstarker Farbklecks in tristem Ambiente. Stojan hatte Mühe, irgendeine sinnvolle Kommunikation aufrechtzuerhalten. Zum Glück wurde das nicht von ihm verlangt, Eliza verfügte über ausreichend Sendeleistung und erwartete nichts anderes als ergebene Zustimmung.

»Was muss eigentlich noch passieren, bis Sie endlich aufwachen und etwas tun?«

»Wir tun doch was. Dass nichts in den Medien steht, bedeutet nicht, dass wir nichts tun.« Er lächelte ihr zu, stellte Blickkontakt her. Stojan war bewusst, dass er sie hofierte: Er hatte den gepolsterten Stuhl, der sonst in der Ecke verstaubte, extra freigeräumt und Madame Hubacher sofort einen Kaffee und ein Glas Wasser geholt, kaum dass sie hatte durchblicken lassen, es sei heiss und trocken in seinem Büro.

Doch die Vorzugsbehandlung verfehlte ihre Wirkung. Sie schien keineswegs beeindruckt, vielmehr schien sie derlei Aufmerksamkeitsbezeugungen als das absolute Minimum vorauszusetzen. »Schön für Sie, aber was tun Sie denn konkret?«

»Wir ermitteln in alle Richtungen. Mehr kann ich leider nicht sagen.«

»Sie müssen nicht in *alle* Richtungen ermitteln. *Eine* Richtung, nämlich die *richtige*, reicht vollkommen aus!«

Er zwinkerte ihr zu. »Wir ermitteln in alle Richtungen, um herauszufinden, welches die richtige ist.«

Ihr Blick wurde böse, was ihm aber sehr gut gefiel. Es wirkte irgendwie süss. Auch deswegen brachte Stojan das Lächeln nicht aus seinem Gesicht, eine Tatsache, die sie nur weiter zu erzürnen schien. »Sie verstecken sich hinter Floskeln aus einem Kommunikationsseminar, während mir Scotsdales Schergen im Nacken sitzen! Wann nehmen Sie diese Firma endlich auseinander? Jemand dort drin weiss etwas!«

»Aber wir sind dort doch längst aktiv«, rutschte es Stojan rechtfertigend heraus. Noch während er es sagte, schoss ihm das Blut in den Kopf. Er hatte soeben gegenüber einer Externen Informationen aus einer Polizeiermittlung ausgeplaudert. Zum Glück befand sich ausser ihm und Eliza niemand in seinem Büro!

»Ihr seid aktiv, so so«, warf sie ihm grimmig an den Kopf. »Passiert denn auch etwas, wenn ihr aktiv seid, oder füllt ihr zuerst einmal Formulare aus?«

Er lachte. »Der Formularkrieg in der Stapo ist tatsächlich sehr gross, dem konnte auch die Digitalisierung nicht viel anhaben!«

»Sehr witzig. Sie weichen mir aus. Haben Sie die Order bekommen, die Ermittlung versanden zu lassen?«

Er schüttelte den Kopf. »Nein, ganz bestimmt nicht. Uns liegt allen daran, dass wir diese Todesfälle aufklären. Das kann ich Ihnen versprechen.«

Sie beugte sich vor, voll im Angriffsmodus. Die blonden hochgesteckten Locken und die sagenhaft blauen Augen erweckten zwar den Eindruck eines niedlichen kleinen Mädchens, doch der Blick aus diesen Augen war intensiv und konnte sein Gegenüber in einen regelrechten Würgegriff nehmen. »Warum dauert das dann so lange?«

»Ermittlungen dauern. Das mag frustrierend sein, entspricht aber schlicht den Tatsachen. Besser gut als schnell.«

»Da blockt doch einer!«

Er schüttelte den Kopf. »Keiner, den ich kenne.«

Sie lehnte sich in ihrem Stuhl zurück, schlug die Arme übereinander, legte den Kopf leicht schief und betrachtete Stojan. Ihr Gesicht drückte facettenreich und unmissverständlich das Urteil aus, das sie sich in ihrem Kopf gerade bildete. Es schien kein schmeichelhaftes zu sein.

»Sie sind ja noch richtig naiv, Wachtmeister Marković.« Sie lächelte, aber es war ein Lächeln, dem Stojan eine direkte Ohrfeige vorgezogen hätte. Wie er auch auf den Sarkasmus in ihrer samtig weichen Stimme hätte verzichten können. Ihm fiel keine andere Erwiderung ein, als die Schultern zu zucken und die Tischplatte zu betrachten. Dass seine Wangen wohl ziemlich rot waren, wusste er, ohne in einen Spiegel gesehen zu haben.

Sie beugte sich wieder vor, so plötzlich, dass Stojan zurückzuckte und seinerseits nun in der Stuhllehne hing. Er wusste, dass sie diese Reaktion mit Absicht provoziert hatte. Die Frau war eine Waffe, scharf und gefährlich und wahnsinnig aufregend!

»Ich erkläre Ihnen jetzt mal etwas, Wachtmeister Marković«, gurrte sie. »Über das Leben, wie es wirklich ist. Denken Sie, dass Ihre Vorgesetzten die besten Leute sind, die dieser Apparat zu bieten hat? Denken Sie wirklich, dass es die besten Ermittler sind, die befördert werden? Wenn Sie das tatsächlich glauben, wäre das irgendwie sogar sympathisch, aber leider ist es falsch. Karriere hat einen Preis, mein lieber Wachtmeister. Es geht um Macht und Einfluss, um Seilschaften, um Mauscheleien. Um die Fähigkeit, sich die richtigen Freunde zu sichern und im richtigen Moment nichts zu tun. Diejenigen, die fleissig und korrekt arbeiten und darauf hoffen, als Lohn für diese Mühen irgendwann einmal befördert zu werden, sind die Einfaltspinsel, auf deren Rücken die Skrupellosen lachend nach oben steigen.«

Stojan schwieg, das Lächeln war aus seinem Gesicht verschwunden. Er spürte die Energie, die von Eliza Hubacher ausging. Es war eine Energie, die ihn verbrennen konnte, was er sich ungefähr so stark wünschte, wie er sich vor den Schmerzen fürchtete, die das mit sich bringen würde.

Sie stand auf, nahm ihre Handtasche. Die Audienz war beendet.

»Auch wenn Sie es nicht wahrhaben wollen: Irgendjemand hat keinerlei Interesse daran, dass diese Morde aufgeklärt werden. Den müssen Sie finden. Und zwar bitteschön bevor er auch mich umgebracht hat. Denn eines ist klar: Ich bin die nächste auf seiner Liste!«

Sie war schon lange weg, als Stojan noch immer reglos auf seinem Stuhl sass. Im Zimmer lag der feine Hauch ihres Parfums, doch es war nicht ihre einzige Hinterlassenschaft. Stojan betrachtete die Hühnerhaut auf seinem Arm und wurde sich bewusst, dass Eliza das Misstrauen in die Stapo gebracht hatte.

*

Bruno Jaun tat, was er am besten konnte. Er arbeitete sich akribisch durch einen Haufen scheinbar uninteressanter Details, um das eine winzige Stück Information zu finden, das die Ermittlung einen Schritt voranbringen würde.

Ihm war durchaus bewusst, dass man ihn nicht mit dieser Aufgabe betraut hatte, weil man ihn für am besten geeignet hielt; diese Illusion hatte er vor vielen Jahren über Bord geworfen. Nein, man hatte ihm diese Arbeit überlassen, weil alle anderen sich zu schade waren, sie zu verrichten.

Es erfreute Jaun stets mit einer gewissen Schadenfreude, dass sie ihm damit genau das überliessen, was er am liebsten machte.

Andere mochten mit grösstem Vergnügen in Sitzungen herumlafern, sich vor Kollegen aufplustern und in sogenannt kreativem Teamwork eine Furzidee nach der anderen in die abgeatmete Sitzungsluft blasen, nur um dann für sich zu reklamieren, die wirklich entscheidenden Inputs zu einer Arbeit geleistet zu haben, aber Jaun waren diese Gespräche zuwider. In der Regel war der konkrete Output bescheidenst, von den heiss diskutierten Ideen wurde schliesslich keine einzige umgesetzt, und sobald echte Arbeit anstand, flüchteten auch noch die Hartnäckigsten. Nein, Jaun war es am liebsten, wenn man ihn seine Arbeit machen liess und sich möglichst weit von ihm fernhielt.

Er wusste, dass das schäbige Kellerloch, in das man ihn verfrachtet hatte, zwar nicht einer Bestrafung gleichkam, aber doch so etwas wie eine Deponie darstellte, in der man ihn endlagerte. Dabei war es das beste Büro, dass er während seiner gut drei Jahrzehnte langen Beschäftigung für die Stapo gehabt hatte. Gut, etwas mehr Sonnenlicht, vielleicht sogar ein wenig Aussicht, das würde er durchaus schätzen. Aber niemals würde er wegen eines Blicks auf die Limmat dieses Büro aufgeben, dessen grösster, alles entscheidender Vorteil darin bestand, dass es an einem Ort war, wo keiner je hinkam.

Hier unten hatte Jaun seine Ruhe, war er weit weg von all den merkwürdigen Subjekten, die ein gewaltiger Verwaltungsapparat wie die Stapo nun mal hervorbrachte. Die Schwätzer, die unter einem Vorwand in sein Büro kamen und ihm, unter der Tür stehend, eine Dreiviertelstunde lang vorjammerten, sie kämen vor lauter Stress nicht zum Arbeiten. Die ewigen Nörgler, die zwar an

der Arbeit der anderen jeden Fehler und Missgriff ent-
deckten, selber aber nichts leisteten. Die Ideenlosen, die
so taten, als würden sie mit ihm plaudern, sich aber in
Tat und Wahrheit doch nur wieder Inputs für ihre eigene
Arbeit holen wollten. Nicht zu vergessen die Abschie-
ber, die lieber eine Stunde darauf verwendeten, ein bisschen Arbeit jemand anderem zuzuschieben, als sie in
einem Viertel der Zeit einfach zu erledigen. Alle diese
Störenfriede, denen Jaun in seinem alten Büro ausgesetzt gewesen war, waren nun mehrere Stockwerke von
ihm getrennt, und wenn er seine Telefonie-Software auf
«besetzt» stellte, war er auch technisch abgekoppelt.

Man hatte ihm Jolanda Luginbühls E-Mails zur Auswertung überlassen, eine Aufgabe mit beinahe bibli-
schen Ausmassen und von sagenhafter Langweiligkeit.
Vermutlich in der Erwartung, er würde jetzt eine Woche
damit zubringen, Tausende von E-Mails zu öffnen und
zu lesen. Als ob ein systematisch denkender Geist wie
Bruno Jaun eine derart plumpe Herangehensweise wählen würde.

Er nahm die E-Mails der letzten zwei Jahre und sortierte sie nach Absender. Dann stellte er die schiere Men-
ge grafisch dar und sah sich jene Absender an, mit denen
Jolanda Luginbühl am häufigsten kommuniziert hatte.
Wenig überraschend hatte ihre Assistentin in diesem
Diagramm den grössten Balken. Anschliessend glieder-
te er die Grafik nach Monaten und bekam so, noch immer ohne ein einziges Mail gelesen zu haben, ein Bild
von der Kommunikation zwischen Jolanda Luginbühl
und ihren häufigsten Kontaktpersonen. Es dauerte nicht
lange, bis Jaun erste interessante Auffälligkeiten fand.

Am meisten kommunizierte Jolanda Luginbühl neben ihrer Assistentin mit den wichtigsten Mitarbeitenden. Die Anzahl Mails schwankte dabei pro Monat nur
leicht. Die Kommunikation mit ihrem Vorgesetzten intensivierte sich phasenweise, jene mit der Buchhaltung
jeweils im Juni und um den Jahreswechsel herum – die

Halbjahresabschlüsse hinterliessen auch in den E-Mails ihre Spuren. Spannend war jedoch der Mailverkehr mit einem der Juristen am Standort Zürich. Mit diesem gab es nur einen sporadischen Austausch von Mails, doch dieser Austausch hatte sich plötzlich intensiviert und bis zu Jolanda Luginbühls Tod auf hohem Niveau gehalten. Besonders interessant war dabei der Zeitpunkt dieser zunehmenden Kommunikation. Nur anderthalb Monate, nachdem Gion Casati auf der Walchekreuzung überfahren worden war, begann Jolanda Luginbühl plötzlich mit einem der Hausjuristen von Scotsdale E-Mails auszutauschen.

Das alles kostete Jaun nicht einmal drei störungsfreie Stunden und etwas Basiswissen in Tabellenkalkulation. Er konnte daher noch vor der Mittagspause dazu übergehen, die Mails zu lesen, die Jolanda Luginbühl an diesen Juristen geschickt hatte.

Er hiess Sascha Kreuzer, stammte aus Deutschland und arbeitete seit rund zehn Jahren in der Rechtsabteilung von Scotsdale, wobei er in dieser Zeit dreimal befördert worden war. Doch viel wichtiger als das war die Tatsache, dass sich die beiden offenbar über etwas ausgetauscht hatten, das keiner der beiden in einer E-Mail schriftlich festhalten wollte. Die Mails waren allesamt nichtsagend und bezogen sich in der Regel auf ein anstehendes Treffen.

Es dauerte nicht lange, bis Bruno Jaun auch in der Anrufliste von Jolanda Luginbühl ein ähnliches Muster entdeckte. Anrufe von und an Kreuzers Nummer, die nach dem Tod Gion Casatis markant zugenommen hatten. Anrufe, aber keine Textnachrichten.

Hatte sich Jolanda Luginbühl nach der Ermordung von Gion Casati voller Angst an den internen Juristen gewandt, um abschätzen zu können, welche rechtlichen Konsequenzen ihr drohten, wenn sie Interna veröffentlichte? Jaun war bekannt, dass die rechtliche Position von Whistleblowern in der Schweiz schwach war; es war davon auszugehen, dass eine schlaue Geschäftsfrau wie Jolanda Luginbühl das gewusst hatte.

Es war kurz nach zwölf, als Jaun seine wichtigsten Erkenntnisse in ein kurzes Faktenblatt gegossen hatte. Von all den Mailkontakten Jolanda Luginbühls hatte kein einziger ein ähnlich auffallendes Muster gezeigt wie dieser Sascha Kreuzer. Es würde sich mit Sicherheit lohnen, diesen Mann genauer anzuschauen. Jaun bereitete ein E-Mail an Stojan vor, das nicht nur das Faktenblatt enthielt, sondern dessen Inhalt sogar noch auf vier Zeilen zusammenfasste, für die ganz Lesefaulen. Zum Schluss sprach er die Empfehlung aus, alle wichtigen Kontakte aus Jolanda Luginbühls E-Mail-Konto einer Befragung zu unterziehen, damit Kreuzer weder gewarnt noch jemand anderer auf ihn aufmerksam gemacht würde. Dass diese Empfehlung schon in Kürze nicht mehr von ihm stammen würde, war ihm dabei ebenso klar wie die Tatsache, dass der Briefkopf auf seinem Faktenblatt mit einem einzigen Klick auf einen anderen Namen abgeändert werden konnte.

Diese Tatsache galt es bei der Planung des Nachmittags zu berücksichtigen, fand Bruno Jaun. Ein Blick auf seine Meteo-App – wer brauchte im digitalen Zeitalter schon ein Fenster! – zeigte ihm nämlich, dass der Nachmittag strahlend schön zu werden versprach. Er könnte mit Kathrin im Garten werkeln und am Abend den Grill anschmeissen. Selbstverständlich würde er bis Schlag fünf Arbeitszeit erfassen; dass er gar nicht an seinem Platz sass, würde sowieso niemand bemerken. Genauso wenig, wie jemandem sein Abgang auffallen würde. Jauns Büro hatte nämlich einen weiteren, sagenhaften Vorteil: Man konnte durch den Keller ins Nebengebäude und von dort über einen Hinterausgang nach draussen gelangen, ohne irgendjemandem zu begegnen.

Es war mehr als früh genug, wenn er Stojan das Faktenblatt am nächsten Vormittag gab. Jaun sah die Szene bereits vor sich: Stojan würde vor Überraschung die gezupften Brauen hochreissen und sich danach über den gefärbten Bart streichen, während er wortlos herauszufinden versuchte, wie Jaun so schnell hatte Tausende von E-Mails durchlesen können. Nur eine Stunde später würde sich die Szene in Walter Bitterlins Büro wiederholen, mit leicht angepasster Erzählweise, denn bis dahin hätte der fleissige Jaun noch ein paar wesentliche Inputs erhalten, die ihn auf die richtige Spur gebracht hatten. Vielleicht würde das Faktenblatt dann schon Stojans Briefkopf tragen.

Jaun war hervorragender Laune, als er die Tür zu seinem Büro an bester Lage abschloss. Man konnte ihm vorwerfen, dass es lange gedauert hatte, bis er wirklich verstanden hatte, wie der Hase lief in der Stapo. Aber jetzt, da er es kapiert hatte, war es eigentlich ein ganz angenehmes Leben hier.

*

Die Tage in der Pöschwies waren irgendwie einer wie der andere. Vielleicht mal ein Konfliktchen, das die öde Routine durchbrach, aber auch hier hatte man nach einigen Monaten nur noch Déjà-vus.

Sogar die Insassen gaben mit der Zeit nicht mehr viel her. Am Anfang hatte Hilvert besonders diese spannend gefunden. Die Menschen, die er ein Leben lang verfolgt hatte, einmal aus einer anderen Perspektive zu sehen, ihnen sozusagen auf Augenhöhe zu begegnen. Doch es war innerhalb der Gefängnismauern nicht viel anders als ausserhalb: Im Kern waren sie nicht so verschieden voneinander.

Da waren zum einen die plumpen, primitiven Gewalttäter, oft verkorkste Existenzen, bei denen schon viel schiefgelaufen war, bevor sie Verantwortung für ihr Leben hatten übernehmen können. Wie bereits zu Zeiten als aktiver Polizist empfand Hilvert für diese Gestalten mehr Mitleid als Verachtung, denn obwohl sie nicht vollumfänglich Schuld an ihren kriminellen Neigungen trugen, musste man sie aus dem Verkehr ziehen, damit sie niemandem mehr schaden konnten.

Eine zweite Kategorie kannte Hilvert noch sehr gut aus seinem aktiven Berufsleben, denn von denen gab es viele, und beileibe nicht alle sassen im Knast. Diejenigen, die sich für schlauer und besser als alle anderen hielten. Im Knast kennzeichneten sie sich durch massloses Erstaunen und eine tiefgreifende Empörung über die Tatsache, dass man sie erwischt hatte. Schuld waren bei denen natürlich die anderen, wobei es in der Pöschwies nicht ganz freiwillige Angebote gab, um an dieser Einstellung etwas zu ändern. Das bot Hilvert dann die Gelegenheit, zu beobachten, wo sich der Keim der Selbsterkenntnis wie schnell ausbreitete – wenn überhaupt. Denn da gab es Resistenzen gegen Selbstreflexion, die jeden Impfstoffentwickler blass vor Neid werden liessen. Auch das war allerdings ein bereits von ausserhalb der Gefängnismauern bekanntes Phänomen.

Das Draussen. Es gewann eine geradezu magische Ausstrahlung, sobald man erst drinnen war im Gefängnis. Das Draussen war da, man wusste es, man sah es durchs Fenster und im Fernseher. Trotzdem war es irgendwie unwirklich, da völlig unerreichbar. Gerade deswegen war es der Fixstern, an dem sich alle ausrichteten – bis auf die wenigen, die resigniert hatten. Die wussten, dass sie hier drin sterben würden.

Hilvert selbst unternahm immer wieder Reisen ins Ausserhalb. Dann lag er auf dem Bett, die Augen geschlossen, bevorzugt klassische Musik hörend. Er ging dann durch die Strassen von Zürich, mitten durchs Niederdorf. Er sah das Kopfsteinpflaster, betrachtete jedes einzelne Gasthausschild eingehend. Der Duft von Essen drang aus den Türen, eine geschmackliche Reise von Thailand über Nordamerika ins Wallis, von Curry über Burger zum Fondue. Hilvert kehrte gerne ein auf diesen Reisen, auf denen er Zeit im Überfluss hatte. Nicht selten im Café Schober, wo er einen Hauskaffee bestellte, mit einem ordentlichen Schuss Likör und einer Extraportion Schlagsahne. Dazu ein Brownie oder sonst eine kleine Süssigkeit mit Kakao, cremig-weich und sagenhaften, wenn auch rasch vergänglichen Genuss bescherend. Er setzte sich in einen der mit rosarotem Samt bezogenen Stühle, über sich die jahrhundertealte Balkendecke. Dann kostete Hilvert jeweils vom Leben, beobachtete die Menschen im Café, ihre Kleidung, ihre Marotten, den Klang ihrer Stimmen. Er malte sich aus, was sie waren, wer sie waren, welche Rollen sie spielten in dem einen grossen Theater, das die Menschen ›Leben‹ nennen und in dem es nur Gastrollen zu besetzen gibt.

Es waren diese kleinen Ausflüge, die Hilvert innerlich im Lot hielten und sicherstellten, dass der Gefängnisgestank, die anderen Insassen und die Konflikte zwischen ihnen nicht wirklich an ihn herankamen. Er, der sich bisher oft und gerne hatte treiben lassen, der keinen Masterplan für sich geschmiedet, sondern sich vielmehr von seinem Bauchgefühl hatte leiten lassen, verfügte plötzlich über eine Zielstrebigkeit, die er selbst nicht für möglich gehalten hätte. Seit Hilvert in der Pöschwies war, gab es ein einziges, grosses Ziel in seinem Leben, das er mit allen Mitteln so lange verfolgen würde, bis er es erreicht hatte: das Draussen.

Noch war er jedoch weiterhin im Drinnen. Seine Handlungsoptionen waren auf ein altmodisches Mobiltelefon zusammengeschrumpft, das ihm ein Wärter auf seinen Kontrollgängen zusteckte. Der ehemalige Kommandant der Stadtpolizei seufzte, während er das kleine Gerät in seiner Hand betrachtete. Rational hatte er irgendwie gewusst, was der Knast bedeutete, trotzdem hatte er es nicht annähernd begriffen.

Er tippte eine Nummer ein, die gleiche wie immer. Das Standzeichen ertönte achtmal, um ein Haar hätte Hilvert aufgelegt. Doch dann hörte er die vertraute Stimme an seinem Ohr.

»Wie geht es dir?«

»Bestens«, sagte Hilvert. Es war beiden klar, dass es eine Lüge war. Aber manchmal ist die Lüge für alle einfacher als die Wahrheit.

»Jaun war hier«, erzählte Hilvert.

»Muss ich mir Sorgen machen?«

»Nein, nein.« Hilvert gluckste. »Alles im grünen Bereich. Aber sie haben keine Ahnung.«

»Wirklich nicht? Könnte es sein, dass dir Bruno etwas verheimlicht?«

»So ein Blödsinn. Er berichtet mir brav von allem. Ich weiss sogar, wann Zurbriggen auf dem Klo war.«

Die beiden Menschen lachten herzlich. »Was willst du jetzt unternehmen?«

Hilvert seufzte. »Ich brauche einen weiteren Gefallen von dir.«

Er erklärte in aller Ruhe seine Gedankengänge. Als er fertig war, herrschte eine Weile Schweigen in der Leitung.

»Das ist nicht gerade wenig, was du da verlangst. Genaugenommen ist es sogar illegal.«

»Natürlich weiss ich das. Aber soll ich es selber machen? Ich bin im Gefängnis!«

Ein resigniertes Seufzen signalisierte gleichzeitig Missfallen und Zustimmung. »Du schuldest mir was!«

Hilvert gluckste. »Ich biete dir *Hilvert's Special* an. Wenn du einen Mord begehst, gestehe ich den für dich!«

Sie beendeten den Anruf, und Hilvert platzierte sich wieder nahe an der Zellentür, damit er den Wärter auf seinem Rundgang nicht verpasste.

Es dauert nicht mehr lange, formulierte er in seinem Kopf, immer wieder, wie ein Mantra. Dann sitze ich im Schober und stopfe Plätzchen in mich hinein, bis ich platze!

6

Die Razzia auf dem Kochareal war irgendwie so gewesen, wie man es hatte erwarten können. Feindseligkeiten vonseiten der Besetzer, viel politisches Material, viel Cannabis und ein paar stärkere Sachen. Einige verstreute Hinweise auf kleinere Delikte, insbesondere Sprayereien, aber alles in allem nichts, was eine solche Razzia gerechtfertigt hätte.

Wären da nicht die Hinweise auf Gion Casati gewesen.

Er war in diesem Umfeld aktiv gewesen, hatte sich politisch engagiert. Flugblätter, Videos, Texte – das alles kündete von einem nicht unerheblichen Sendungsbewusstsein. Auf den Rohstoffhandel schien es Casati im Besonderen abgesehen zu haben; Scotsdale war zwar ein wichtiger, aber bei weitem nicht sein einziger Intimfeind. Es gab Hinweise, dass er der Kopf hinter einer Aktion gewesen war, bei der vor rund einem Jahr die Fassade des Hauptsitzes von Scotsdale in Zug verschmiert worden war, trotz der gut ausgebauten Security. Eine Peinlichkeit für den Konzern, der die Graffitis rasch in aller Stille hatte entfernen lassen. Zu einer Anzeige war es gar nicht erst gekommen, das öffentliche Interesse, das so angezogen worden wäre, wog für den Konzern schwerer als ein paar Liter Fassadenfarbe.

Die Stadtpolizei hatte sich mit der Razzia, über die im Lokalfernsehen ausgiebig berichtet wurde, etwas Luft verschafft. Respektive Zurbriggen hatte sich etwas Luft verschafft. Bei Stojan war das ganz anders: Er durfte nun den Berg an Material auswerten, das sie beschlagnahmt hatten, auf der Suche nach der Nadel im Heuhaufen, die ihn zu Jolanda Luginbühls Mörder führen würde. Wobei das noch das beste aller Szenarien wäre; die Chance war nämlich gross, dass ausser viel Arbeit nichts herausschauen würde.

Sicher war nur, dass er mit dieser herkulischen Aufgabe nicht an diesem Abend anfangen würde. Stojan ächzte, schlüpfte aus seinen eleganten, aber unbequemen Schuhen, legte die Füsse auf den Tisch. Ein wunderbarer Sommerabend in Zürich. Es war noch nicht lange her, da hatte er diese Abende mit Freunden am See oder in einer Bar in der Innenstadt verbracht.

Doch innert kürzester Zeit hatte sich sein Leben komplett verändert. Er sass abends im Büro, und wenn er endlich rauskam aus dem Bunker, war er so geschafft, dass er nur noch nach Hause ging, um vor dem Fernseher etwas aus dem Take-away zu essen und bei der ersten Folge irgendeiner Netflix-Serie einzuschlafen.

War er tatsächlich so alt geworden? Verdammt, er war erst Mitte dreissig! Hatte eben noch mitten in einem Leben gestanden, das ihm nun meilenweit entfernt schien. Nur dass sein neues Leben noch nicht in seinem Kopf angekommen war, denn dort befand sich weiterhin der alte respektive der junge Stojan. Fit, sportlich, unternehmenslustig. Der Stojan, als der er sich selbst sah, sass nicht abends um halb acht im Büro und las ein Faktenblatt, das ihm sein altbackener Assistent gemailt hatte.

Krass. Hatte Jaun tatsächlich bereits alle E-Mails der Luginbühl durchgearbeitet? Hatte der etwa die ganze Nacht durchgeschuftet? Stojan fühlte sich zwar schäbig dabei, aber er kontrollierte im Arbeitszeiterfassungsprogramm, wann Jaun gearbeitet hatte. Natürlich, Punkt fünf Uhr nullnull hatte dieser den Pickel hingeschmissen, wie jeden Tag davor.

Der Alte war merkwürdig. Ob er heimlich daheim arbeitete? War Jaun einer von der Sorte, die Tag und Nacht arbeiteten, aber nur die offizielle Sollzeit erfassten, um keine Scherereien mit der Personalabteilung zu bekommen? So wie Bitterlin, der offensichtlich in der Stapo lebte und doch nie Überstunden verzeichnete?

Stojan seufzte, klickte Jauns Faktenblatt weg, fuhr den Computer runter. Seinen eigenen Überstundensaldo wollte er gar nicht erst sehen. Entweder würde er bald richtig viel Ferien machen müssen, oder er würde ebenfalls nicht mehr alle Stunden erfassen, um Probleme zu vermeiden.

Wie hatte es bloss dazu kommen können? Und so schnell?

Eigentlich wollte er nach Hause, aber irgendwie fehlte ihm sogar die Energie, sich aus dem Stuhl zu erheben. Ob er jetzt im Büro im Stuhl hing oder daheim auf dem Sofa, machte auch keinen grossen Unterschied mehr. Viel Interessanteres lief ja schon länger nicht mehr in seinem Privatleben.

Stojans Laune war im Keller, als er unmotiviert durch die drei Dating-Apps wischte, die er installiert hatte. Für eine bezahlte er sogar monatliche Gebühren, doch das Volk, das sich darauf tummelte, unterschied sich nicht wesentlich von dem in den anderen Apps. Vermutlich, weil die anderen Nutzer und Nutzerinnen genau wie Stojan ebenfalls in sämtlichen verfügbaren Apps Profile unterhielten.

Die »Fleischtheke«, wie Stojans bester Kumpel diese Apps nannte, hatte an diesem Abend das übliche Angebot. Zu alt, zu fett, zu viel Photoshop oder erst gar kein Foto, die aussagekräftigste aller Varianten. Stojan wischte alle zur Seite. Mit einer Frau entwickelte sich sogar so etwas wie ein Gespräch, aber als sie nach zwanzig Minuten vorschlug, sich doch besser persönlich in einer Bar zu treffen, winkte Stojan ab. Er war schlicht zu müde, hatte keinen Bock, jetzt jemanden in seiner Nähe zu haben, der ihm so etwas wie Aufmerksamkeit abverlangte. Das Gespräch erlosch; kein Wunder, Stojans Antwort hatte nach schlecht kaschiertem Desinteresse geklungen, selbst wenn er das nicht beabsichtigt hatte.

Er gähnte herzhaft, bis der Kiefer knackte. Ein schlechter Tag für Dating-Apps, er war selber schuld, wenn nichts herauskam. Besser, er ginge wieder mal unter die Leute. Am Samstag, schwor er sich, da geh ich aus.

Schlafe nicht auf dem Sofa, lese keine Akten von der Arbeit wie die zwei Wochenenden davor.

Er hatte eigentlich schon lange nach Hause gehen wollen, aber er sass immer noch im Büro und wischte auf dem Handy Frauen zur Seite, als er sie sah. Eliza Hubacher.

Auf einer Dating-Plattform.

Offenbar hatte sie den Tod von Gion Casati überwunden.

Sie hatte ihm die Hand auf den Arm gelegt, damals, in der Gartenlaube. Stojan erinnerte sich an den Moment, der sich zur Ewigkeit ausgedehnt hatte. Der ihm heisse Schauer durch den Körper gejagt hatte.

Müdigkeit und Trägheit waren wie weggewischt, während er auf ihr Foto starrte.

Bitterlin fiel ihm ein, der ihm aufgetragen hatte, sich um Eliza zu kümmern. Wie weit dieser Befehl wohl reichte? Stojan hatte mit Bitterlin über die Episode im Schrebergarten reden wollen, aber sein Vorgesetzter war wieder einmal in irgendwelche Gedanken versunken gewesen, unerreichbar in seiner Welt, die nur aus Arbeit bestand. Er hatte Stojan zweimal weggescheucht, als der unter seiner Tür aufgetaucht war; E-Mails und Anrufe hatte er nicht beantwortet.

Zum Glück wusste Stojan, dass das alles nichts mit ihm zu tun hatte; Bitterlin war wohl wieder auf einem Trip. Dass er sich den Rausch mit Arbeit verschaffte, fand Stojan besonders erbärmlich.

Doch wie viel besser bin ich selber, dachte Stojan ernüchtert. Er starrte noch immer Eliza Hubachers Foto an, als die Sonne definitiv hinter dem Horizont verschwand und sich die Nacht langsam in die Stadt schlich.

Dann schickte Stojan Eliza ein kurzes Hallo.

*

Walter Bitterlin tat etwas, was die Stadtpolizei vor Jahren hätte tun sollen: Er begann, das Verschwinden des

Kommandanten ad interim Karl Leimbacher mit Akribie unter die Lupe zu nehmen. Denn je länger er darüber nachdachte, desto suspekter erschienen ihm die Ereignisse von damals. Rückblickend wirkten sie entfernt wie Berichte aus alten Zeitungen, aber um die aktuellen Vorgänge innerhalb der Stapo zu verstehen, konnte man nicht ausser Acht lassen, dass ausser Hilvert alle von damals noch da waren. Sie sassen in den gleichen Büros, wärmten die gleichen Sitzungszimmermöbel auf und klopften ganz sicher auch die gleichen flachen Sprüche wie damals.

Die intriganten Mitglieder der Geschäftsleitung, sie hatten schon damals an den Schalthebeln der Macht herummanipuliert. Die Einzigen, die neu dazugestossen waren seit Hilverts Abgang, waren Bitterlin selbst und Peter Zurbriggen, der neue Kommandant.

Was hatten sie über die Ermittlungen im Mordfall Leimbacher gewusst? Wo hatten sie nicht hingeschaut, wann Augen und Ohren fest verschlossen? Welche Kräfte hatten gewirkt, um zu verhindern, dass der Mord lückenlos aufgeklärt wurde? Welche Motive hatten sie für ihre Verschleierungspolitik? Waren es allenfalls die gleichen Motive, die gleichen verborgenen Kräfte, die im Hier und Heute wirkten?

Bitterlins Spürsinn hatte angeschlagen, tagelang hatte er tief in Aktenbergen und Datenbanken gebohrt, unerreichbar für alles andere. Eine Nacht hatte er sogar im Büro geschlafen, zusammengesunken an seinem Schreibtisch, was sein Nacken am Folgetag mit übelsten Verspannungen quittiert hatte; er war halt doch nicht mehr zwanzig.

Nun befand er sich am Hardhof, in Sichtweite der städtischen Grundwasserfassung, wo Wasser aus dem Boden gepumpt und ohne jedwede weitere Behandlung ins Trinkwassernetz gespiesen wird – eine Selbstverständlichkeit hierzulande, ein Wunder für viele Touristen. Bitterlin hatte einmal zwei Amerikanerinnen beobachtet, die vor einem der zahlreichen Brunnen in der Innenstadt gestanden und sich gefragt hatten, wieso man in Zürich dermassen Wasser verschwendete.

Des einen Selbstverständlichkeit ist dem anderen unerklärlich, genau das traf in mehrfacher Hinsicht auch auf das Verschwinden von Karl Leimbacher zu. Hilvert, damals Kommandant der Stadtpolizei Zürich, hatte sich vor die Medien gestellt und den Mord an seinem Vorgänger gestanden. Es war eine zwar schreckliche, aber insgesamt stimmige Geschichte gewesen, erzählt auf dem Fundament der ausserordentlichen Glaubwürdigkeit, die Hilvert in den Jahrzehnten seiner Arbeit in der Stapo erworben hatte.

Niemand, aber wirklich niemand hatte dieses Geständnis in Zweifel gezogen; es war eine Selbstverständlichkeit, dass einer wie Hilvert bei einer Aussage wie dieser nicht log. Schon gar nicht zu seinem Nachteil.

Dabei hielt dieses Geständnis einer sorgfältigen Prüfung überhaupt nicht stand. Nicht nur, dass die säuberliche Reinigung des vermeintlichen Tatorts nicht so ganz zu Hilverts üblichem kreativem Chaos passen wollte; nicht nur, dass die Behauptung, er habe Leimbachers Leiche als Sondermüll in die Verbrennung geschickt, nicht ganz stimmig war. Hilverts Geschichte *konnte* gar nicht stimmen.

Bitterlin hatte alle bekannten Fakten auf einem grossen Zeitstrahl geordnet, der sich am Ende über drei A3-Blätter erstreckte. Das Problem war der zeitliche Ablauf. Die Fakten, die Hilvert aufgetischt hatte, stimmten alle, aber sie waren in einer falschen Reihenfolge angeordnet. Hilvert hatte tatsächlich etwas in die Sonderabfall-Verbrennungsanlage liefern lassen, aber *bevor* Karl Leimbacher verschwunden war. Hilvert hatte am Tag des Verschwindens allein Zeit mit Leimbacher verbracht, aber Leimbacher hatte *danach* noch gelebt.

Jetzt befand sich Thomas Bitterlin an einem entscheidenden Schauplatz in Hilverts Geschichte, wobei er den

Begriff ›Mär‹ passender fand. Hier am Hardhof war Hilvert das letzte Mal mit Leimbacher allein gewesen, nachdem die beiden zuvor gemeinsam das Hallenbad City inspiziert hatten.

Im Hardhof war gemäss Hilvert der Mord geschehen: Hilvert war – laut eigener Aussage – auf Leimbachers Geheiss mit dessen Dienstwagen dorthin gefahren. Für ihn völlig unerwartet und unerklärlich, hätte Leimbacher ihn dort ermorden wollen, worauf Hilvert ihn in Notwehr mit einem Kopfschuss aus seiner Dienstwaffe ausgeschaltet hätte. Hilvert hatte ausgesagt, er sei in Panik geraten, habe nicht mehr klar denken können und alles vertuschen wollen. Also habe er die Leiche in den Kofferraum gelegt, sei zu der Garage in Schlieren gerast, die er seit Jahrzehnten als Rumpelkammer nutzte, habe Leimbacher dort deponiert und sei zurück in die Stadt gefahren. Am Folgetag habe er Leimbacher in die Verbrennungsanlage für Sonderabfall geschickt.

Angesichts der vielen schrecklichen Details, die Hilvert aufgetischt hatte – immerhin hatte Leimbacher zwanzig Jahre in Zürich als Serienmörder gewütet –, waren die zwei winzigen Details, die seine Geschichte als Lüge enttarnten, niemandem aufgefallen.

Es gab das Foto einer Radarfalle in der Innenstadt – ausgerechnet auf jener Kreuzung, auf der im vergangenen Winter Gion Casati von einem Lastwagen überrollt worden war –, die Hilvert erfasst hatte, als er mit Leimbachers Dienstwagen bei Rot über die Kreuzung gefahren war. Bitterlin hatte sich das Foto genau angesehen: Hilvert war nicht nur zu schnell und bei Rot über die Kreuzung gefahren, er hatte dabei sogar telefoniert. Und zwar mit Karl Leimbacher. Zu einem Zeitpunkt, als dieser gemäss Hilvert bereits tot war.

Weiter hatte Hilvert tatsächlich zwei Fässer mit Sondermüll in die Verbrennung schicken lassen, deklariert als zu vernichtende Unterlagen mit vertraulichem Inhalt. Eine sagenhafte Dreistigkeit, denn der Auftrag war über die Stadtpolizei abgewickelt und sogar von dieser bezahlt worden. Spuren des verbrannten Materials gab es keine mehr, bei 1500 Grad Celcius hörte jedwedes organische Material einfach zu existieren auf. Nur: Die Rechnung stand zwar *nach* Leimbachers Verschwinden in den Büchern der Stadtpolizei, aber als Datum der Anlieferung war darauf ein Zeitpunkt *vor* Leimbachers Verschwinden angegeben.

Was auch immer in der Anlage verbrannt worden war, Leimbacher war es nicht gewesen, denn der hatte damals nachweislich noch gelebt.

Bitterlin ging langsam auf und ab, liess die Atmosphäre auf sich wirken. Der Hardhof war kein schlechter Ort, wenn man mitten in der Stadt jemanden erschiessen wollte, unabhängig davon, wer nun wen hatte umbringen wollen. Die Sportanlagen weitläufig und nachts verwaist, die Wasserversorgung über Nacht nur im Schonbetrieb. Hinter den Sportanlagen die Limmat, die noch einmal Abstand schuf zu den Häusern an der Südflanke des Hönggerbergs. Bei den grossen Wasserbecken hielt sich ohnehin nachts niemand auf, dahinter die Zufahrt zur Autobahn mit einem steten Verkehrsfluss. Vermutlich gab es keinen einzigen Ort in der Stadt, an dem sich in einer schönen Sommernacht so wenig Menschen aufhielten. Gut möglich, dass Leimbacher tatsächlich hier ermordet worden war.

Nur: vermutlich nicht von Thomas K. Hilvert!

So wie Bitterlin das sah, gab es zwei denkbare Szenarien. Entweder war Leimbacher hier getötet worden, vielleicht sogar von Hilvert oder in dessen Beisein. Aber dann war Hilvert in die Stadt gefahren, und jemand anders hatte Leimbachers Leiche entsorgt. Danach hatte dieser Jemand Leimbachers Telefon benutzt, um mit Hilvert zu telefonieren, mutmasslich in der Absicht, diesem ein Alibi zu verschaffen. Was bedeuten würde, dass der Schuss in Leimbachers Kopf keine Notwehr war, sondern ein eiskalt geplanter Mord.

Oder aber Leimbacher hatte tatsächlich noch gelebt, als Hilvert den Rückweg in die Stadt antrat, und hatte mit diesem während der Fahrt telefoniert. In diesem Fall wäre Leimbacher von jemand anderem als Hilvert ermordet worden, denn nachdem die Radarfalle das Foto von ihm geschossen hatte, war Hilverts Aufenthaltsort praktisch lückenlos dokumentiert. Was die Frage aufwarf, warum er ein Verbrechen gestand, von dem er höchstens erfahren haben konnte, als es schon geschehen war.

Wie man es auch drehte und wendete: Bitterlin war sicher, dass es in der Geschichte weitere Akteure gab, mindestens einen, eher aber mehrere. Gut möglich, dass Bruno Jaun involviert gewesen war, diese undurchsichtige, verschwiegene Gestalt, die Hilvert stets wie ein Schatten gefolgt war und auch jetzt noch in den Gewölben der Stadtpolizei herumgeisterte. Einen Hinweis darauf gab es: Es war Bruno Jaun gewesen, der die zwei Fässer in die Verbrennungsanlage hatte liefern lassen, der als Kontaktperson auf der Rechnung stand und diese auch im System freigegeben hatte.

Blieb die Frage, warum Hilvert wen auch immer schützte und für ihn sogar in den Knast wanderte. Hatte der Komplize etwas gegen ihn in der Hand, das noch schwerer wog als der Mord an Leimbacher? Oder war das alles Teil eines Plans, dessen Ziel und Zweck noch völlig im Dunkeln lagen?

Auf jeden Fall schien es Bitterlin mehr als fragwürdig, dass Bruno Jaun die einzige zusätzliche Figur in diesem schwer durchschaubaren Spiel sein sollte. Nicht nur, weil Stojan zufrieden mit seinem neuen Assistenten war, der die Ermittlungen im Rizinmord mit guter Arbeit tatsächlich voranbrachte. Jaun schien Bitterlin einfach nicht abgebrüht genug, um einen Mord zu begehen, eine Leiche verschwinden zu lassen oder gar Hilvert dazu zu bringen, mehrere Jahre im Bau in Kauf zu nehmen.

Bitterlin trat seine Zigarette neben dem Auto aus und

stieg ein. Der vermeintliche Tatort im Hardhof würde ihn nicht weiterbringen; was immer hier geschehen war, lag zu weit zurück. Aber Jaun, der war noch da. Zeit, ihn etwas unter die Lupe zu nehmen.

Die Fahrt zurück in die Hauptwache dauerte nicht lange, mitten am Nachmittag war der Verkehr in Zürich einigermassen erträglich.

Bitterlins Büro sah aus wie ein Schlachtfeld. Als er es betrat, die frische Luft vom Hardhof noch in der Nase, schien ihm auch die Luft mehr als nur abgestanden, eher faulig. Er riss die Fenster auf, schaffte sich auf dem Schreibtisch vor der Tastatur ein bisschen Freiraum.

Zwanzig E-Mails waren eingegangen, dabei war Bitterlin nur gerade zweieinhalb Stunden ausser Haus gewesen. Es war zum Kotzen. Auch Stojan hatte ihm geschrieben; er wollte etwas mit ihm besprechen wegen dieser Eliza Hubacher. Doch dafür hatte Bitterlin jetzt keine Zeit, Stojan war ein guter Kerl und hatte alles im Griff; er war nur manchmal unsicher und holte sich von Bitterlin etwas zu oft Zustimmung, was er eigentlich gar nicht nötig hatte. Zeit, dass Stojan lernte, auf eigenen Füssen zu stehen.

Statt den E-Mails wendete sich Walter Bitterlin dem Zeiterfassungsprogramm zu. Er hatte Zugriff auf die Daten all seiner Untergebenen; auch wenn es normalerweise nicht viel gab, das ihn weniger interessierte als die Arbeitszeiterfassungen, sah er sich nun die Daten von Bruno Jaun an, nur um seinen ersten Eindruck bestätigt zu finden. Jaun war der spiessigste Beamte, den Bitterlin je zu Gesicht bekommen hatte. Arbeitete von Punkt acht bis Punkt fünf, machte genau die 30 Minuten Mittag, die von der Personalverordnung vorgeschrieben waren. Überstunden in den letzten zwei Jahren: null. Sagenhaft.

Nein, Bruno Jaun war mit Sicherheit in keinen Mord verwickelt. Schon gar nicht in einen, der ausserhalb der Bürozeiten stattgefunden hatte! Trotzdem würde sich

Bitterlin ihn mal vorknöpfen. Halb vier, er war also noch anderthalb Stunden im Haus beziehungsweise im Keller.

Bitterlin summte, als er über die Strasse ins Amtshaus IV hinüberging und dort in den Keller hinabstieg. Das war ja fast wie eine Exkursion in den Zoo, mit Jaun als Exponat im Kuriositätenkabinett! Die Tür zu Jauns Büro war abgeschlossen, doch Bitterlins Generalschlüssel passte. Und dann starrte der Chef der Kriminalabteilung geschlagene fünf Minuten in ein peinlich aufgeräumtes, keimfrei geputztes, leeres Büro. Der Computer lief, aber das Büro war verlassen. Bruno Jaun, der gemäss Zeiterfassung noch immer arbeitete, war nicht hier, und sein Büro erweckte auch nicht den Eindruck, als sei er gerade gegangen oder kehre bald zurück.

Walter Bitterlin erkannte mit Schaudern, dass er sich hatte täuschen lassen. Erneut. Denn hier war etwas im Gange, direkt unter seiner Nase.

*

Das flaue Gefühl in der Bauchgegend war ein Gruss aus der eigenen Vergangenheit. Stojan, jung, unerfahren, unsicher, der mit ebendiesem Gefühl eine Frau anspricht.

Nun war dieses Gefühl wieder da. Trotz der Tatsache, dass Stojan Mitte dreissig war und im Zuge seines beruflichen Werdegangs zahllose Ausbildungen hatte über sich ergehen lassen, die alle eines zum Ziel gehabt hatten: in kritischen Situationen die Nerven nicht zu verlieren, ruhig, aber bestimmt aufzutreten. Leider schienen sich sämtliche Erkenntnisse aus diesen Kursen und die in all den Berufsjahren erworbene Erfahrung in diesem Moment ziemlich schnell zu verflüchtigen.

Eliza zu treffen. Aufregend. Gefährlich. Verboten.

Was war das eigentlich? Ein Date? Ein Verhör? Irgendetwas dazwischen? Stojan vermutete, dass es besser Letzteres wäre, er aber auf Ersteres hoffte und sich auch darauf vorbereitete. Er investierte im Bad jedenfalls ordentlich Zeit in sich, während dieses flaue Gefühl in der Magengrube stetig wuchs.

Sie hatten an jenem Abend, als er sie auf dieser Dating-Plattform entdeckt hatte, mehrere Stunden miteinander gechattet. Sich über Gott und die Welt unterhalten, aber auch über Gion Casati und den Rohstoffhandel. Es war irgendwie eine bizarre Unterhaltung gewesen: Stojan hatte in seinem Büro gesessen und sich online mit einer faszinierenden Frau über deren toten Ex unterhalten. Er hatte danach praktisch die ganze Nacht kein Auge zugetan.

Zu seiner Entschuldigung konnte er vorbringen, dass er mit dem Chef über diese Episode hatte reden wollen und sich Ratschläge für das Treffen hatte holen wollen, das Eliza irgendwann weit nach Mitternacht vorgeschlagen hatte. Ratschläge oder zumindest so etwas wie ein klar rotes oder grünes Licht. Stojan hatte sich absichern wollen.

Doch Bitterlin war unerreichbar gewesen. Zwar konnte man sehen, wie er im Büro sass und in den Bildschirm starrte, aber eigentlich war das nur eine Hülle. Bitterlin selbst war weg, wo genau, wusste wohl nur er selbst. Stojan wollte es auch gar nicht wissen.

Es gab also keine Absicherung. Das Treffen mit Eliza war ein Höllenritt ohne Sicherheitsgurte und Auffangnetz. Stojan fühlte Aufregung, Angst, Vorfreude und Scham, alles in einem.

Sie war natürlich noch nicht da, als Stojan das Sphères an der Hardturmstrasse betrat. Er war nicht überrascht gewesen, als sie das direkt an der Limmat gelegene Café als Treffpunkt vorgeschlagen hatte. Bar, Buchhandlung und Kulturlokal in einem, war das Sphères die Verkörperung der jungen urbanen Bevölkerung, zu der sich Eliza sicher zählte.

Stojan setzte sich in einen der schalenförmigen Sessel im Aussenbereich und schnappte sich eines der aufliegenden Bücher, um darin zu schmökern. Nicht dass er ein grosser Leser war, schon gar nicht Belletristik; aber das Buch in der Hand bot zwei andere Vorteile: Sicher erwartete Eliza von einem Mann, dass er sich auch in der Kultur etwas auskannte; ausserdem ermöglichte ihm der im Buch versenkte Blick, tief durchzuatmen und seine flatternden Nerven etwas unter Kontrolle zu bekommen. Verdammt, er war nervös wie ein Teenie bei seinem ersten Date!

Die Buchstaben vor seinen Augen verschwammen zu einem undefinierbaren Muster aus Druckerschwärze. Stojan wusste nicht einmal, was für ein Buch er da in Händen hielt. Also legte er es weg, warf einen kurzen Blick ins Lokal. Sie war noch nicht da, zum Glück.

Er nahm den Blickkontaktvermeider Nummer eins – sein Smartphone – zur Hand und blätterte durch die sozialen Medien. Ariana hatte ein neues Foto gepostet, von sich, ihrem Mann und ihren beiden Töchtern, acht und sechs Jahre alt. Sie war mit Stojan zur Schule gegangen, die beiden hatten sogar mal was am Laufen gehabt. Fast ein Jahr hatte es gedauert, und beide hatten dabei ihre Unschuld verloren; aber es war das bestgehütete Geheimnis in Stojans Leben. Nicht seinet-, sondern ihretwegen. Hätten ihre Eltern von der Beziehung – war es das überhaupt gewesen? – erfahren, hätte Ariana grossen Ärger bekommen. Ihre Eltern hatten für sie einen muslimischen Mann nicht nur eingefordert, sondern schlicht als einzige Option anerkannt. Vorehelicher Sex mit einem Nichtmuslim kam in dieser Welt nicht vor. Für Ariana war stets klar gewesen, dass sie dieses Weltbild nicht zerstören und nicht auf den Rückhalt ihrer Familie verzichten wollte, wenn es darum ging, eigene Kinder grosszuziehen. Das, was sie mit Stojan gehabt hatte, war ein grosses aufregendes Geheimnis ohne jede Zukunftschancen gewesen.

Sie hatte Stojans Herz gebrochen, als sie gegangen war. Doch rückblickend musste Stojan anerkennen, dass es so gut gewesen war. Am Ende wäre sie schwanger

geworden, und dann wären sie blutjung sich selbst überlassen geblieben, mit der Bürde eines Kindes. Und Stojan hätte seine wilden Zwanziger verpasst, die er nach
Herzen genossen hatte. Eigentlich bis zu dem Zeitpunkt,
da er in der Stadtpolizei zum Detektiv aufgestiegen war,
als ihm die Arbeit und das erdrückende Gefühl der Verantwortung seine Libido erschlagen zu haben schienen.

Versonnen betrachtete er Arianas Bild, das wirkte wie
aus einer anderen Welt. Sie sah immer noch gut aus, vor
allem aber sah sie glücklich aus. War sie das wirklich?
Oder war es eine Fassade, die sie für die sozialen Medi-
en errichtet hatte? War sie in ihrer Beziehung im Grun-
de so allein wie Stojan? Nagte auch an ihr dieses Gefühl, etwas zu verpassen oder bereits verpasst zu haben,
ohne dieses Etwas jedoch benennen zu können? Oder
war ihre kleine Familienidylle nur die Vorstufe zu der
Kampfscheidung, die Bitterlin bereits hinter sich hatte?
Lauerte irgendwo in Arianas Zukunft der Punkt, an dem
sie sich entscheiden müsste, ob sie bei einem untreuen
Mann bliebe oder ob sie als alleinerziehende Mutter in
einer schäbigen Dreizimmerwohnung vegetieren und
versuchen wollte, mehr Ansprüche zu erfüllen, als sie je
bewältigen könnte? Mit anderen Worten: Gab es dieses
Glück tatsächlich, das da aus Arianas Fotos sprach, und
wenn ja, hatte Stojan es verpasst?

Eliza erwischte ihn im dümmsten Moment, nämlich
als er das Foto einer anderen anstarrte. Als sie ihn an der
Schulter berührte, erschrak Stojan so sehr, dass er sein
Telefon fallen liess und nach Luft schnappte, was bei ihr
sofort einen Lachanfall auslöste.

»Wen stalkst du da?« Das Du hatte sich auf der Dating-Plattform relativ rasch eingeschlichen; sich in einem
solchen Umfeld zu siezen, ging einfach nicht. Trotzdem
verschlug es Stojan einen Moment die Sprache, als er es
in der realen Welt hörte. Ein Du in der Bar wirkte nun
mal deutlich intimer als ein Du auf dem Handy.

»Eine Freundin aus der Schulzeit«, stammelte er verlegen und merkte, wie seine Wangen rot wurden. »Ich hab eigentlich nur …«

»Ich brauche ein Bier!«, schnitt sie seine halbherzigen Erklärungsversuche ab. »Eine Tramlinie war blockiert, ich musste zu Fuss gehen! Es ist heiss und ich verdurste!«

Sie pflanzte sich ihm gegenüber in den Stuhl, und es war, als würde ein frischer Wind durchs Sphères fegen. Sie sah wieder umwerfend aus, das hochgesteckte Haar, das praktisch nicht vorhandene und damit umso wirkungsvollere Make-up. Die Energie, die aus ihren Augen leuchtete und dank ihrer kraftvollen Stimme in die hintersten Winkel des Lokals ausstrahlte. Bis tief in Stojans Kopf.

»So«, sagte sie und lachte Stojan herausfordernd zu. »Da wären wir also, Herr Kommissar. Willst du mich erst verhören oder legst du mir gleich die Handschellen an?«

Noch immer brannten seine Wangen, doch langsam wich das flaue Gefühl in Stojans Bauchgegend, verdrängt durch ein sich rasch ausbreitendes Kribbeln.

»Die Handschellen kommen erst zum Schluss«, erwiderte er.

*

Heute würde er mit Sicherheit nicht am Grill stehen, das wusste Bitterlin, noch bevor er seinen Beobachtungsposten im Wald erreicht hatte. Ein Tiefdruckgebiet über Grossbritannien steuerte eine Kaltfront vom Atlantik über Frankreich zur Schweiz, wodurch sich über Zürich ein heftiges Gewitter entlud. In der zweiten Hälfte des Nachmittags hatte sich der Himmel verfinstert, dann war das Gewitter mit Sturmböen, einem spektakulären Blitzfeuerwerk und krachendem Donnergrollen vorbeigezogen.

Das Spektakel dauerte nur eine gute Viertelstunde. Bitterlin stand im Büro am Fenster und beobachtete die Machtdemonstration der Natur. Einen Moment lang spielte er mit dem Gedanken, es für heute gut sein zu lassen, doch dann führte er sich die Alternativen vor Augen. Wobei das leicht schönfärberisch formuliert war; Bitterlin hatte eine einzige Alternative: in seiner schäbigen Wohnung vor der Glotze zu hocken.

Das Gewitter war bereits nach Osten weggezogen und hatte einem konstanten Landregen Platz gemacht, als Bitterlin an der Josefstrasse in einen Mietwagen stieg. Dumpf wusste er, dass er sich peinlich verhielt, aber er musste aufpassen, dass die Dienstwagen auf dem Waldweg in Fällanden nicht auffielen.

Die Fahrt dorthin zog sich hin, Bitterlin nahm die Autobahn, obwohl er wusste, dass er im Stau des Feierabends stecken bleiben würde. Im Wald war es nass, die Geräusche von Wasser überall. Regen, der im Blätterdach hoch über ihm rauschte. Schwere Tropfen, die von ebendiesem Blätterdach zu Boden fielen. Bitterlins Schuhe, die in der feuchten Erde schmatzten.

Er legte die mitgebrachte Plastiktüte auf seinen Baumstamm, packte das Fernglas aus. Der Garten, der mal sein Garten gewesen war, lag verwaist in Bitterlins kreisrundem Blickfeld. Sein luxuriöser Grill stand im Regen; der muskelbepackte Idiot hatte die Plastikabdeckung nicht richtig angebracht und das Gewitter hatte sie losgerissen; jetzt lag sie in der Ecke zwischen dem Gartentisch und der Glastür in die Küche.

In der Küche brannte kein Licht, im Wohnzimmer genauso wenig, obwohl das Gewitter durchaus Anlass dazu bot, das Licht anzuschalten. Gut, Leonie war in der Klavierstunde, das wusste er. Aber wo waren die anderen? Hatte Diego mit einem seiner Kumpels aus der Schule abgemacht? Doch wo war seine Ex?

Bitterlin liess das Fernglas über sein Haus schweifen, in dem er nicht mehr willkommen war. Im Obergeschoss sah er einen Streifen Licht; jetzt erkannte er, dass die Vorhänge im Schlafzimmer zugezogen waren und dass dahinter Licht brannte.

In diesem Moment wurden die Vorhänge aufgerissen. Der Liebhaber seiner Ex zog sie mit einem beherzten Schwung zur Seite und öffnete das Fenster. Er war nackt und stellte sich in seiner ganzen Pracht direkt in Bitterlins Blickfeld, der nun jedes Detail in zehnfacher Vergrösserung sah. Jetzt sagte der Mann etwas, den Kopf nach links gedreht, dorthin, wo das grosse Bett stand, dessen Fussende Bitterlin erkennen konnte, genauso wie die hellblauen Laken, die er selbst mal auf einer Ferienreise in den USA gekauft hatte.

Mit einer undefinierbaren Mischung aus Ekel, Hass und Neugier musterte Bitterlin diesen durchtrainierten Körper, der da am Fenster stand und die frische Luft einsog, die ins Zimmer strömte. Dann endlich wandte sich der Mann ab, lachte auf und warf sich mit Schwung auf das Bett, raus aus Bitterlins Sichtfeld.

Walter Bitterlins Hand zitterte, als er das Fernglas einpackte. Sie zitterte so stark, dass er die Hülle für das Fernglas fallen liess. Hektisch zündete er sich eine Zigarette an, inhalierte tief, sog den Rauch wie ein Ertrinkender in seine Lunge. Erst als er die zweite Zigarette angezündet hatte, konnte er wieder einen klaren Gedanken fassen. Zum Glück hatte er die Dienstwaffe im Büro gelassen, sonst hätte durchaus die Möglichkeit bestanden, dass Fällanden am nächsten Tag auf den Titelseiten gelandet wäre.

Völlig erschöpft und emotional leer kehrte Bitterlin zu seinem Mietwagen zurück. Eine Ewigkeit sass er hinter dem Lenkrad, das Herz voller Hass.

Als er Fällanden verliess, war die Nacht hereingebrochen. Auf der Autobahn fuhren nur vereinzelte Autos; wie in Trance nahm Bitterlin das konstante Rollgeräusch der Reifen wahr. Am Brüttisellerkreuz hielt er unbewusst nach rechts, in Richtung Winterthur.

Er hatte den Wagen 24 Stunden gemietet, und das Letzte, was er jetzt tun wollte, war, in seine Wohnung zurückzukehren. Dann doch lieber arbeiten, vor allem, wenn man die Chance nutzen konnte, einer schwachen Spur nachzugehen. Einer, an die man bei Tageslicht, unter dem Druck hereinprasselnder E-Mails und klingelnder Telefone, keinen Gedanken verschwendet hätte.

Fünfunddreissig Minuten später parkte Bitterlin das Auto am Rand einer perfekt asphaltierten Quartierstrasse. Der Regen hatte sich ganz verzogen, die Luft war frisch und leicht, reingewaschen von all dem Übel, das ihr die Menschheit Tag für Tag aufbürdete. In den Gärten zirpten Grillen, die Strasse war menschenleer. In den Einfahrten der Häuser standen Autos, keines älter als fünf, sechs Jahre. Die Hecken waren gestutzt, die Briefkästen brav beschriftet. Was es Bitterlin erleichterte, Jauns Haus zu finden.

Die Fenster zur Strasse hin waren alle dunkel, doch Bitterlin sah ein schwaches Licht, das aus dem rückwärtigen Teil des Hauses in den Garten fiel. Er öffnete das Tor im Gartenzaun, nicht im Mindesten überrascht, dass es leichtgängig war und kein Geräusch von sich gab.

Der Rasen war frisch geschnitten, Blumenrabatten zu beiden Seiten des gepflasterten Weges, der zur Haustür führte. Vor dem Haus verzweigte sich der Weg, führte um die Ecke ins Dunkel des Gartens auf der Rückseite. Das zuckende bläuliche Licht des Fernsehers, das durch die grosse Fensterfront in den Garten drang, warf bizarre Muster auf den Sitzplatz. Bitterlin hielt sich vorsichtig im Schatten.

Die Jauns sassen auf dem Sofa. Kathrin Jaun sah fern, auf den Knien hatte sie eine Tasse Tee. Ihr Mann Bruno war am anderen Ende des Sofas eingenickt, seine Teetasse stand vor ihm auf dem niederen Beistelltisch. Zwischen den beiden auf dem Sofa lag der Hund, auch er schlafend. Nur ein gelegentliches Zucken des Schwanzes signalisierte, dass das weisse Fellknäuel noch lebte.

Bitterlin wusste nicht, wie lange er in der Dunkelheit stand und die Szenerie beobachtete. Doch als er wieder zurück in die Stadt fuhr, war er sich einer Tatsache bewusst. Das hier hatte zwar nach Idylle ausgesehen, aber er liess sich davon nicht täuschen. Bruno Jaun trieb irgendetwas Krummes in der Stapo; ausserdem wusste er mehr über Leimbachers Tod, als er bisher zugegeben hatte.

Als Walter Bitterlin die Tür zu seiner Wohnung aufschloss, hatte er sich bereits mehrmals grimmig geschworen, dass er diese Scharade beenden würde. Dass er jedes noch so kleine Geheimnis von Hilvert, Jaun und ihren Mitverschwörern ans grelle Tageslicht zerren würde, bis alle ihre gerechte Strafe erhalten hatten und Bitterlin endlich wüsste, wer innerhalb der Stapo warum gegen ihn intrigierte.

7

Die Magnusstrasse im Kreis 4 war in keinem Reiseführer verzeichnet und wäre bei einem Wettstreit um den Titel der schönsten Strasse der Stadt auch nicht in den Top Ten gelandet. Das hiess aber nicht, dass die allgemeinen Ansprüche der Stadtverwaltung nicht bis hierhin durchgedrungen wären: alles blitzsauber, der Asphalt der Strasse makellos, die Gehsteige mit Granit abgesetzt. Und natürlich überall Hinweise darauf, wo man was nicht tun durfte: In den blauen Feldern auf der Strasse durfte man parken, aber nicht länger als eine Stunde. In zwei weissen Feldern durften Fahrräder abgestellt werden, gleich daneben auf den gelben Linien jedoch überhaupt nichts. In die angrenzende Rolandstrasse durfte man hineinfahren, allerdings war es angeraten, auf jegliche Wendemanöver zu verzichten, wollte man nicht gegen die geltende Einbahnregelung verstossen. Insofern bestand kein Zweifel daran, dass man sich hier in Zürich befand.

Daran liessen auch die Wohnkosten keinen Zweifel aufkommen. Das Quartier in unmittelbarer Nähe der frivolen Langstrasse war lange Zeit als schmuddelig verschrien gewesen, lag nun aber voll im Trend und zog vermehrt hippe Langweiler an, die tagsüber in sterilen Grossraumbüros auf Flachbildschirme starrten und ihr emotional flaches Leben mit einem aufregenden Wohnort aufpeppen wollten. Weil aber auch die abgebrühtesten Hipster nicht auf modernen Wohnkomfort verzichten wollten und die Vermieter gemerkt hatten, dass die Fahrrad fahrenden Exemplare der Generationen Y und Z dank guter Jobs und dem Mangel an Kindern prall gefüllte Taschen hatten, hielten die Baugerüste im Kreis 4 Einzug. An der Magnusstrasse waren sie schon gewesen, frisch renovierte Liegenschaften zwischen den seltener werdenden schäbigen Behausungen die oft als Absteigen für das Sexgewerbe dienten, kündeten davon, dass es aufwärts ging, insbesondere bei den Mieten.

Das fünfstöckige Haus, in dem Gion Casati eine Wohnung gemietet hatte, widerstand als eines der letzten noch der um sich greifenden Aufwertung. Die Farbe war alt, jemand hatte neben den Eingang irgendeine nur Eingeweihten verständliche Botschaft gesprayt, und niemand hatte sich die Mühe gemacht, die Schmiererei zu entfernen.

Für Stojan war es kein Rätsel, warum Casati die Wohnung hatte behalten wollen. Mitten im Zentrum, vermutlich sagenhaft günstig, wenn der Mietvertrag schon lange gelaufen war. Sicherlich hatte der Vermieter zähnefletschend auf Casatis Kündigung gewartet, damit er die vergilbten Wände überpinseln und mit ein paar Detailrenovationen die Basis für eine saftige Mietzinserhöhung hätte legen können.

»Seine Wohnung war im vierten Stock«, sagte Eliza. »Aber das spielt vermutlich keine Rolle. Es war eine ganz normale kleine Altbauwohnung, er hatte sie seit vielen Jahren.«

»Du hast erwähnt, dass es Ärger mit Gions Schwester gab?«, nahm Stojan einen Faden auf, den sie vor zwei Tagen im Sphères nur kurz aufgegriffen hatte. Stojan hatte sich damals vorgemerkt, dass er bei Gelegenheit auf das Thema zurückkommen wollte, doch zu diesem Zeitpunkt – in der Bar, zwei Bier intus und die spannende Eliza ganz entspannt vor sich – waren alle anderen Themen interessanter gewesen als Gion Casatis zickige Schwester.

Sie verdrehte die Augen. »Eine dumme Kuh, mit der hatte ich nur Krach. Bereits unser erstes Zusammentreffen verlief suboptimal, danach herrschte Eiszeit, was mir mehr als recht war. Folglich hat sie mir nach Gions Tod nicht erlaubt, in seine Wohnung zu gehen. Ich bat die Polizei, mir Zugang zu verschaffen, aber die haben abgeblockt. Wirklich hilfreich war dein Verein ja nie.«

Stojan schwieg. Er hatte die alten Protokolle noch einmal durchgelesen. Eliza hatte tatsächlich immer wieder verlangt, in die Wohnung eingelassen zu werden, und immer wieder die gleiche Antwort erhalten. Ohne Heirat, ohne eingetragene Partnerschaft, ohne irgendein rechtliches Dokument in der Hand war die Einzige, die rechtmässigen Zugang zu Gion Casatis Wohnung hatte, seine einzige Schwester und Alleinerbin.

»Aber am Schluss hat sie dich reingelassen?«

»Ja. Ich habe sie so lange angerufen und terrorisiert, bis sie mir die Schlüssel gegeben hat. Ich kann durchaus hartnäckig sein.« Sie lachte, ein neckisches Blitzen in ihren Augen. Eines, das Stojan fast um den Verstand brachte.

Er hatte ein Flair für starke Frauen, selbst wenn ihm seine Intuition sagte, dass eine wie Eliza durchaus anstrengend sein konnte. Schliesslich konnte er ihre Bemühungen, in die Wohnung zu gelangen, aus den alten Protokollen direkt nachvollziehen. Sie hatte täglich bei der Polizei angerufen, bis Gion Casatis Schwester unter ihrem Telefonterror eingeknickt war – dann hatten die Anrufe von einem Tag auf den anderen aufgehört.

Penetranz als Mittel, seinen Willen durchzusetzen. Ja, das war sicher anstrengend. Aber im Gesamtpaket eben auch spannend. Lieber anstrengend als langweilig, so viel war für Stojan klar.

»Aber du hast in der Wohnung nichts Interessantes gefunden?« Er wusste die Antwort, wollte das Gespräch aber in die Länge ziehen. Denn an dessen Ende lauerte sein Büro im Amtshaus IV, eine im Direktvergleich mit Eliza nicht wirklich begeisternde Aussicht.

»Nichts«, seufzte sie. »Kein Hinweis auf diese Jolanda Luginbühl, kein Hinweis auf Scotsdale, einfach nichts. Es sah auch nicht so aus, als sei die Wohnung bereits durchsucht worden. Es war das gleiche Chaos wie immer.«

Grundsätzlich überraschte diese ergebnislose Suche

Stojan nicht. Hätte er brisantes Material besessen, beispielsweise über die Stadtpolizei, wäre seine Wohnung der letzte Ort, an dem er es verstecken würde.

»Etwas frage ich mich aber«, sinnierte er. »Gion war in der Nacht vor seinem Unfall nicht bei dir, wenn ich mich recht erinnere.«

»Er war hier in seiner Wohnung. Zwar übernachtete er, weil er sich verfolgt gefühlt hat, immer wieder anderswo, manchmal sogar im Schrebergarten. Aber nicht in jener Nacht. Damals habe ich seine Angst nicht so richtig ernstgenommen, aber seit er tot ist, weiss ich, was er gemeint hat.«

Stojan schwieg, wusste, was jetzt kam.

»Die haben es auch auf mich abgesehen, Stojan. Warum nur willst du mir nicht glauben und mich endlich schützen? Die suchen was. Ich bin sicher, dass jemand bei mir eingebrochen ist.«

Er horchte auf. »Wann war das? In diesem Fall müssen wir sofort die Spurensicherung vorbeischicken!«

Sie lachte verächtlich. »Das bringt doch nichts! Das sind Profis, die hinterlassen keine Fingerabdrücke und Haare, damit ihr sie einsammeln könnt!«

»Gab es denn Spuren eines Einbruchs?«

»Nein. Aber weisst du, wie viele Schlüssel ich in den letzten Jahren nachmachen liess? Mal hat Gion einen verloren, dann wieder ich. Heute frage ich mich, ob die Schlüssel nicht verloren gingen, sondern gezielt entwendet wurden.«

Er seufzte. »Du musst dich auch mal in meine Lage versetzen. Du sagst, es sei eingebrochen worden, aber es gebe keine Spuren. Und dann verlangst du von mir Polizeischutz. Weisst du, was mein Vorgesetzter sagt, wenn ich ihm damit komme?«

Das Funkeln in ihren Augen als böse zu bezeichnen, kam einer Untertreibung gleich. »Dein Vorgesetzter ist ganz offensichtlich korrupt, aber das willst du nicht einsehen.«

»Ach was!« Stojan schüttelte den Kopf. Bitterlin war zwar merkwürdig, hatte ein ungesundes Verhältnis zur Arbeit und dürfte durchaus mehr auf sein Äusseres und seine Gesundheit achten – aber korrupt? Das hielt Stojan für unwahrscheinlich.

Allerdings, da musste er Eliza recht geben, hatte er bei seinem Eintritt in die Polizei ebenfalls geglaubt, dass es vor allem auf gute, ehrliche Arbeit ankäme, wenn man vorankommen wollte. Eine Vorstellung, die ihm mittlerweile ein bitteres Lächeln auf die Lippen lockte.

»Wenn nicht er, dann ist es jemand anders. Bei euch gibt es einen oder mehrere, die verhindern wollen, dass die Hintergründe dieser beiden Morde ans Licht kommen.«

Stojan seufzte, bemerkte, dass sich die Diskussion im Kreis zu drehen begann. Er schwieg, blickte die Fassade hoch, hinter der einst Gion Casati gewohnt hatte. »Weisst du, was ich mich gerade frage? Wenn er hier geschlafen hat: Wo wollte er am Tag seines Todes eigentlich hin?«

Sie wirkte überrumpelt. »Was meinst du?«

»Er hat in Altstetten gearbeitet. Wenn man von der Magnusstrasse nach Altstetten fährt, kommt man nicht über die Walchebrücke, wo er überfahren wurde. Auch wenn er von hier zu dir gewollt hätte, wäre er kaum über die Walchebrücke gefahren, und selbst dann in der anderen Richtung. Daher frage ich mich: Wo war Gion Casati und wohin wollte er an dem Morgen, als er ermordet wurde?«

Sie sah ihn an, die Augen weit aufgerissen, das Blut aus ihren Wangen gewichen.

»Dass ich nicht schon längst darauf gekommen bin!«, rief sie aus. »Du hast soeben eine Spur gefunden! Du bist der Grösste!«

Dann warf sie sich Stojan an den Hals und drückte ihm einen Kuss auf den Mund.

*

Ein breites Grinsen hatte sich in Peter Zurbriggens Gesicht festgesetzt und verlieh ihm einen ganz neuen, ungewohnten Gesamteindruck: den eines liebenswürdigen Grossvaters, der seine Enkelin in Gewahrsam nimmt, um mit ihr den Nachmittag im Wald zu verbringen und ein paar Würste zu grillen. Es war das erste Mal, dass Walter Bitterlin Peter Zurbriggen mit diesem Gesichtsausdruck sah.

»Die Razzia im Kochareal war ein genialer Schachzug«, frohlockte der Polizeikommandant und bot Bitterlin Kaffee an, noch so eine Premiere. »Der Stadtrat war richtig schön kleinlaut und handzahm! Ihm ist gerade klargeworden, dass es nicht viel mehr als etwas negativer Schlagzeilen bedarf, und die Bürgerlichen verlangen die sofortige Räumung des Kochareals. Ihm ist auch klargeworden, dass der rote Knopf, der diese negativen Schlagzeilen startet, in meinem Büro ist!«

Zurbriggen stürzte seinen Espresso in einem Schwung runter. »Ihr Coup bei Scotsdale war aber auch nicht schlecht, Bitterlin. Aber Sie hätten mich vorab informieren sollen.«

»Das geschah mit Absicht«, erwiderte Bitterlin. »Wäre es schiefgegangen, hätten Sie Ihre Hände in Unschuld waschen können.«

»Aha«, brummte Zurbriggen. Eine Sekunde schien es, als wollte er das Thema vertiefen, er entschied sich dann aber dagegen. »Der CEO von Scotsdale hat angerufen«, berichtete er. »Er war betupft, dass Sie ihn so überfallen haben. Aber dankbar, dass der Überfall so diskret ablief. Die haben mittlerweile natürlich auch gemerkt, dass Sie geblufft haben. Darum schwingt in der Empörung auch etwas Scham mit, weil sie Ihnen auf den Leim gegangen sind!«

Zurbriggen stiess ein zufriedenes Lachen aus, bei dem eine gehörige Portion Schadenfreude mitschwang. »Wie gesagt, kein schlechter Schachzug. Ich denke, dass wir für eine Weile Ruhe haben werden. Zeit, die wir nutzen sollten, um diese Rizin-Geschichte aus der Welt zu schaffen. Sind Sie da vorangekommen?«

»Sind wir in der Tat.« Bitterlin fasste Jauns Erkenntnisse kurz und knapp zusammen. »Es ist schon merkwürdig, dass sich diese Luginbühl einen guten Monat nach Casatis Unfalltod plötzlich intensiv mit einem Juristen austauscht.«

»Die Hinweise verdichten sich also, dass die Luginbühl tatsächlich auspacken wollte. Haben Sie irgendeine Ahnung, worüber?«

Bitterlin schüttelte den Kopf. »Nichts Konkretes. Wir haben das schon mehrmals diskutiert und sind uns nicht einig. Unsere einzige Erkenntnis ist, dass es etwas gewesen sein muss, das hier in der Schweiz strafbar ist. Ein Fall von Umweltzerstörung oder Kinderarbeit im Kongo ist es kaum gewesen. Solche Anklagen werden von Umwelt- und Menschenrechtsorganisationen seit Jahren erhoben, ohne dass irgendetwas passiert. Ganz abgesehen davon, dass Scotsdale entsprechende Vorwürfe stets bestreitet und eine eigene Transparenz- und Informationskampagne gestartet hat, um das Thema aus der Welt zu schaffen.«

»Korruption? Geldwäsche?«

»Bleibt nicht viel anderes übrig. Verstoss gegen das Geldwäschereigesetz vielleicht. Ich weiss es ehrlich gesagt nicht, und ich bin auch nicht wirklich überzeugt, dass Scotsdale mit den zwei Todesfällen zu tun hat. Meiner Meinung nach war dieser Gion Casati nichts weiter als ein arbeitsscheuer Hippie, der zugedröhnt bei Rot über die Kreuzung gefahren ist und das Pech hatte, dabei auf einen Lastwagen zu treffen.«

Wieder blitzte in Zurbriggens Gesicht dieses Grinsen auf. »Wann reden Sie mit Sascha Kreuzer, diesem Juristen?«

»Morgen Vormittag. Er ist bereits einbestellt. Er ist aber nicht der Erste. Wir haben, auf Jauns Vorschlag hin, alle wesentlichen Kontaktpersonen von Jolanda Luginbühl vorgeladen, damit niemand vorgewarnt oder aufgescheucht wird.«

»Wir haben also gerade einen Lauf«, brummte Zurbriggen gut gelaunt. »Marković scheint seine Ermittlung im Griff zu haben. Sind Sie zufrieden mit ihm?«

Die Erwähnung von Stojan erinnerte Bitterlin daran, dass sein Ermittler schon lange mit ihm reden wollte, er ihn aber immer vertröstet hatte. Am Nachmittag würde er sich Zeit nehmen, schwor sich Bitterlin.

»Ich bin sehr zufrieden mit ihm«, sagte er. »Engagiert, fleissig. Scheint richtig aufzugehen in seiner neuen Rolle. War gut, ihm den Assistenten zur Seite zu stellen; die beiden kommen gut miteinander zurecht. Trotz des Altersunterschieds.«

»Jaun.« Zurbriggen seufzte. »Da Sie ihn gerade erwähnen. Gibt es zu ihm etwas Neues?«

»Das ist eben so eine Sache. Eigentlich müssen wir wunschlos glücklich mit ihm sein. Er war es, der uns auf die Spur von Sascha Kreuzer gebracht hat. Er war es auch, der den Vorschlag gemacht hat, das Gespräch mit Kreuzer mit einem ganzen Haufen anderer Einvernahmen zu tarnen.«

»Ich höre da ein unausgesprochenes Aber.«

»Das ist tatsächlich da, dieses Aber. Jaun sollte den Mailaccount der Luginbühl untersuchen. Tausende von E-Mails. Nach einem guten Tag kommt der schon mit der vollständigen Auswertung. Das dünkt mich doch etwas gar rasch.«

Zurbriggen zog eine Augenbraue hoch, der Eindruck des friedvollen Grossvaters war wieder weg. Jetzt war er wieder der Kommandant, der mit knallhartem Blick über grosser Nase und buschigem Schnurrbart bis in die hintersten Gehirnwindungen seines Gegenübers vordrang. »Sie verdächtigen ihn, ein Resultat präsentiert zu haben, noch bevor er mit der Arbeit begonnen hat?«

»Ich verdächtige ihn nicht. Noch nicht. Ich frage mich nur ...«

»Aus welchem Grund hätte Jaun dann eine solche Scharade veranstaltet? Hätte er etwas gewusst, hätte er es doch einfach gesagt, oder nicht?«

»Wenn ich das wüsste. Aber irgendetwas ist im Busch.« Bitterlin lehnte sich zurück. Lange hatte er es sich überlegt, ob er Zurbriggen ins Vertrauen ziehen sollte. Sollte er sich zum Kommandanten ins Boot setzen, selbst auf das Risiko hin, in die Schusslinie zu geraten, falls eine gross angelegte Intrige diesen aus dem Amt fegen sollte? Oder wäre es besser, Zurbriggen untergehen zu lassen, um sich auf dessen Stuhl zu setzen?

Er hatte seine Entscheidung erst diesen Morgen getroffen. Die ersten zehn Minuten danach hatte sie noch etwas geschmerzt, doch dann hatte sie ihn mit tiefer Befriedigung erfüllt. Er war kein Arschloch und kein Intrigant wie die anderen in der Geschäftsleitung, selbst wenn er vielleicht kurz schwach geworden war. Aber so weit sinken würde er nicht. Er würde sich auf Zurbriggens Seite stellen, auch wenn er damit die wohl einzige Chance seines Lebens, selbst Kommandant zu werden, zunichte machte.

»Ich habe festgestellt, dass es im Fall Leimbacher Ungereimtheiten gibt. Diese Fässer, die in die Sonderabfallverbrennung gingen und in denen Leimbachers Leiche gewesen sein soll.«

»Was ist mit denen?«

»Da war die Leiche bestimmt nicht drin. Zu diesem Zeitpunkt hat Leimbacher noch gelebt. Es war Jaun, der den Auftrag erteilt und die Rechnung freigegeben hat.«

Zurbriggen pfiff durch die Zähne. »Da schau an!«

»Ausserdem führt Jaun etwas im Schild. Ich war in seinem Büro und fand es leer vor, obwohl seine Arbeitszeit noch nicht zu Ende war.«

»Das wird ja immer interessanter!«

»Ich habe bereits veranlasst, dass Jaun observiert wird. Ich will wissen, was er treibt!«

»Sehr gut! Ich will, dass …«

Zurbriggen wurde von seinem klingelnden Telefon unterbrochen. Er starrte es hasserfüllt an und riss den Hörer an sich.

»Ich sagte doch, dass ich nicht gestört …«

Abermals brach er mitten im Satz ab. Hörte zu. Es waren schlechte Neuigkeiten, das konnte Bitterlin sehen. Des Kommandanten Kopf färbte sich rot, seine Halsschlagadern traten hervor. Bitterlin sah das Blut pulsieren.

Zurbriggens Hand zitterte, als er das Telefon betont langsam auflegte.

»Erinnern Sie sich an Hilverts letzten Schrieb? Den Stadtplan? Mit den eingezeichneten Schrebergärten, in denen, Zitat, ›mein rotes Wunder‹ blüht?!« Zurbriggen steigerte die Lautstärke mit jeder Frage.

Bitterlin nickte, verzichtete auf eine Replik.

»Sie werden Sascha Kreuzer nicht verhören können«, presste Zurbriggen hervor. »Er ist tot. Aufgefunden in der Laube seines Schrebergartens am Zürichberg! Wir haben unser rotes Wunder!«

Die Worte, mit denen Kommandant Peter Zurbriggen diese Entwicklung abschliessend kommentierte, waren nicht dazu geeignet, in einem Protokoll schriftlich festgehalten zu werden.

*

Schweissperlen standen Bruno Jaun auf der Stirn. Anders als am Vortag, als diese Schweissperlen beim Mähen der Böschung hinter seinem Haus entstanden waren, wurden sie diesmal nicht durch körperliche Aktivitäten ausgelöst. Die Ursache wurde vielmehr gerade gut eingepackt auf einer Bahre in einen Leichenwagen geschoben.

Der Schrebergarten, in dem Sascha Kreuzer gestorben war, lag an der Südseite des Zürichbergs an bester Lage. Das Areal erstreckte sich zwischen den letzten Häusern der Stadt und einem Wald, der Zoo war weniger als einen Kilometer Luftlinie entfernt. Die Susenbergstrasse, die parallel zu den Schrebergärten dem Zürichberg entlangführt, war gesäumt von Häusern, die sich hinter dichten Hecken und alten Bäumen versteckten und den Vorbeifahrenden nur gewaltige Dachlandschaften und opulente Einfahrten zeigten. Keine Frage: Die Stadt hätte die Parzellen hier für ein Vermögen verkaufen können; man hätte Villen an Traumlage errichten können, mit sagenhafter Aussicht und komplett abgeschottet vom Verkehrslärm der Stadt. Doch die Stadtregierung wollte nun mal, dass nicht die Höhe der Einkommen darüber bestimmte, wer die Aussicht auf den See und die Alpen geniessen konnte, sondern die von einer städtischen Behörde kontrollierte Warteliste für Schrebergärten, auf der alle gleich waren. Sicher hatte schon mehr als ein bürgerlicher Politiker oder ein Immobilienmakler eitrige Pusteln bekommen, wenn er sich das Entwicklungspotenzial dieser mit Gemüse, Kräutern und Blumen bewachsenen Flächen vor Augen geführt hatte.

Sascha Kreuzer hatte sieben Jahre darauf gewartet, dass er in einem der städtischen Schrebergärten eine Parzelle zugeteilt bekam; vermutlich war er fest entschlossen gewesen, diese bis zu seinem Tod zu behalten – was er auch getan hatte. Der Tod musste ihn am Abend vor dem Auffinden seiner Leiche ereilt haben. Es war davon auszugehen, dass es ein gutschmeckender Tod gewesen war, sich im Gaumen fruchtig entfaltend, mit weichem Abgang. Das jedenfalls versprach die Flasche Weisswein, die leer auf dem Tisch stand, flankiert von zwei Gläsern. In einem davon würde die Forensik mit Sicherheit Spuren von Rizin finden. Oder, wenn mit der gleichen Gründlichkeit wie bei Jolanda Luginbühl vorgegangen worden war, nicht nur Spuren, sondern Reste, die ausreichen würden, im Zoo nebenan ein paar Gehege freizumachen.

Der Mörder war so dreist gewesen, seine Spuren nicht

einmal zu verwischen. Er hatte mit seinem Opfer am Tisch gesessen, in den goldenen Schein der Abendsonne getaucht, hatte von der Bündnerplatte und dem rustikalen Brot auf dem Tisch gekostet und Wein getrunken. Die Thujahecke, die Kreuzer sofort nach der Übernahme der Parzelle gepflanzt hatte, hatte es den benachbarten Schrebergärtnern verunmöglicht, die beiden zu sehen, die unter dem Vordach des kleinen Gartenhäuschens gesessen und den Feierabend genossen hatten. Und dann – vielleicht, als Kreuzer aus dem Kühlschrank im Innern des Häuschens Nachschub geholt hatte – hatte sich der Mörder vorgebeugt und seinen tödlichen Cocktail in dessen Wein gegeben.

Es gab natürlich keine Beweise, aber Jaun hätte eine Hand darauf verwettet, dass der Mörder gleich vorgegangen war wie bei Jolanda Luginbühl: eine absolut überrissene Dosis Rizin, kombiniert mit einem starken Schlafmittel, das verhinderte, dass das Opfer die Vergiftungssymptome bemerken und den Notruf wählen würde.

Sascha Kreuzer dürfte mehr oder weniger friedlich eingeschlafen sein, worauf der Mörder in aller Stille gegangen war. Offenbar hatte er es nicht einmal für notwendig erachtet, seine Fingerabdrücke vom Glas zu wischen. Später in der Nacht oder am frühen Morgen hatte das Rizin dann seine Wirkung entfaltet; Kreuzer hatte sich sogar erbrochen, aber das Schlafmittel musste derart hoch dosiert gewesen sein, dass er sich nicht mehr selbst hatte helfen können.

Es war jedoch nicht nur die Dreistigkeit dieses Verbrechens, die Bruno Jaun den Schweiss auf die Stirn trieb. Denn in ihm brannte die Angst, einen fatalen Fehler begangen zu haben. Vor einer Woche hatte er Kreuzer in den E-Mails der Luginbühl identifiziert, doch Stojan erst anderthalb Tage später sein Faktenblatt gegeben. Und der hatte es, beschäftigt mit der Razzia auf dem Kochareal, weitere anderthalb Tage liegenlassen, bis er es an

Bitterlin weitergeleitet und Kreuzer zu einem Verhör aufgeboten hatte. Und dieses lag dann nochmal ein paar Tage in der Zukunft. In der Zwischenzeit hatte Jaun seinem Ex-Chef im Gefängnis von Sascha Kreuzer erzählt. Er wusste aber nicht, wem gegenüber Stojan oder Bitterlin diesen Zeugen erwähnt hatten, geschweige denn, wer seine Aktennotiz gelesen hatte, die breit zugänglich auf dem Server der Stadtpolizei rumlag. Das war unprofessionell gewesen, schlampig geradezu. Niemals hätte Jaun gedacht, dass ihm so etwas passieren könnte. Aber früher hatte er auch nicht während der Arbeitszeit zu Hause die Böschung gemäht.

Wie in Trance ging Bruno Jaun zu seinem Dienstwagen zurück und setzte sich hinein, ohne den Motor zu starten. Die Sonne brannte auf die Windschutzscheibe und trieb ihm noch mehr Schweiss auf die Stirn. Trotz der geöffneten Fenster und der noch relativ frühen Stunde war es im Auto drückend heiss. Kein Lüftchen regte sich, als habe der Tod nicht nur Sascha Kreuzer zu sich geholt, sondern gleich alles Leben in seinem Umfeld erstickt.

Wie hatte es nur so weit kommen können, dachte Jaun? Wann war er vom rechten Weg abgekommen? Wann hatte es angefangen, dass ihm alles egal war? War es, als er in den Keller verlegt worden war? Als er einen neuen Chef vorgesetzt bekommen hatte, der fünfundzwanzig Jahre jünger war als er, obwohl er weniger von Polizeiarbeit verstand und weniger effizient arbeitete als sein Untergebener? Oder war es wegen des schlechten Gewissens, das sich seit Jahren durch sein Inneres frass? Weil Hilvert für ein Verbrechen im Knast sass, das er, Bruno Jaun, begangen hatte?

Was immer es auch gewesen war, das ihn hatte resignieren lassen – der Mord an Sascha Kreuzer war ein Weckruf. Laut, unmissverständlich. So nicht! Nicht mehr!

Mit dieser sagenhaften Aussicht auf den Zürichsee

gab sich Bruno Jaun selbst ein Versprechen: Er würde sich am Riemen reissen und die letzten Jahre bis zu seiner Pensionierung nach exakt jenen hohen Standards arbeiten, die er all die Jahre davor an sich selbst angelegt hatte.

Anfangen würde er mit seiner Frau Kathrin. Denn die hatte ihm schon zweimal erzählt, dass irgendjemand sie beobachte. Dass sie ein ungutes Gefühl habe, das noch angeheizt worden war, als sie im Garten eine Zigarettenkippe gefunden hatte.

Bruno Jaun hatte auch das nicht ernst genommen; jede Krähe konnte einen Stummel in den Garten verfrachtet haben. Wer würde sich schliesslich für ein alterndes Ehepaar interessieren, das ein friedliches Leben auf dem Land fristete und niemandem vor der Sonne stand?

Doch mit dem Mord an Sascha Kreuzer änderte sich alles. Wenn es noch des kleinsten Beweises bedurft hätte, dass es irgendjemand verdammt ernst meinte, der Mord an Sascha Kreuzer war dieser Beweis. Noch wusste Jaun nicht, worum es genau ging in dieser Geschichte, aber es musste mit Gion Casati und Jolanda Luginbühl zusammenhängen. Mit denen hatte es angefangen. Die hatten möglicherweise irgendetwas gewusst oder besessen, und mussten dafür beide mit dem Leben bezahlen. Dieses Etwas hatte nun auch Sascha Kreuzer das Leben gekostet.

Dass nun plötzlich er, Bruno Jaun – oder schlimmer noch, seine Frau –, in den Fokus dieser im Dunkeln wirkenden Kräfte geraten könnte, war höchst alarmierend. War er irgendwo über einen Beweis gestolpert, ohne ihn zu beachten? Weil er gerade wieder Gartenmöbel oder Fliesen für die Renovation des Bades im Kopf gehabt hatte?

Er musste mit Kathrin reden. Sofort. Danach würde er sich in seinem Keller einbunkern und das ganze Ermittlungsmaterial noch einmal sichten. Denn irgendwo waren die Beweise, die den Mörder überführen würden. Bruno Jaun war fest entschlossen, sie zu finden.

*

»Die werden mich umbringen!« Elizas Stimme war schrill. »Die bringen einen nach dem anderen um, der mit dieser Firma etwas zu tun hatte. Warum unternehmt ihr nicht endlich etwas?!«

»Wir tun, was wir können!« Stojan nahm ihre Hand, versuchte, mehr Ruhe auszustrahlen, als er selber in seinem Innern spürte.

Es war schlecht, ihre Hand zu halten, es verstiess gegen jede Regel, die er kannte. Stojan wusste das. Trotzdem war es in diesem Moment das einzig Richtige. Er brauchte keine übermenschlichen Fähigkeiten in Sachen Einfühlungsvermögen, um nachzuempfinden, was in Elizas Kopf vor sich ging. Ihr Lebenspartner war ihrer Ansicht nach ermordet worden, und obwohl sie fast täglich bei der Polizei Druck gemacht hatte, war nichts geschehen. Dann, ein halbes Jahr später, wurden plötzlich Menschen umgebracht, die mit ihrem Partner zu tun gehabt hatten. Als habe Gion Casati irgendetwas zutage gefördert, das nun jeden vernichtete, der damit in Berührung kam.

»Wir können dir Polizeischutz anbieten«, sagte er, auch wenn er nicht sicher war, ob er dieses Versprechen würde halten können. Bitterlins Meinung über Gion Casati und dessen »Kreuzzug gegen Konzerne« dürfte sich nicht wesentlich verändert haben.

»Was soll das bringen? Wollt ihr nicht gleich ein Plakat in meinen Garten stellen und ausposaunen, dass ihr vermutet, ich wisse etwas?«

»Natürlich nicht. Das geschieht so diskret wie möglich.«

»Wie soll so etwas unbemerkt bleiben! Ausserdem beginne ich bald mit meinem Wahlkampf. Was glaubst du, wie gut das ankommt, wenn mir stets ein Bulle im

Nacken sitzt? Ihr solltet endlich diese verdammten Killer stoppen!«

»Wir versuchen es ja! Aber uns fehlt immer noch das Motiv! Wir haben null Beweise!«

»Was soll hier schon fehlen? Scotsdale hat Dreck am Stecken und jeder, der auspacken will, wird aus dem Weg geräumt!«

»Ich muss das beweisen können! Sonst sind es nichts als Spekulationen.«

»Warum nehmt ihr nicht mal den ganzen Laden auseinander? Junge Menschen, die eine verlassene Fabrikhalle mit kreativem Leben erfüllen, denen rückt ihr unzimperlich auf die Pelle! Aber bei einem Grosskonzern fehlen euch die Eier! Sag mir, wie oft hat der CEO von Scotsdale schon bei euch angerufen?«

Stojan seufzte. »Keine Ahnung. Der ruft sicher nicht mich an, sondern den Chef. Und der würde es mir nicht sagen.«

»Hier in der Schweiz denken alle, Korruption gebe es nur in Entwicklungsländern!«

»Was soll ich darauf erwidern? Ich weiss ja noch nicht einmal, ob der Scotsdale-CEO tatsächlich angerufen hat.«

»Du brauchst nichts zu erwidern.« Sie schnaubte, war wieder voll in ihrem Element. Wenn sie in diesem Angriffsmodus in eine Debatte ging, dann war ihr nicht beizukommen. Stojan hatte bereits Mitleid mit ihren politischen Gegnern.

»Habt ihr wenigstens diesen Kreuzer richtig durchleuchtet?« Der Vorwurf, versagt zu haben, schwang in diesem Satz nicht nur dezent mit; er war dessen Fundament.

»Natürlich«, rechtfertigte sich Stojan müde. »Und nein, wir haben nichts gefunden.« Die Spurensicherung am Tatort war sogar überaus frustrierend gewesen, denn sie hatte keinerlei verwertbare Hinweise zu Tage gefördert.

»Dann seid ihr mit eurer Durchsuchung zu spät gewesen. Ich bin sicher, dass dort etwas war. Gions Beweise für die Machenschaften von Scotsdale! Aber die hat dann wohl der Mörder mitgenommen.«

»Oder da war gar nie etwas.« Diese Option machte Stojan viel mehr Sorgen. Falls der Mörder in Kreuzers Gartenlaube gefunden hatte, wonach er suchte, würden die Gewaltexzesse vielleicht aufhören. Wenn nicht, wäre er weiterhin auf der Suche und würde kaum plötzlich die Samthandschuhe anziehen.

»Ihr müsst die Verantwortlichen endlich zur Rechenschaft ziehen!« Elizas Stimme war eindringlich. Sie lehnte an der Küchenkombination in ihrem Häuschen, und obwohl der Situation jedes idyllische Moment abging, wirkte sie auf Stojan so betörend und begehrenswert wie je.

Er dürfte gar nicht hier sein, das wusste er. Trotzdem war er sofort hergefahren, kaum dass es seine Arbeit zugelassen hatte. Dass er sich nur einredete, dabei nach Gion Casatis Beweisen zu suchen, war ihm schmerzlich bewusst. Denn so sehr er sich auch wünschte, endlich das Material in die Hände zu bekommen, das diese Morde ausgelöst hatte, so wusste er doch, dass ihn ein anderes Begehren nach Schwamendingen geführt hatte.

»Wer ist verantwortlich!«, insistierte sie; es war eine Feststellung, obwohl es wie eine Frage formuliert war. »Oder glaubst du im Ernst, Kreuzer habe in dieser Firma irgendetwas allein entschieden? Der hat genauso Karriere gemacht wie die Luginbühl, und Karriere machst du nur, wenn du ohne Widerspruch Anweisungen befolgst!«

Stojan schwieg. Was sollte er darauf erwidern? Ob er *glaubte*, dass es in diesem Fall Hintermänner gab, war den Gerichten ziemlich egal.

»Für mich sieht das nach einem glasklaren Fall aus«, redete Eliza weiter, noch voll im Sendemodus. »Gion hat etwas gewusst, die Luginbühl wollte auspacken.

Dann wurde Gion zum Schweigen gebracht, und seither wird jeder umgebracht, der angesichts der eskalierenden Gewalt kalte Füsse kriegt und auspacken will! Warum begreift ihr das nicht endlich?!«

»Weil ich mit Spekulationen nichts anfangen kann, Eliza. Ich muss wissen, was Gion wusste und beweisen konnte. Nur so kann ich herausfinden, wem er gefährlich wurde.«

Sie schwieg.

»Hast du wirklich keine Idee, wo er etwas versteckt haben könnte?«

»Was soll dieser Unterton? Willst du mir unterstellen, ich wüsste etwas, rücke aber nicht damit heraus? Selbst wenn ich über irgendwelche Informationen verfügte: Was sollte ich damit? Wahlkampf machen?«

Daran hatte Stojan nicht mal gedacht. »Nein, sei nicht immer so defensiv. Wir wollen dir helfen.«

»Das kriegt ihr aber nicht gerade gut hin. Die Leute sterben wie die Fliegen.«

»Ich weiss.« Stojan stand auf, ein Blick auf die Küchenuhr im Shabby-Chic-Stil hatte ihn daran erinnert, dass er in der Hauptwache gebraucht wurde.

»Hör zu, ich muss zurück ins Büro. Wir ersaufen in Arbeit. Aber ich verspreche dir: Morgen Abend oder sonst halt übermorgen nehme ich mir Zeit. Dann untersuchen wir noch einmal deinen Schrebergarten Zentimeter für Zentimeter. Ein Gefühl sagt mir, dass Gion Casati dort etwas versteckt haben könnte.«

Sie nickte, sah plötzlich nicht mehr angriffslustig, sondern verletzlich aus. Hinter der toughen Fassade verbarg sich eine empfindsame Frau, die Angst hatte. Unter der Tür verabschiedeten sie sich.

»Gibst du mir einen kurzen Drücker, damit ich mich nicht so allein fühle?« Sie sah ihn mit grossen Augen an.

Stojan wusste, dass er gegen die Vorschriften handelte, als er Eliza umarmte. Er konnte spüren, wie trainiert und fest ihr Körper war; ihr Geruch vernebelte ihm für einen Moment die Sinne. Und er bemerkte, wie sie ihn an sich drückte, wie ihre Hände tasteten und fühlten.

Schnell löste er sich aus ihrer Umarmung; in ihm regte sich etwas, das sie auf keinen Fall bemerken durfte. Er flüchtete beinahe, und noch im Auto rauschten die Empfindungen dieser Umarmung durch seinen Körper. Stojan wurde erst wieder in die harte Realität zurückkatapultiert, als ihn der Blitzkasten an der Rosengartenstrasse grell blendete.

Fluchend trat er auf die Bremse, auch wenn es natürlich bereits zu spät war. Scheisse, schon wieder eine Busse! Überall diese elenden Radarfallen, immer an den blödesten Stellen. Die Rosengartenstrasse war steil, wenn man da bergabwärts nur einen Moment von der Bremse ging, erwischten sie einen!

Die Blitzer!

Es fiel Stojan einfach so ein. Der ergiebigste Blitzer der Stadt befand sich an der Kreuzung Neumühlequai/ Walchestrasse. Genau dort, wo Gion Casati von einem Lastwagen überrollt worden war.

Wenn Casati tatsächlich bei Rot über die Kreuzung gefahren war, dann war er geblitzt worden. Der Zeitpunkt, an dem alles angefangen hatte, war vermutlich auf einem Foto festgehalten!

Die Rückfahrt zur Hauptwache dauerte ewig, die Suche nach einem Parkplatz verlief ergebnislos. Am Schluss parkte Stojan auf seinem gemieteten Parkplatz und ging zu Fuss zur Wache; alles in allem wäre er mit dem Fahrrad schneller gewesen.

Die Kollegen von der Verkehrspolizei, mit denen er normalerweise nicht so viel zu tun hatte, waren hilfsbereit; die Fotos der Radarfalle waren zusammen mit allen anderen Fotos des Unfallorts im entsprechenden Dossier abgelegt. Nur dass sich bisher niemand diese Fotos im Detail angesehen hatte.

Stojan brauchte nicht lange zu suchen. Der Blitzer hatte zuverlässig wie eh und je gearbeitet und den Sünder

in flagranti ertappt, der da mit dem Fahrrad die Walchestrasse hinunter- und trotz des roten Lichtsignals auf
die Kreuzung gefahren war. Auf dem Foto war Casati zu
sehen, in den letzten Sekunden seines Lebens, die hoch
aufragende Front des Lastwagens nur Zentimeter von
ihm entfernt.

In Casatis Gesicht erkannte Stojan Todesangst; der
Ausdruck war so beklemmend, dass er und der Kollege
von der Verkehrspolizei in dumpfes Schweigen verfielen.

Aber trotz des Entsetzens, das aus diesem Bild sprach
und unterschwellig auf Stojan übersprang wie ein gefährlicher Funke: Einen Beweis dafür, dass Casati ermordet worden war, lieferte es nicht.

*

Bestürzung hatte Polizeikommandant a.D. Thomas K.
Hilvert erfasst. Er sass in seiner Einzelzelle in der Strafanstalt Pöschwies und starrte auf den winzigen Fernseher, in dem der Regionalsender lief. Der kleine Reporter,
der immer so langsam und dramatisch redete, als sei das
ganze Publikum begriffsstutzig, kommentierte gerade
aus dem Off eine Einblendung des Schrebergartenareals
an der Susenbergstrasse. Jetzt wechselte die Einstellung;
noch immer von der nervtötenden Stimme aus dem Off
begleitet, kam das Hochhaus Escherterrassen ins Bild,
wo Jolanda Luginbühl ihr Leben verbracht und zum
Schluss auch ausgehaucht hatte. Abgerundet wurde der
Beitrag mit einem gutgemachten Kameraschwenk vom
Central aus. Die Kamera blickte zuerst den Neumühlequai hinunter, während im Hintergrund daran erinnert
wurde, dass nur wenige Meter entfernt das erste Opfer
– Gion Casati – zu beklagen gewesen war. Vor einem
halben Jahr! Dann kam eben dieser Schwenk, die Kamera zeigte in rascher Abfolge Limmat, Hauptbahnhof
und das nach wie vor hässliche Globusprovisorium, um
dann bei der Hauptwache der Stadtpolizei zu verharren.
Das Gebäude im Rücken, holte der Reporter, nun voll

im Bild, zu seinem Fazit aus. Das vernichtend war: Einmal mehr bekäme die Stadtpolizei eine ganze Reihe von Morden nicht in den Griff. Obwohl sie sozusagen direkt vor ihrer Nase geschehen seien. Der Beitrag schloss mit einem trockenen Statement des Vorstehers der kantonalen Sicherheitsdirektion: Man beobachte die Entwicklung sorgfältig und prüfe, inwiefern die Kantonspolizei die Ermittlungen unterstützen könne. Im Übrigen habe man vollstes Vertrauen in Kommandant Peter Zurbriggen. Eine nur schlecht verhohlene Drohung, der Stadtpolizei das Dossier zu entziehen.

Wie hatte die Angelegenheit derart aus dem Ruder laufen können? Hilvert schlug die Hände vor dem Gesicht zusammen, versuchte, durch ruhiges Ein- und Ausatmen seinen rasenden Puls zu besänftigen.

Jaun hatte angerufen; zum ersten Mal, seit Hilvert in der Pöschwies einsass, hatte sein ehemaliger Assistent den wöchentlichen Besuch abgesagt. Dass Hilvert damit seine wöchentliche Portion Truffes du Jour entging, war dabei noch das kleinste Problem. Jaun war kurz angebunden gewesen, gestresst; irgendetwas beunruhigte ihn, das hatte Hilvert herausgehört. Es war aber unmöglich gewesen, in der kurzen Zeit des Gesprächs etwas Konkretes herauszufinden.

Der Tote im Schrebergarten, der war ganz schlecht. Der hatte das Potenzial, Hilvert für den Rest seines Lebens in dieser schäbigen Zelle festzusetzen. Der eine Fixpunkt, den Hilvert für sich in eine nahe Zukunft imaginiert hatte, der Zeitpunkt seiner Entlassung, schien plötzlich in unerreichbare Ferne zu entfliehen. Das Schlimmste war, dass er selber an dieser Entwicklung mitschuldig war.

Er musste telefonieren, sofort. Aber das ging nicht, denn der Wärter, der ihm immer das Mobiltelefon zusteckte, war im Urlaub. Hilvert war eine Woche lang offline.

Ohnmächtige Wut packte ihn; er ballte die Fäuste und

schlug mehrmals mit aller Kraft gegen die Wand, was prompt mit Protest aus der benachbarten Zelle quittiert wurde. Der Ausbruch half aber; nach einigen Minuten ebbte der Zorn ab, nur die Bestürzung blieb wie stinkende alte Asche nach einem Brand.

Hilvert atmete tief durch, schaltete den Fernseher aus. Er musste nachdenken, eine Auslegeordnung machen.

Er setzte sich auf den harten Stuhl an dem winzigen Tischchen unter dem Fenster, nahm Papier und Stift. Dann malte er die Fakten auf. Zuerst einzelne Tatsachen, die jede in einer eigenen Wolke irgendwo auf dem Blatt schwebten, noch ohne jede Beziehung zueinander, ohne Ordnung und Logik. Die drei Toten: Casati, Luginbühl und Kreuzer. Diese an die Presse geleakten Internas, bei denen völlig unklar war, was der, der sie weitergegeben hatte, damit bezweckte. Die Briefe, die er selbst an Kommandant Peter Zurbriggen geschickt hatte.

Stimmt, die Briefe. Hilvert drehte sich zur Seite – von diesem schäbigen Stuhl aus war fast sein gesamtes Hab und Gut erreichbar – und klaubte das unter dem Bett liegende Buch hervor. Darin lagen zwei Postkarten. Eine, die Hilvert erst am Vortag erhalten hatte. Und eine, die er selbst verschicken wollte. Die Karte, die er erhalten hatte, zeigte das Foto einer Gartenlaube in Zürich. Die andere Karte zeigte das gleiche Motiv, allerdings nicht als Foto, sondern als Zeichnung. Hilvert hatte sich Mühe gegeben, hatte jedes Detail der Aufnahme nachgemalt. Das leicht schiefe Dach, die Terrasse mit dem altmodischen Bistrotisch, der Plattenboden, aus dem Gras spross, die um die Laube wuchernden Pflanzen. Es hatte ziemlich Zeit gekostet, die gezackten Blätter des Ungetüms neben dem zweiten Bistrostuhl zu reproduzieren, aber Zeit hatte Hilvert grosszügig zur Verfügung.

Zum Glück hatte er noch etwas am Text gefeilt, sonst hätte er die Karte vermutlich bereits vor Jauns Anruf verschickt und damit die Katastrophe perfekt gemacht. Hilvert zerriss die Karte, bis sie zu einem Häufchen kleiner, unerkennbarer Fetzen geworden war. Gleich verfuhr er mit der Karte, die er erhalten hatte. Dann spülte er beides die chromstählerne Toilette herunter, die sich zu seiner nicht abklingenden Abscheu ebenfalls in Griffweite befand.

Ein Klopfen an der Tür schreckte ihn mehr auf, als er für möglich gehalten hätte. Der diensthabende Wärter stand unter der Tür. Hilvert mochte ihn; er schaffte es von allen am besten, zugleich streng und respektvoll mit »seinen« Gefangenen umzugehen.

»Sie haben einen Anruf«, sagte er.

»Wie bitte? Jetzt?«

»Es scheint sehr dringend zu sein.«

Hilvert folgte dem Mann zu dem Raum, in dem sich die Telefone befanden. 160 Minuten durfte jeder Insasse der Pöschwies pro Monat telefonieren. Hilvert schöpfte sein Saldo kaum je aus. Viel wertvoller waren sowieso die illegalen Mobiltelefone, die an den abenteuerlichsten Stellen versteckt wurden und eine der wenigen wirklich harten Währungen innerhalb dieser Mauern darstellten.

Hilvert setzte sich, nahm den Hörer. Es war, wie er befürchtet hatte.

»Du hättest nicht anrufen sollen!«, begann er eindringlich. »Verdammt, wir haben doch abgemacht, dass du niemals offiziell hier anrufst oder aufkreuzt! Jetzt wissen sie, mit wem ich rede!«

»Glaub mir, dessen bin ich mir bewusst. Aber was denkst du, wie es mir geht? Ich war in der verdammten Gartenlaube! Ich habe Fotos gemacht, Dinge angefasst! Da sind überall Spuren von mir!«

»Ich weiss, ich weiss. Es tut mir echt leid. Zum Glück habe ich die Karte noch nicht abgeschickt.«

»Du hast sie nicht geschickt?« Die Erleichterung über diese Tatsache war in der brüchigen Stimme überdeutlich spürbar.

»Nein, habe ich nicht. Ich habe sie vernichtet und das Klo hinuntergespült, deine Karte übrigens auch.«

»Gott sei Dank!« Ein Seufzer, der aus dem Innersten kam. Eine lange Pause. Dann: »Es gibt weitere schlechte Neuigkeiten. Darum habe ich dich auch angerufen.«

Hilvert schloss die Augen. Nicht noch mehr. »Was ist?«

»Bitterlin ist auf dem Kriegspfad.«

»Wie muss ich das verstehen?«

»Er war hier. Hat davon geredet, dass er in der Causa Leimbacher endlich aufräumen werde. Dein Name ist gefallen. Er wollte alte Rechnungen aus Dottikon anschauen, von einer Lieferung in die Sonderabfallverbrennung. Hat sich einen Ausdruck geben lassen und ist zufrieden brummend von dannen gezogen.«

»Scheisse.«

»Was bezweckt er damit?«

»Das willst du gar nicht wissen. Glaub mir, es ist besser für dich, wenn du nichts davon weisst.«

»Du bist ein Kuriosum!« Lachen drang aus dem Hörer. »Es ist hier langweiliger geworden ohne dich!«

Hilvert lachte nicht. Denn seine Situation hatte sich gerade deutlich verschlechtert. Bitterlin begann, im Morast der Vergangenheit zu graben; es war davon auszugehen, dass er etwas finden würde. Hilvert kannte Bitterlin, der hatte Biss. Ausserdem dürfte er von seinen Postkarten an den Kommandanten wissen.

»Ich brauche noch einen Gefallen von dir.« Er brachte es fast nicht über die Lippen; Scham brannte auf seinen Wangen, was zum Glück durch das Telefon nicht sichtbar war.

»Wie bitte?! Noch einen? Nachdem ich mich bereits selber fast in den Knast manövriert habe?«

»Es ist unglaublich wichtig. Und es ist für Bruno Jaun.«

»Bruno? Was hat der denn damit zu tun?«

»Bruno Jaun ist in grosser Gefahr. Du bist die Einzige, die mir helfen kann, diese Gefahr von ihm abzuwenden!«

*

Im Garten zirpten die Grillen, ein Klangteppich, der jede schöne Sommernacht erfüllte und alle anderen nächtlichen Geräusche der Stadt zu dämpfen schien. Ab und zu war schwach ein Auto zu hören, seltener noch eine menschliche Stimme. Ansonsten: Ruhe. Fast wie auf dem Land.

Eliza Hubacher lag auf dem Rücken in ihrem Bett. Es war mitten in der Nacht, Zeit zu schlafen; doch Eliza war hellwach. Irgendetwas hatte sie aus dem Schlaf fahren lassen, ein Geräusch, ein Hauch, der durch das offene Fenster gedrungen war und ihre Träume verscheucht hatte.

Jemand war im Haus. Zwar verhielt sich dieser Jemand im Moment ruhig, aber Eliza spürte, dass er hier war. Vor ihrem geistigen Auge sah sie einen Mann mit Strumpfmaske, der wie erstarrt irgendwo im Erdgeschoss stand, selbst erschrocken, weil er etwas umgestossen, ein Geräusch verursacht hatte. Und der jetzt wissen wollte, ob sie, Eliza, deswegen aufgewacht war.

Ihr Atem ging flach und hektisch, sie zwang sich dazu, tief einzuatmen, während sie die Ohren spitzte, um die Vorgänge in ihrem Haus wahrzunehmen. Dass es einfach war, bei ihr einzubrechen, war ihr bewusst. Die Tür von der Küche in den Garten hielt einem mittelmässig versierten Einbrecher wohl keine Minute stand, ganz zu schweigen einem Eindringling, der etwas mehr Expertise einbringen konnte.

Vermutlich suchten sie immer noch Gions Beweise. Die sie, trotz all ihrer Mühen, bisher nicht gefunden hatte. Aber offenbar nicht nur sie, auch die hatten sie wohl immer noch nicht gefunden.

Minutenlang lag Eliza reglos, die Nerven zum Zerreissen gespannt, die Ohren gespitzt. Dachte an ihre Ärztin, die ihr Tabletten verschrieben hatte, um besser zu schlafen, sich innerlich zu beruhigen. Als ob das etwas bringen könnte, wenn sie sich, ärztlich verordnet, zudröhnte. Die Tatsache, dass ihr Freund brutal ermordet worden war, liess sich nun mal nicht mit einem Rezept aus der Welt schaffen. Aber ihre Ärztin – bald Ex-Ärztin – war halt auch eine von der Sorte, die das leicht verdiente Geld über die Gesundheit ihrer Patienten stellte. Mit diesem leicht zur Seite geneigten Kopf gab sie vor, aufmerksam zuzuhören, ein sibyllinisches Lächeln auf den schmalen Lippen. Dabei zählte sie im Kopf vermutlich die rasch auflaufenden Taxpunkte und überlegte sich die Destination ihrer nächsten Urlaubsreise. War die Patientin endlich verstummt, wurde sie mit einem Zettel aus dem Rezeptblock abgefertigt und die nächste hereingewunken.

Die Teilnahmslosigkeit und Kälte, die Eliza von allen Seiten entgegenschlug, war das Schlimmste. Das war es, was sie wirklich fertigmachte.

Schliesslich richtete sie sich auf, wie in Zeitlupe, um kein Geräusch zu machen. Drehte sich zur Seite, sass eine Weile auf der Bettkante. Schwach drang Licht von draussen herein, liess die Möbel und Gegenstände in ihrem Schlafzimmer fahl und irgendwie geisterhaft wirken.

Vorsichtig verlagerte sie ihr Gewicht auf die Beine, stand auf. Die Dielen waren mit ihr, verkniffen sich das obligate Knarren, mit dem Eliza normalerweise am Morgen vom Haus begrüsst wurde. Vom Nachttisch nahm sie das grosse scharfe Küchenmesser, seit einiger Zeit lag es stets griffbereit bei ihr, wenn sie sich schlafen legte.

Vor der Tür zum Schlafzimmer hielt sie erneut inne, lauschte angestrengt ins Haus hinein. Das Zirpen der Grillen war verklungen, schaffte es nicht bis in die Tiefen des Hauses. Auch sonst schien alles wie immer, nur dass die Stille irgendwie stiller war als sonst, angespannt. Zwei Menschen, die den Atem anhielten, darauf wartend, dass der andere sich verraten würde.

Eliza konnte ihn sehen, auch ohne dass ihre Augen irgendein Signal verarbeiteten. Es war ein Mann, mit Sicherheit – jung, ein drahtiger Körper, nicht gross und schwer wie einer, der im Fitnesscenter mit Gewichten pumpte, sondern ein kleiner, schneller, der flink durchs Haus huschte und ihr notfalls ein Messer zwischen die Rippen gestossen hätte, bevor sie wüsste, wie ihr geschah. Einer, der sich jetzt irgendwo in eine Nische drückte, das Rückgrat durchgestreckt, den Kopf gegen die Wand gedrückt, das Messer von einer feingliedrigen, doch kräftigen Hand umklammert.

Sie tat einen Schritt in den Flur, erwartete einen Überfall, auf den Boden gerissen zu werden oder einen scharfen Schmerz in der Brust zu spüren, doch es geschah nichts. Nach einer Ewigkeit, so schien es ihr, stiess sie die Luft aus, sog gierig frischen Sauerstoff in ihre Lungen.

Sie hatte keine Ahnung, wie viel Zeit sie gebraucht hatte, um die Treppe hinunterzugehen. Das Haus wirkte wie immer, aus der Küche drang schwach der Geruch der Minze, die sie noch am Vorabend reingeholt und zum Trocknen aufgehängt hatte. Der Geruch eines anderen Menschen, eines Deos, die frische Luft, die durch eine offenstehende Tür hereindringt: Fehlanzeige.

Es bedurfte praktisch all ihren Mutes, um den Lichtschalter im Flur zu betätigen. Grell flammten die LED-Schienen an der Decke auf, modern, stylish und effizient, genauso, wie sie es gerne hatte, wie es ihr entsprach. Doch jetzt hatte Eliza keinen Blick für die Schönheit ihrer Flurlampe übrig; ihre Augen tasteten jeden nun hell ausgeleuchteten Winkel ab.

Es gab nichts zu sehen. Jedenfalls nichts, das ihr nicht bekannt war. Sie gestattete sich ein erstes, zaghaftes Aufatmen, ging die paar Schritte bis zur Küche, wo sich der Geruch der Minze intensivierte. Die Tür in den Garten war verschlossen, wie immer, keinerlei Anzeichen eines Einbruchs. Wenn, dann war der Eindringling nicht hier hereingekommen; entweder hatte er in der Küche noch nicht gesucht, oder aber er war extrem sorgfältig zu Werke gegangen. Was nicht zu erwarten war, denn schliesslich waren die Verschwörer auch sonst nicht besonders zimperlich vorgegangen.

Sie war gerade im Begriff, von der Küche über den Flur ins Wohnzimmer zu gehen, um die zweite Terrassentür zu kontrollieren, als ein Geräusch aus dem Wohnzimmer sie erstarren liess. Ein Knacken im Gebälk, vielleicht, womöglich aber auch das Knarren einer Diele unter dem Gewicht eines Mannes, der sich hinter der Tür in den Schatten drückte und sich jetzt anspannte, jederzeit bereit, die ins Wohnzimmer kommende wehrlose Frau zu überwältigen.

Sie reagierte instinktiv. Den Flur runter zur Haustür, aufschliessen, aufreissen, in die Nacht stürzen, das alles vollzog sich scheinbar im Bruchteil einer Sekunde. Die Kühle der Nacht schlug ihr entgegen, sie nahm sie nur am Rande wahr, packte ihr Fahrrad, das wie immer am Briefkasten lehnte, und warf keinen einzigen Blick zurück, als sie mit wehendem Nachthemd davonschoss.

Dann flog sie durch die Stadt, in absoluter Stille, wie ihr schien, unwirklich geradezu. Ihr Körper mobilisierte Kräfte, von denen sie nicht gewusst hatte, dass es sie gab, während sie scheinbar mühelos dem einzigen Ort in der Stadt entgegenflog, der ihr in diesen Minuten Schutz versprach.

Sie wusste, wo er wohnte, es war ein Leichtes gewesen, das herauszufinden, eine Kombination von Social Media und einem gemächlichen Spaziergang durch die Wohnviertel in Höngg.

Er hatte geschlafen, natürlich, und sein schlaftrunkenes Gehirn brauchte eine Weile, um zu verstehen, wer ihn da mitten in der Nacht aus dem Bett holte und was das vermutlich bedeutete.

Später hatte Eliza kaum noch Erinnerungen an jenen Moment. Als hätte die Panik ihr Gehirn gelähmt und jegliche Wahrnehmung blockiert. Nur ein Bild hatte es trotz der Angst in voller Schärfe in ihr Gedächtnis geschafft. Stojan hatte lediglich Shorts getragen, als er die Tür geöffnet hatte. Und trotz der Aufregung gefiel ihr, was sie sah.

8

Die Luft in Walter Bitterlins Büro war schal und abgestanden, doch sie bot nach wie vor genügend Sauerstoff, um sein Hirn auf Volllast laufen zu lassen.

Denn Bitterlin hatte eine Spur. Die erste, seit Karl Leimbacher vor vielen Jahren verschwunden war. Von Hilvert ermordet, wie der behauptete, aber Bitterlin wusste, dass das eine Lüge war.

Nun hatte sich, ziemlich überraschend, eine unscheinbare Person ins Zentrum seiner Aufmerksamkeit katapultiert: Bruno Jaun.

Walter Bitterlin war noch ein Bulle alter Schule, einer, der das ganze neumodische Gedöns mit den sagenhaften technischen Möglichkeiten zwar schätzte und auch nutzte, aber den Wert guter alter Polizeiarbeit nicht verkannte. Wenn es hart auf hart kam, war oft Fleissarbeit gefragt; dann durfte man sich nicht zu schade sein, sich die Hände schmutzig zu machen.

Im übertragenen Sinne natürlich, denn die Akten der Stapo waren nicht schmutzig. Aber es war halt trotzdem nicht besonders sexy, viele Jahre alte Protokolle durchzuackern.

Nun kam Bitterlin entgegen, dass die Stadtpolizei ein gewaltiges bürokratisches Monstrum war. 2000 Mitarbeitende, von denen ein substanzieller Teil nichts weiter tat, als die Arbeit der anderen zu dokumentieren und zu protokollieren. So geschehen auch damals, als Oberstaatsanwalt Meyerhans ermordet worden war und Karl Leimbacher verschwand. Jede Sitzung, jeder Einsatz, alles war minutiös protokolliert worden. Auf jedem Protokoll waren alle Teilnehmenden aufgeführt, alle Entschuldigten, alle Abwesenden. Was hatte Bitterlin schon gespottet über diese penible Aktenführung; als ob es jemals jemanden einen Deut interessierte, ob Peter Muster nun entschuldigt oder unentschuldigt einer Sitzung ferngeblieben war. Geschweige denn, dass er überhaupt gefehlt hatte.

Doch in diesem Moment schwor sich Bitterlin, nie wieder über den bürokratischen Moloch zu spotten, denn jetzt war er es, der sich für genau diesen Aspekt interessierte. Damals hatte es unzählige Sitzungen gegeben, von frühmorgens bis spätabends. Die Stadtpolizei hatte im tiefroten Bereich gedreht, hatte versucht, der ausser Kontrolle geratenen brutalen Mordserie Herr zu werden. Mittendrin, das erkannte Walter Bitterlin in diesem Augenblick, hatte nicht nur Thomas K. Hilvert, sondern auch sein Assistent Bruno Jaun gestanden. Jaun hatte die ersten Sitzungen morgens um halb sieben und die letzten abends um zehn protokolliert, er war bei jeder Besprechung anwesend gewesen, hatte viele Tatorte besichtigt. Offenbar hatte er damals noch nicht strikt nach Personalverordnung gearbeitet. Jaun, das wurde Bitterlin jetzt erst klar, war Hilverts Machtbasis innerhalb des Korps gewesen. Er hatte alles gewusst, hatte die ganze Arbeit gemacht. Jaun, der Unscheinbare, den niemand ernstgenommen hatte, Jaun, dem man zwischen Tür und Angel die Seele ausgeschüttet und von internen Intrigen berichtet hatte in der Annahme, er wüsste sowieso nichts damit anzufangen. Ein gewaltiger Irrtum!

Ebendieser Bruno Jaun schien an jenem Abend, als Karl Leimbacher verschwunden war, plötzlich vom Erdboden verschluckt zu sein. Bis in den Nachmittag hinein hatte er sämtliche Sitzungen protokolliert, an denen Hilvert teilgenommen hatte, später war er – nach der Ermordung des Oberstaatsanwalts – im Haus des Opfers gewesen, auch dies lückenlos dokumentiert in den Protokollen der Tatortbegehung. Doch dann verlor sich Jauns Spur. Er war einfach nicht mehr da.

Es liess tief blicken, dass Jaun bei den späteren Sitzungen an diesem Tag nicht einmal als abwesend oder entschuldigt aufgeführt worden war; es hatte schlicht niemanden interessiert, ob der dürre Bürokrat mit im

Zimmer sass oder nicht. Aber er hatte die Sitzungen am Abend und in der Nacht nicht mehr protokolliert. Erst am Folgetag hatte Jaun wieder auf Platz gestanden und Punkt 06.00 Uhr den ersten Rapport protokolliert.

Diese Entdeckung war ein Durchbruch, Bitterlin erkannte das sofort. Und wie immer, wenn man den Durchbruch geschafft hat und einer ersten vielversprechenden Spur zu folgen beginnt, findet man rasch weitere Puzzleteile.

Nach der Ermordung des Oberstaatsanwalts war Hilvert gemäss seiner eigenen Aussage bei der späteren Einvernahme gemeinsam mit Leimbacher in dessen Wohnung gefahren, und von dort ins Hallenbad City. Das war damals eine Baustelle gewesen, im Inneren ein Rohbau, abends verlassen. Hilvert hatte nie erklären können, weshalb sie ins Hallenbad gefahren waren; er hatte lediglich angegeben, Leimbacher habe dort hingewollt. Aus welchem Grund? Auch diese Frage war nie beantwortet worden, was nicht weiter von Belang war angesichts der Tatsache, dass Leimbacher danach noch gelebt haben sollte.

Aufgefallen war aber bereits damals, dass Hilvert und Leimbacher relativ viel Zeit im Hallenbad City verbracht hatten, bevor sie zum Hardhof gefahren waren, wo Hilvert, wie er zu Protokoll gab, Leimbacher in Notwehr umgebracht hatte. Doch diese Aussage hatte Hilvert erst Jahre später gemacht, bei jener denkwürdigen Pressekonferenz, welche die Stapo in den schlimmsten Skandal ihrer Geschichte gestürzt hatte. Am Abend der Ereignisse hatte er angegeben, dass Leimbacher noch lebte, als er ihn beim Hardhof verlassen hatte. Schon damals hatte ein Einsatzleiter offenbar Verdacht geschöpft und Hilvert dazu gebracht, mit einigen Polizisten ins Hallenbad zu fahren. Doch dort war nichts zu sehen gewesen.

Oder nichts mehr.

Bitterlin schlug mit der Faust auf den Tisch. Verdammt! Sie waren so nah dran gewesen! Bitterlin hätte seine rechte Hand darauf verwettet, dass Leimbacher im Hallenbad ermordet worden war. Stunden vor dem Mord beim Hardhof, der Hilverts ›offizieller‹ Version entsprach! Diese Stunden hatte der andere grosse Verschwundene des Abends – Bruno Jaun – dazu genutzt, im Hallenbad aufzuräumen und die Leiche wegzubringen.

Warum nur hatte man damals nicht die Forensik ins Hallenbad geschickt? Wieso hatte man sich mit einem simplen Augenschein bei schummriger Baustellenbeleuchtung zufriedengegeben? War es Unfähigkeit gewesen, Überforderung angesichts der sich überschlagenden Ereignisse von nie dagewesener Grausamkeit? Oder hatte eine von Hilverts zahlreichen Absicherungen gegriffen; hatte ihn das Netz aufgefangen, das er über Jahrzehnte in der Stadtpolizei aufgespannt hatte? Zogen sich dessen unsichtbare Fäden nach wie vor durch die Flure und Büros? Waren die Menschen, die Hilvert damals geschützt hatten, die gleichen, die nun ihn, Bitterlin, stürzen wollten?

Walter Bitterlin war sich sicher: Hätten die Forensiker damals das Hallenbad untersucht, wären die Spuren des Mordes überall zu finden gewesen. So gut liess sich eine derartige Gewalttat in wenigen Stunden nicht vertuschen! Aber das war nicht geschehen; schon am Folgetag hatten Bauarbeiter begonnen, allenfalls vorhandene Spuren unter Putz, Gips und Kacheln zu begraben.

Scheisse!

Bitterlin lehnte sich zurück, strich sich durchs Haar. Das Bedürfnis nach einer Zigarette war überwältigend, aber im Büro durfte er nicht rauchen, und wenn er jetzt rausginge, würde er mit Sicherheit auf dem Flur von jemandem angequatscht und verlöre den Faden. Er musste das hier zu Ende denken.

Er könnte die Forensiker ins Hallenbad schicken und diesen Heizungskeller auseinandernehmen lassen.

Wenn Leimbacher dort getötet worden war, wenn er geblutet hatte und sein Blut auf den Betonboden gelangt war, würde man es nachweisen können. Auch noch nach so vielen Jahren. Es würde eine Ewigkeit dauern und ein Vermögen kosten, das Hallenbad wäre die ganze Zeit stillgelegt so ohne Heizung, aber es würde gehen.

Doch was würde es bringen? Bitterlin könnte dann zwar beweisen, dass Hilvert bezüglich des Tatorts gelogen hatte, aber wen würde das interessieren? Hilvert sass bereits im Knast, und Bruno Jaun wäre nach wie vor fein raus. Das Netz der Spinne würde auch diesen Schlag einfach absorbieren, ohne zu reissen.

Diese verdammten Halunken! Bitterlin kam nicht umhin, für Jaun eine gewisse Bewunderung zu empfinden. Der hatte es geschafft, unter den Augen der Stapo, ja der ganzen Stadt den interimistischen Kommandanten der Stadtpolizei aus dem Verkehr zu ziehen und dann weiter jeden Tag ins Büro zu fahren und so zu tun, als sei nichts gewesen.

Ausgerechnet Bruno Jaun war der perfekte Mörder! Eine unglaubliche Erkenntnis! Und sie verursachte Walter Bitterlin ein flaues Gefühl in der Magengegend, das verdächtig nach Angst roch.

Jaun bewegte sich mitten unter ihnen, sass völlig unbeaufsichtigt in seinem Kellerbüro und brütete etwas aus, vermutlich gemeinsam mit Hilvert und weiteren Verschwörern. Er besuchte den eingebuchteten Ex-Polizeikommandanten wöchentlich und erfasste Stunden als Arbeitszeit, in denen er in Tat und Wahrheit etwas völlig anderes trieb. Wen die beiden wohl im Visier hatten? Ihn, Bitterlin? Zurbriggen?

Er brauchte Beweise. Beweise, die Jaun zweifelsfrei mit dem Mord in Verbindung brachten. Die ausreichten, dass ein Gericht Hilverts Geständnis für ungültig erklärte. Er brauchte Karl Leimbachers Leiche. Dann würden wieder Recht und Ordnung herrschen und wären die beiden Verbrecher endlich ein für alle Mal aus dem Verkehr gezogen. Danach, so viel war gesetzt, kämen auch die anderen hinterhältigen Schlangen aus ihren Löchern, um Kreide zu fressen und für sich selbst zu retten, was zu retten blieb. Loyalität, das hatte Bitterlin auf schmerzhafte Art und Weise gelernt, hielt meistens nur so lange, wie sie mit persönlichem Profit einherging.

Er stand auf, riss beide Fenster auf. Draussen war ein normaler Sommertag. Die Sonne stand hoch am Himmel, Quellwolken warfen Schatten auf die Fassaden am Limmatquai. Auf dem Mühlesteg tummelte sich eine Gruppe junger Menschen; zwei Jungs in Badehosen stürzten sich verbotenerweise mit einem Salto in die Limmat, um den Damen in der Gruppe zu imponieren. Bitterlin konnte sehen, dass die Jugendlichen einen Kasten Bier dabeihatten, und wenn er sich konzentrierte, meinte er, ihr lautes Lachen über dem Verkehrslärm zu hören.

Wie doch die Zeit vergangen war! Bitterlin fühlte sich seltsam abgekapselt, als sei er Zuschauer in einem Theater, sein Büro der Zuschauerraum, die Welt vor dem Fenster die Bühne. Täuschend echt, farben- und lebensfroh, aber eben nicht wirklich. Er war doch gerade selber so gewesen, hatte mit Freunden am See rumgehangen, mit seiner Freundin auf der Parkbank geknutscht, die Sonne genossen und über die Alten gelacht, die wie irre schufteten und das Leben völlig aus dem Blick verloren zu haben schienen. Mittlerweile war er selbst einer dieser komischen Alten geworden. Nur die letzte Entwürdigung fehlte noch: Dass er seine Ernährung umstellte und damit begann, Marathon zu laufen im verzweifelten Versuch, körperlich mit den jungen Kerlen draussen auf dem Mühlesteg mitzuhalten.

Wenn es so weit kommt, schwor sich Bitterlin, ziehe ich einen Rucksack mit Steinen an und springe in die Limmat!

Energisch schloss er das Fenster. Er wusste, dass er

eine einzige Frage beantworten musste, um sein Ziel zu erreichen.

Wo hatte Bruno Jaun die Leiche Leimbachers entsorgt?

*

Frustriert warf Stojan die Tür zu seinem Büro ins Schloss und liess sich in den Stuhl fallen. Die Füsse legte er aus Protest auf den Schreibtisch.

So hatte er sich den Job nicht vorgestellt, als er sich in einer internen Ausschreibung für seine aktuelle Position beworben hatte. In seiner idealen Welt arbeiteten alle zusammen, um gemeinsam den Bösewichten in der Stadt den Garaus zu machen. Mit Betonung auf *zusammen und gemeinsam*. Doch nun musste er feststellen, dass es mit beidem nicht weit her war.

In der Realität ging es mindestens ebenso sehr um interne Rangeleien wie um die Aufklärung von Verbrechen. In der Geschäftsleitung wurde um jeden Quadratmeter Bürofläche, jedes halbe Stellenprozent und jedes bisschen Ausrüstungsbudget gestritten. Das allein war für Stojan nicht neu, überraschend und frustrierend war lediglich, dass diese Rangeleien sogar Vorrang hatten, wenn es wahrhaft Wichtigeres zu erledigen gab – beispielsweise die Aufklärung einer Reihe von Morden.

Nicht minder ernüchternd war das Desinteresse, das ihm entgegenschlug. Anstatt gemeinsam die knappen Ressourcen zu bündeln, hockte jeder lieber in seinem sauber abgesteckten Gärtchen und werkelte an seinen Aufgaben, froh darüber, dass das Unheil eines aufsehenerregenden Falles einen anderen getroffen hatte.

Traurigerweise schien es sich dabei um ein gesamtgesellschaftliches Phänomen zu handeln, denn Eliza Hubacher machte identische Beobachtungen. Sie war mitten in der Nacht bei ihm aufgekreuzt, im Nachthemd und ziemlich durch den Wind. Nachdem sie sich einigermassen beruhigt hatte, erzählte sie, dass ein Unbekannter in ihr Haus eingedrungen wäre. Sie hatten sich geeinigt, zuerst nochmal nachzuschauen, bevor Stojan den grossen Alarm auslöste. In Elizas Haus waren aber keine handfesten Beweise auffindbar gewesen. Die Haustür hatte sperrangelweit offengestanden, das Licht im Flur gebrannt. Die Tür von der Küche in den Garten war unverschlossen gewesen. Ob jemand eingebrochen war, liess sich vor diesem Hintergrund nicht mehr zuverlässig feststellen.

Eliza Hubacher war wütend gewesen, als Stojan unverrichteter Dinge gegangen war; er hatte ihren Zorn nachvollziehen und doch nichts daran ändern können. Einmal mehr war sie von der Polizei enttäuscht worden.

Am Morgen hatte Stojan seinen Chef über die Entwicklung informiert, aber Bitterlin hatte nur blöd gelacht und sexistische Kommentare über Eliza im Nachthemd abgegeben. Überhaupt schien auch er sich nicht wirklich für den Fall zu interessieren. Den Bericht der Forensik, die auf einem der Weingläser in Sascha Kreuzers Gartenlaube Spuren von Lippenstift gefunden hatte, hatte er nicht gelesen. Dabei standen dort wesentliche Fakten drin! Es war eine Frau gewesen, die mit Kreuzer ein Gläschen Wein getrunken hatte. In Stojans Augen war diese Erkenntnis ein gewaltiger Schritt vorwärts, doch Bitterlin hatte nur mit halbem Ohr zugehört. Er hatte zwar ein Interesse heuchelndes Gesicht aufgesetzt und zwischendurch zustimmende Kommentare abgegeben, aber Stojan war sehr wohl aufgefallen, dass sein Vorgesetzter gleichzeitig auf dem Bildschirm E-Mails gelesen hatte.

Kam hinzu, dass Bitterlin über Informationsquellen verfügte, an denen er Stojan nicht teilhaben liess, obwohl der die Ermittlungen leitete. Wie zum Teufel war er auf die Schrebergärten gekommen, nach denen er Stojan gefragt hatte, lange bevor Sascha Kreuzer in seiner Laube tot aufgefunden worden war? Stojan hatte mehrmals nachgebohrt, aber Bitterlin hatte abgeblockt. Vielleicht war es sogar so, wie Eliza vermutete: Der CEO von Glencore hatte den Polizeikommandanten angerufen und Druck gemacht, und der hatte Bitterlin darauf einen Maulkorb verpasst.

War es wirklich so schlimm? Gab es Menschen in der Stapo, die in diesem Fall bereits alles wussten, aber keinerlei Interesse daran hatten, ihr Wissen zu teilen? Wussten die, wer Jolanda Luginbühl und Sascha Kreuzer vergiftet hatte? Stojan hatte dafür keinerlei Beweise, doch Bitterlins verborgene Quellen, sein Desinteresse und die nicht gerade überwältigende Unterstützung aus anderen Stapo-Abteilungen hatten sein Misstrauen geweckt.

Die konnten ihm langsam allesamt den Buckel runterrutschen. Ausser ihm interessierte sich faktisch niemand dafür, wer die Luginbühl umgebracht hatte, geschweige denn warum. Der Einzige, der noch einen Hauch Initiative aufbrachte und nicht nur Dienst nach Vorschrift zu machen schien, war Bruno Jaun. Aber auch der verduftete in den Feierabend, bevor die Uhr am Grossmünster fünf geschlagen hatte.

Niemals hätte Stojan erwartet, so allein zu sein. Auch wenn bei der obligaten Rede an jedem Weihnachtsessen die Worte »Team« und »gemeinsam« im Minutentakt herumgereicht wurden. Doch offensichtlich waren das nur Floskeln, und jeder interessierte sich primär für sich selbst. Wie Stojan unter solchen Umständen eine ganze Mordserie aufklären sollte, war ihm ein Rätsel. Warum also riss er sich für einen Verein wie diesen derart den Arsch auf? Hundertachtzig Überstunden seit Anfang Jahr; es war jetzt schon klar, dass er die niemals würde kompensieren können. Stattdessen würden sie Ende Jahr im Einklang mit der Personalverordnung einfach gekappt, womit Stojan gratis gearbeitet hätte. Das allein wäre ja noch in Ordnung, wenn wenigstens die anderen mitziehen würden. Aber so?

Er war am Tiefpunkt seiner Motivationskurve angekommen; bereits mehr als einmal hatte er die gängigen Stellenportale konsultiert, allerdings waren die in etwa genauso ergiebig wie die gängigen Partnerportale. Selbst wenn Stojan eine echte Alternative fände: Wie käme das an, wenn er schon bei der ersten Belastungsprobe die Segel striche und Reissaus nähme, noch bevor der Fall geklärt war?

Nein, er war hier gefangen. Auf Gedeih und Verderb. Wenn er nicht in einer Sackgasse enden und denselben Bürostuhl noch in dreissig Jahren wärmen wollte, musste er diesen Fall klären. Besser heute als morgen.

Stojan seufzte, nahm die Füsse vom Tisch, griff nach seinem Handy, scrollte durch die Fotos des letzten Urlaubs in Kroatien. Das Wetter war toll gewesen, ein richtiger Sommer halt, dazu das Meer nur zehn Minuten Autofahrt entfernt. Die Familienangehörigen warmherzig, das Essen üppig. Keine bürokratischen Exzesse wie in der Stapo, keine Horde miesepetriger Gesichter wie an jedem einzelnen Morgen in Zürich. Was gäbe er darum, jetzt gleich in seinen BMW zu steigen und runterzufahren. Ohne sich abzumelden, einfach so.

Schliesslich riss er sich zusammen und legte sein Smartphone weg. Die nächsten zwei Stunden verbrachte er damit, seine Fallakte aufzuräumen. Mit der Ordnung kam auch der Durchblick. Die vielen kleinen Puzzleteile, die irgendwo im E-Mail-Account, auf Faktenblättern und in den Tiefen der Protokolle und Berichte herumlagen, ergaben plötzlich ein Bild. Im Zentrum dieses Bildes lag ein Schrebergarten.

Bitterlin hatte davon gewusst. Warum, war letztlich egal. Stojan war davon ausgegangen, dass es sich bei Bitterlins Andeutungen um Sascha Kreuzers Schrebergarten gehandelt haben musste. Doch es gab einen zweiten Schrebergarten in dieser Geschichte; Stojan hatte ihn sogar schon gesehen: den von Gion Casati, den Eliza nach dessen Tod übernommen hatte.

Je länger er darüber nachdachte, desto mehr verdichtete sich der Eindruck, dass des Rätsels Lösung auf dieser überwucherten Parzelle in Schwamendingen zu finden sein musste.

Dass er, um diese Parzelle zu untersuchen, Eliza anrufen musste, steigerte Stojans positive Erwartungshaltung deutlich. Nicht nur, weil sie ihn bezauberte, sondern auch, weil sie die Einzige war, die ein echtes Interesse an der Aufklärung dieser Morde hatte. Bei dieser Gelegenheit konnte er auch gleich nachfragen, ob sie sich von ihrem nächtlichen Stress etwas erholt hatte – ausser ihm erkundigte sich sicher niemand nach ihrem Wohlbefinden.

Sie verabredeten sich auf halb sieben in Casatis Schrebergarten, wild entschlossen, der Wildnis ihre Geheimnisse endgültig zu entreissen.

Halb sieben, das wäre Feierabend, ausserhalb der Arbeitszeit. Wenn er die Überstunden schon nicht kompensieren konnte, konnte er sie geradeso gut gar nicht erfassen. Was ihm dann die Freiheit gab, in kurzen Hosen und Flip-Flops nach Schwamendingen zu fahren und eine Flasche Weissen mitzunehmen.

Er verliess die Wache um Punkt fünf, die letzten E-Mails des Tages unbeantwortet, was ihm eine gewisse grimmige Befriedigung verschaffte. Auf dem Heimweg kaufte er die besagte Flasche Weissen und ein paar Snacks, bevor er sich eine ausgiebige Dusche gönnte. Als er seine Wohnung um kurz nach sechs wieder verliess, fühlte er sich zum ersten Mal seit langem wieder mitten im Leben. Die Sonne schien, er fühlte sich sexy und auf dem Weg zu einer attraktiven Frau. Dass er sie in seiner beruflichen Rolle kennengelernt hatte, war nicht weiter wichtig.

Stojan benutzte Schleichwege durch Wohnquartiere, um dem Feierabendverkehr zu entgehen. Punkt halb sieben stand er vor Elizas Schrebergarten. Sie kam zwei Minuten später, trug eine Kühlbox mit sich und sah umwerfend aus.

Als sie die Weinflasche und die Snacks bemerkte, die er in einer Tüte bei sich trug, brach sie in Lachen aus.

»Sieht so aus, als hätten wir den gleichen Gedanken gehabt!« Sie stiess die knarzende Tür zum Garten auf und schob mit der linken Hand eine herabhängende Rose aus dem Weg. »Immerhin sind wir jetzt ausgerüstet, um die Ergebnisse unserer Suche zu feiern!«

*

Bruno Jaun war wieder da. Physisch war er nie weg gewesen, hatte doch seine dürre Gestalt jeden Tag am Schreibtisch gesessen, den Blick auf den Bildschirm gerichtet. Aber das war nicht Bruno Jaun, der Polizist, gewesen, der da die von der Personalverordnung verlangten Stunden abgesessen hatte. Es war Jaun, der Polizei-Insasse, gewesen.

Hilvert sass in der Pöschwies hinter Gittern und redete davon, dass er nun befreit sei, befreit von Verantwortung, Pflicht und Schuld. Ganz anders Bruno Jaun: Er lief frei herum und war doch gefangen in seiner Verantwortung, seinem schlechten Gewissen und seiner Schuld.

Dass er Karl Leimbacher im Hallenbad City ausgeschaltet hatte, machte ihm auch viele Jahre danach kaum zu schaffen. Leimbacher war ein Monster gewesen, seine Tötung eine zwar hässliche, aber notwendige Sofortmassnahme, um weiteres Unheil von der Stadt und ihren Menschen abzuwenden.

Doch was danach gekommen war, das war falsch gewesen. Das Vertuschen, das Lügen, Hilverts falsches Geständnis. Es war, als hätte jede Lüge Bruno Jaun ein bisschen mehr eingekerkert, bis er kaum noch Luft bekam. Er, der immer so korrekt war, musste nun bei jedem Wort fürchten, dass er einer seiner eigenen Lügen widersprechen und damit auffliegen könnte.

Der Mord an Sascha Kreuzer war ein Weckruf gewesen. Jaun hatte die ganze Nacht wach gelegen, hatte in der Dunkelheit und Stille des Schlafzimmers in sein Inneres gehorcht, nach verborgenen Emotionen geschürft und die vergangenen Jahre in jedem erdenklichen Licht betrachtet, immer und immer wieder.

Am Ende war ihm eines bewusst geworden: Sein ehemaliger Chef Thomas K. Hilvert hatte ihm mit seinem falschen Geständnis das grösste aller Geschenke gemacht. Er war für seinen Assistenten ins Gefängnis gegangen. Doch Jaun hatte aus diesem Geschenk absolut nichts gemacht ausser einer sehr bescheidenen Version von Dienst nach Vorschrift. Von allen Möglichkeiten hätte diese Hilvert wohl am meisten missfallen.

Am Morgen war Jaun hellwach in sein Büro gefahren und hatte angefangen, wieder Bruno Jaun zu sein. Zum ersten Mal überhaupt nahm er sich den ganzen Fall Luginbühl vor und erledigte nicht nur die Aufgabe, die ihm Stojan aufgetragen hatte. Er wollte endlich das ganze Bild sehen.

Stojan war gut organisiert. Das war der erste Eindruck, der sich bei Jaun einstellte. Im Gegensatz zu seinem alten Chef Hilvert, der stets entgegen jedweder Systematik operiert hatte, schien sein neuer Vorgesetzter von der Arbeitsweise her näher bei Jaun zu liegen. Die gesamte Aktenablage war nach einem logischen System organisiert, alles sauber benannt und abgelegt, alle Hinweise chronologisch geordnet, Stojans eigene Gedankengänge sauber protokolliert. Es war ein wahrer Genuss, damit zu arbeiten!

Zweitens fiel Jaun auf, dass Stojan mehr wusste, als er in den offiziellen Sitzungen preisgegeben hatte. Doch dieses Wissen hatte er sich nicht selbst erarbeitet; es stammte von Bitterlin, der seinerseits Stojan gegenüber auch nicht offenzulegen schien, woher er es hatte.

Da war zum einen Gion Casatis Telefonnummer, die in der Anrufliste der ermordeten Jolanda Luginbühl stand. Dieser Fakt war wegen der Lecks an die Medien mittlerweile sogar stadtbekannt. Aber offenbar hatte Bitterlin Stojan beauftragt, etwas über diese Nummer herauszufinden, bevor die Analyse von Jolanda Luginbühls Telefondaten abgeschlossen gewesen war.

Zum anderen tauchten für Jauns Geschmack in dieser Geschichte etwas zu oft Schrebergärten auf. Den einen, den hatte Jaun persönlich gesehen: dieses Areal mit der sagenhaften Aussicht an der Susenbergstrasse, in dem Sascha Kreuzer tot aufgefunden worden war. Und es gab weitere: Eliza Hubachers Schrebergarten in Schwamendingen, der früher ihrem Geliebten Gion Casati gehört hatte. Stojan hatte dort offenbar nach Beweisen gesucht, die ebendieser Gion Casati verborgen haben könnte. Und als würde das nicht ausreichen, schien auch Bitterlin etwas mit einem Schrebergarten am Hut zu haben: Er hatte Stojan beauftragt, nach Schrebergärten Ausschau zu halten, lange bevor eines der beiden Areale in den Fokus der Ermittlungen gerückt war.

Was war hier los? Woher hatte Bitterlin die Informationen, die ihn zu seinem Auftrag an Stojan motivierten? Warum hielt er deren Quelle sogar vor Stojan geheim? Überhaupt: Hatte Bitterlin einen der beiden bekannten Schrebergärten im Sinn gehabt, oder gab es allenfalls weitere Areale, auf denen sich Interessantes zugetragen hatte oder zutragen könnte?

Hier war etwas faul, aber nicht nur in Bezug auf die Morde, sondern auch innerhalb der Stadtpolizei. Seit wann wurde hier nicht mehr mit offenen Karten gespielt? Jaun fluchte innerlich, weil sein eigenes Desinteresse dazu beigetragen hatte, dass er diese Frage nun nicht beantworten konnte. Hätte er sich von Beginn weg mehr in dieser Ermittlung engagiert, wären ihm die Ungereimtheiten wohl viel früher aufgefallen.

Höchste Zeit also, sich dieser Ungereimtheiten anzunehmen. Am besten fing er mit Eliza Hubachers Schrebergarten an. Hier wollte Stojan – eine weitere Ungereimtheit – zwar nach Beweisen gesucht haben, er hatte jedoch entgegen seiner generellen Arbeitsweise davon kein sauberes Protokoll erstellt. War der ominöse Schrebergarten, von dem Bitterlin gewusst hatte, der von Eliza Hubacher?

Obwohl es schon weit nach Feierabend war, wollte sich Jaun diesen Garten auf dem Heimweg kurz ansehen; es war nur ein winziger Umweg. Aus dem Auto rief er Kathrin an, um zu sagen, dass er sich verspäten würde – das erste Mal seit mindestens zwei Jahren. Sie lachte dabei genauso wie er.

Wenig später stellte Jaun seinen grauen Kombi hinter einem BMW mit lächerlicher Auspuffbatterie und überrissen grossen Felgen ab. Der Schrebergarten, im spitzen Winkel zwischen Stettbacher- und Probsteistrasse gelegen, war deutlich kleiner als jener an der Susenbergstrasse. Obwohl die beiden Gärten nur gut zwei Kilometer Luftlinie auseinanderlagen, befanden sie sich gefühlt am jeweils anderen Ende der Stadt. Der zwischen den Arealen liegende Zürichberg trennte sie nicht nur mit Wald und Höhenmetern, sondern auch mit Grundstückspreisen und sozialer Schichtung. Auf der Schwamendinger Seite – der Rückseite notabene, vom See aus betrachtet – lebte das einfache Volk.

Jaun orientierte sich am Parzellenplan, den er in Stojans Unterlagen gefunden hatte. Eliza Hubachers Garten lag ungefähr in der Mitte der Anlage; er stach aus allen anderen heraus durch einen eklatanten Mangel an Ordnung und eine überbordende Vegetation. Hätte Hilvert einen Schrebergarten besessen, hätte der so ausgesehen.

Jaun seufzte, versuchte, die wuchernden Pflanzen zur Seite zu drücken, ohne sich Arme und Gesicht zu zerkratzen. In seinen Augen wäre es am besten gewesen, sofort die Stadtwerke mit dem grossen Mulcher vorbeizuschicken.

Am Ende des Dschungels wehrte sich eine altersschwache Laube dagegen, in diesem Gewucher zu versinken, doch sie befand sich auf verlorenem Posten. Efeu- und Rebenranken hatten bereits mehr als die Hälfte des Daches eingenommen, die eine Seitenwand war überhaupt nicht mehr sichtbar. Und auch die von den Pflanzen hervorgerufene permanente Feuchtigkeit war der Stabilität der Holzkonstruktion kaum zuträglich gewesen; Jaun stellte eine signifikante Schlagseite in Richtung Dschungel fest. Doch mehr noch als die unübersehbaren Zeichen des Zerfalls fesselte die Szenerie vor der Laube Jauns Aufmerksamkeit; sie schickte eiskalte Schauer durch seine Eingeweide.

Auf einem rostigen Bistrotisch, um den zwei wackelig wirkende Stühle standen, befanden sich eine Flasche Wein und zwei leere Gläser. Eine geöffnete Packung Paprikachips lag am Boden. Unter dem Tisch erkannte Jaun zwei Flip-Flops, dazu eine vom Tisch gefallene Sonnenbrille. Es sah malerisch aus, aber Jaun, der die Bilder des toten Sascha Kreuzer noch deutlich vor seinem inneren Auge hatte, roch den Mief des Todes, der diese Szenerie umgab.

Angst packte ihn. Die Sonnenbrille kam ihm bekannt vor, ausserdem meinte er sich zu erinnern, das Stojan mal etwas von seinem BMW erzählt hatte. War sein junger Chef etwa das nächste Opfer? Lag er, gelähmt von einem Cocktail aus Schlafmitteln und Rizin, sterbend im Innern der Gartenlaube? Hektisch stürzte Jaun nach vorne; prompt schlug sein Fuss gegen irgendetwas Vorstehendes am Boden und er fiel beinahe hin. Fluchend fegte er die riesigen roten Blätter eines Pflanzenmonsters zur Seite, das wie Unkraut neben der Laube wucherte, und riss die Tür auf.

Den eigenen Chef im Adamskostüm zu sehen, ist ein Wunsch, den wohl die wenigsten haben. Das galt in besonderem Masse für Bruno Jaun. Dennoch wurde ihm dieser überhaupt nicht gehegte Wunsch jäh erfüllt, als er die knarrende Tür zu Eliza Hubachers Gartenlaube aufriss. Stojan, der sich zwischen Gartenharken und einer offenen Kühlbox mit Eliza Hubacher einer Umarmung hingab, die etwas zu innig war, als dass sie noch als professionell hätte durchgehen können. Insbesondere deshalb, weil sie im Adamskostüm erfolgte.

Bruno Jaun schnappte nach Luft und schlug die Tür heftig zu, was sowohl die unerwünschte Wahrnehmung als auch, hinter der zugeschlagenen Tür, die innige Umarmung brüsk beendete.

Betreten setzte sich Jaun auf den Bistrostuhl neben dem Pflanzenmonster. Hilvert war unkonventionell gewesen, inkorrekt geradezu, aber nie hätte Jaun gedacht, dass jemand den einstigen Polizeikommandanten in diesen Kategorien toppen könnte. Er hörte hektische Aktivitäten und geflüsterte Worte im Inneren der Laube, dann öffnete sich die Tür und der nun wieder bekleidete Stojan kam heraus, sein Gesicht knallrot vor Scham.

»Es tut mir schrecklich leid«, stammelte er, »ich weiss auch nicht, wie ich …«

Bruno Jaun schloss die Augen, versuchte das Bild, das sich auf seiner Netzhaut noch immer hielt, zu verdrängen. Dabei sah er ein anderes Bild vor sich, eines, das sich genauso in sein Gehirn gefressen hatte, wie es dieses hier unweigerlich tun würde. Karl Leimbacher im Hallenbad City. Der rote Punkt, der auf seiner Stirn erschien; der Brei, zu dem sein Gesicht unter dem Stakkato des Sturmgewehrs in Jauns Hand wurde. Und Thomas K. Hilvert in Gefängniskluft in der Pöschwies.

Wer ohne Schuld ist, werfe den ersten Stein, dachte Bruno Jaun.

»Ich habe nichts gesehen«, krächzte er. »Ich musste mich nur kurz setzen. Dann fahre ich nach Hause und bin nie hier gewesen.«

*

Humlikon ist ein malerisches Dörfchen im Zürcher Weinland, nur wenige Minuten vom Bezirkshauptort Andelfingen entfernt. Es ist ein schöner Ort, wenn man das Landleben liebt: eingebettet in eine sanfte Hügellandschaft, umgeben von Wäldern, gefühlt meilenweit weg von der Zivilisation, die sich allenfalls durch das entfernte Rauschen der Autobahn und die über das Dorf donnernden Flugzeuge bemerkbar macht. Nur rund 400 Menschen lebten in Humlikon, darunter Bruno Jaun und seine Frau Kathrin.

Walter Bitterlin stand am Rand eines kleinen Wäldchens oberhalb des Dorfes und linste durch den Feldstecher zu Jauns Haus. Er hätte sich die Adresse gar nicht raussuchen müssen, er hätte das richtige Haus auch so gefunden. Es sah aus wie Jauns Büro im Keller: perfekte Ordnung, wohin das Auge glitt. Rechte Winkel allenthalben, makellos gestutzte Hecken, keine einzige Unregelmässigkeit im Rasen. Die drei im Garten wachsenden Bäumchen sahen aus, als hätte Gott sie mit der Wasserwaage aufgezogen.

Es würde vor Gericht natürlich nicht als Beweis gelten, aber dieser Garten bestärkte Bitterlins Verdacht, dass hier der Mann lebte, der Karl Leimbacher ausgeschaltet und seine Leiche auf derart penible Weise entsorgt hatte, dass es niemandem aufgefallen war.

Blieb noch die Frage, wo die Leiche war. Die Idee mit der Sonderabfallverbrennung war eigentlich gar nicht schlecht; sie war sogar richtig gut und könnte durchaus von Bruno Jaun stammen. Die Anlieferung dort erfolgte in geschlossenen Metallfässern, der Ofen wurde vollautomatisch beschickt. Falls es in der Lagerhalle vor dem Ofen, wo die Fässer auf mehreren Förderbändern warteten, mal etwas komisch riechen würde, fiele das kaum jemandem auf, denn bei den dort angelieferten Abfällen waren merkwürdige Gerüche an der Tagesordnung. Und wenn das besagte Fass mit Leimbachers Leiche bei 1500 Grad verglüht war, wäre nicht die kleinste Spur, der kleinste Beweis mehr übrig.

Auch dieses Vorgehen stank verdächtig nach Bruno Jauns Arbeitsweise.

Nur: Leimbacher hatte noch gelebt, als Jaun die zwei ominösen Fässer in die Verbrennung geschickt hatte.

Was da wohl drin gewesen war? Beweise? Eine weitere Leiche? Und falls ja: wer? Leimbacher war der Einzige, der damals spurlos verschwunden war.

Darüber hinaus stellte sich die Frage, warum sich Jaun nicht tatsächlich auf diesem Weg Leimbachers Leiche entledigt hatte. Hatte er nicht auffallen wollen, indem er noch einmal Fässer nach Dottikon schickte? Bitterlin bezweifelte das. Er hatte in der Verbrennung angerufen und erfahren, dass viele Firmen regelmässig vertrauliche Akten auf diesem Weg vernichten liessen. Hätte die Stapo zweimal nacheinander Fässer geliefert, in denen sich gemäss Deklarationsformular vertrauliche Akten befanden, wäre das also niemandem aufgefallen.

Nein, der Grund musste ein anderer gewesen sein. Und beim Betrachten von Jauns Garten erkannte Bitterlin auch, welcher.

Ordnung schaffen und halten gibt Arbeit, braucht Zeit. Bitterlin konnte sich nur vage ausmalen, wie viele Stunden Jaun jedes Wochenende mit Richtschnur und Heckenschere durch den Garten wuselte, um die perfekten Formen hinzubekommen, die er durchs Fernglas vor sich sah. Das galt natürlich auch für die Entsorgung einer Leiche. Jaun hätte die Fässer und den Transport organisieren, die Anlieferung ankündigen und Formulare ausfüllen müssen. Das alles war nicht möglich unter Zeitdruck.

Und Jaun und Hilvert hatten unter Druck gestanden damals! Vielleicht traf dieser Aspekt von Hilverts Räuberpistole sogar zu: Dass Leimbacher in Notwehr getötet worden war. Oder zumindest in einer Situation, die Hilvert für seinen eigenen Seelenfrieden in Notwehr umdeuten konnte.

Das wiederum hiess, dass Jaun damals eben nichts hatte vorbereiten können; dass er improvisieren musste. Er hatte nicht die beste, sondern die erstbeste Lösung nehmen müssen.

Walter Bitterlins Instinkt lief auf Hochtouren, als er

sich auf einen Holzklotz am Waldrand setzte und eine Zigarette anzündete, den Blick weiterhin auf das Haus in Humlikon gerichtet. Leimbacher war dort, dafür hätte Bitterlin die Hand ins Feuer gelegt. Fast war es, als sähe er die Ereignisse von damals als Film vor sich. Jaun, der Leimbachers Leiche entsorgen musste und dafür nur wenige Stunden zur Verfügung hatte. Stunden, die ihm Hilvert mit seiner Scharade im Hardhof, seinem falschen Anruf bei Leimbacher und seiner Verzögerungstaktik innerhalb der Stapo verschafft hatte. Nicht wenige, aber zu wenige für eine perfekte Lösung.

Also hatte Jaun die Leiche in den Kofferraum gepackt, war nach Hause gefahren und hatte den toten Leimbacher mitten in der Nacht im Garten verscharrt. Am einzigen Ort, wo er ihn stets unter Kontrolle hätte, wo niemand jemals eine Leiche vermuten würde. Einfach, genial und sagenhaft abgebrüht.

Dass Jaun deswegen auch nur eine einzige Nacht schlecht geschlafen hatte, bezweifelte Bitterlin. Schliesslich war er seither jeden Tag auf die Wache gefahren und hatte sich nichts anmerken lassen.

In Jauns Auto nach Spuren zu suchen, würde nichts bringen; Bitterlin war sicher, dass Hilverts gründlicher Assistent das Auto bald nach der Tat ausgetauscht hatte. Aber die Leiche im Garten, die war mit Sicherheit noch dort. Die liesse sich finden.

Bitterlin musste einen alten Kontakt aus der Vergangenheit aktivieren. Ein Ex-Bulle, der es mit den Regeln nicht immer genau genommen hatte und sich nach Zurbriggens Amtsantritt relativ rasch als Privatdetektiv selbstständig gemacht hatte. Der hätte sicher nichts dagegen, ein bisschen jenseits der Legalität zu operieren und während Jauns Abwesenheit mit dem Bodenradar einen Blick unter dessen perfekten Rasen zu werfen. Gut möglich, dass Hilverts Assistent bald eine Zelle in unmittelbarer Nachbarschaft zu seinem ehemaligen Chef beziehen würde.

Walter Bitterlin trat die Zigarette neben dem Auto aus und startete den Wagen. Er wendete in der Wiese und fuhr langsam zurück ins Dorf; die tiefstehende Augustsonne blendete ihn über den linken Aussenspiegel. Er war schon fast auf der Hauptstrasse angekommen, als ihm ein grauer Kombi entgegenkam. Bitterlin fuhr rechts ran, schrammte um ein Haar einen schief stehenden Pfahl. Der Kombi fuhr langsam vorbei, Bitterlin äugte hinüber und sah direkt in die Augen von Bruno Jaun.

*

Feierabend in der Pöschwies, denn so wie alle Inhaftierten musste auch Polizeikommandant a. D. Thomas K. Hilvert seine Tage mit Arbeit verbringen. Doch während er sich normalerweise langweilte und die mässige geistige Herausforderung bemängelte, war er seit Tagen mit dem Versuch beschäftigt, irgendeine Logik in die zahlreichen losen Fäden zu bringen, die den Mord an Jolanda Luginbühl umgaben. Doch anders als früher, da Hilvert einem gewaltigen Apparat vorgestanden hatte, der ihn mit Informationen aus erster Hand versorgte und auf sein Geheiss unterschiedlichen Spuren nachging, war er im Gefängnis von all dem abgekoppelt. Sein Informationsstand war mangelhaft, umso mehr, als Jaun sich nicht hatte blicken lassen.

Anstatt sich auf Indizien abzustützen, musste sich Hilvert daher mit Szenarien und Mutmassungen behelfen, ein überaus unbefriedigender Zustand. Denn er wusste aus langjähriger Erfahrung: Nicht alles, was plausibel klang, traf auch zu.

Drei Tage vergingen so wie im Flug, und mit jedem war das Unbehagen gewachsen, das in Hilverts Eingeweiden rumorte. Nun sass er wieder in seiner Zelle, die Schatten vor dem Fenster waren bereits sehr lang geworden, am östlichen Horizont erschien jenes satte dunkle Blau, das den Beginn der Nacht ankündete.

Gion Casatis Tod war in Hilverts Augen kein Rätsel, die Begleitumstände lagen glasklar vor ihm. Genauso wie der grausame Tod der mondänen Jolanda Luginbühl in ihrem feudalen Appartement. Warum die Polizei hier nicht handelte und die überfällige Verhaftung vornahm, war ihm ein Rätsel. Denn die Ermittler hatten alles, was es zur Aufklärung des Falles brauchte. Er selbst hatte ihnen die Hinweise geschickt und für die Beschaffung der Ansichtskarten etliche Mühen auf sich genommen.

Das brachte Hilvert zu einem weiteren Toten. Der in seinem Schrebergarten ermordete Sascha Kreuzer passte nämlich so gar nicht ins Bild. Dass sein Tod nichts mit den beiden anderen zu tun hatte, schloss Hilvert aus; das Rizin sprach da eine klare Sprache. Das Tatmotiv hingegen war für Hilvert ein Rätsel. Es gab für diesen Mord eigentlich keinen Grund.

Ausser eben diesen einen, der ihm Bauchkrämpfe verursachte. Hatte womöglich er selbst diese Tat ausgelöst? Hatte er den Täter auf Sascha Kreuzers Spur gebracht und so den Tod eines Unschuldigen verursacht? War das, was als kleines harmloses Spiel begonnen hatte, derart ausser Kontrolle geraten?

Allein der Gedanke raubte Hilvert den Schlaf. Als sich die Tore der Strafanstalt hinter seinem Rücken geschlossen hatten, hatte er eine unbändige Erleichterung gefühlt. Er war es gewesen, der die Ermordung von Leimbacher vorgeschlagen hatte; er war es gewesen, dessen inkorrekte Handlungen überhaupt dazu geführt hatten, dass diese drastische Massnahme nötig geworden war. Hilvert hatte Schuld an allem, Schuld auch daran, dass Leimbachers Tötung nun wie ein Fels auf Bruno Jauns Gewissen lastete.

Nicht die Auslöschung dieser Schuld, aber doch eine gewisse Erleichterung hatte die Strafanstalt Pöschwies versprochen, und sie hatte dieses Versprechen vom ersten Tag an gehalten. Doch die anfängliche Erleichterung war verflogen und hatte einem lähmenden Gefühl Platz gemacht: einer Mischung aus Angst und schlechtem Gewissen.

Hilvert hätte Zurbriggen anrufen können, ja, er hätte es tun sollen. Hätte sich erklären sollen. Doch dazu war es zu spät. Zurbriggen war auch an guten Tagen keiner, der Hilverts Scherze goutierte. Er würde angesichts eines unschuldigen Toten alle Hebel in Bewegung setzen, damit Hilvert den Rest seiner Tage hinter jenem vergitterten Fenster verbrachte, durch das er jetzt in die Nacht starrte.

Von der eigenen Furcht abgesehen, gab es neben dem toten Sascha Kreuzer weitere Aspekte der Geschichte, die Hilvert nicht verstand. Da waren insbesondere diese geleakten Insiderinformationen an die Medien. Nachdem Jolanda Luginbühl ermordet worden war, schienen einige Journalisten eine hervorragende Quelle in der Stapo aufgetan zu haben; die Öffentlichkeit hatte zeitweise fast mehr gewusst als die ermittelnden Polizisten. Doch nach dem Mord an Sascha Kreuzer schien diese Quelle unvermittelt versiegt zu sein. Hilvert hätte seine rechte Hand darauf verwettet, dass es für all das einen guten Grund gab.

Da waren in der Stadtpolizei Kräfte am Wirken, über die er nur spekulieren konnte. Die womöglich – und das wäre in der Tat ungeheuerlich – sogar dafür verantwortlich waren, dass noch immer keine Verhaftung stattgefunden hatte. Weil sie nämlich andere Ziele verfolgten; weil es vielleicht für irgendjemanden genau so lief, wie es sollte. Klar war nur, dass nicht einmal Bruno Jaun über sämtliche Vorgänge und Fakten auf dem Laufenden war, obwohl der doch sonst immer alles gewusst hatte.

Bruno Jaun, sein treuer ehemaliger Assistent. Hilvert seufzte. Jaun war in Gefahr; Bitterlin hatte seine Fährte bereits aufgenommen und würde ihr unweigerlich bis zum Ziel folgen. In Hilverts Augen war es nur eine Frage der Zeit, bis der Leiter der Kriminalabteilung Leimbachers Leiche finden würde. Dann ereilte Jaun das gleiche

Schicksal wie Hilvert. Sie verbrächten ihre Tage nicht mehr Büro an Büro wie einst, sondern Zelle an Zelle.

Das musste Hilvert verhindern, selbst mit den mageren Mitteln, die ihm zur Verfügung standen. Er musste Bitterlin aufhalten.

9

Der Glatzkopf bekam langsam Rückenwind, und das wirkte sich positiv auf seine Laune aus. Das erkannte Bitterlin, als Zurbriggen ein gemeinsames Mittagessen in der Stadt vorschlug, ein Novum.

Sie schlenderten die Schipfe entlang, diesen malerischen ältesten Teil der Stadt, wo bereits in der Bronzezeit Menschen gelebt hatten. Über ihnen thronte der Lindenhof; die von den Römern errichteten Mauern des einstigen Kastells stützen die Lindenhofterrasse bis heute. Zur Zeit der Römer war der Ort eine Zollstation gewesen. Bitterlin hatte sich schon gefragt, ob diese Institution den frühesten Anfang des Zürcher Finanzplatzes darstellte und ob der leicht rechthaberische, stark kontrollierende Wesenszug der Zürcher in dieser Vorgeschichte begründet lag. Immerhin befand sich das Hauptquartier der Stadtpolizei, dieser Kontrollinstanz par excellence, nur wenige Gehminuten von der antiken Zollstation entfernt.

Mittlerweile hat die Schipfe jedoch die abweisende Aura einer Zollstation längst hinter sich gelassen und ist stattdessen zu einem der bevorzugten Fotosujets der Stadt geworden, die Kulisse unzähliger Touristen-Selfies. So schloss sich der Kreis dann doch wieder: Während man in der Antike dem Zöllner mit Unschuldsmiene vorgegaukelt hatte, keine Wertsachen mitzuführen, gaukelte man heute der Online-Welt mit blitzendem Lächeln und krampfhaft aufgerissenen Augen perfektes Glück vor.

Der Kommandant der Stadtpolizei war aber noch einer aus dem letzten Jahrhundert, von der Zeit vor den Selfies und der perfekten heilen Welt der sozialen Medien. Bitterlin war sich sicher, dass Peter Zurbriggen noch nie jemanden im Ungewissen darüber gelassen hatte, welche Laune er gerade hatte. So anstrengend und furchteinflössend das bei Schlechtwetter sein konnte, so aufbauend war es, wenn ein Sommerhoch alle Tiefdruckgebiete verscheuchte.

Bitterlin und Zurbriggen setzten sich auf die Terrasse jenes Restaurants, das die Schipfe im Namen führt und das als städtischer Betrieb Menschen bei der Wiedereingliederung ins Arbeitsleben unterstützt. Die Limmat war direkt neben und weniger als zwei Meter unter ihnen, ab und zu gab sie schmatzende Geräusche von sich, wenn sie gegen die Mauer und um die Pfähle schwappte, die vor der Mauer in den Grund getrieben waren. An einem davon war ein einzelnes Holzboot angebunden, das sich gemächlich auf dem Wasser wiegte. Das Seil, mit dem es befestigt war, knarzte im Rhythmus der sanften Wellen. Zürich tat gerade alles, um Ferienstimmung aufkommen zu lassen.

»Wir kommen voran«, berichtete Bitterlin, nachdem sie sich beide für das Entrecôte entschieden hatten – es gab schliesslich einen Grund zu feiern. Nicht nur die Tatsache, dass Zurbriggen endlich den ihn piesackenden Stadtrat in den Griff bekommen hatte, sondern auch die Auflösung der Rizinmorde, die in Reichweite gerückt war.

»Erzählen Sie!«

»Die Person, die mit Sascha Kreuzer vor seinem Tod Wein getrunken hat, war höchstwahrscheinlich eine Frau. Es fanden sich winzige Spuren von Lippenstift am zweiten Weinglas.«

Zurbriggen machte grosse Augen und pfiff leise durch die Zähne. »Da schau an! Jetzt wird es spannend. Denn auch auf meinem Radar ist eine Frau aufgetaucht.«

»Inwiefern?«

»Ich habe Hilvert überwachen lassen«, raunte Zurbriggen, sich über den Tisch vorbeugend. »Inoffiziell natürlich. Aber dieser Irre muss ja nicht meinen, er könne mich ungestraft mit seinen verdammten Postkarten provozieren!«

Bitterlin schwieg. Zurbriggen zu provozieren war ihm nie als besonders gute Idee erschienen. Aber Hilvert war nun mal, wie er war.

»Er hat einen Anruf bekommen. Aus der Stapo! Ich wusste, dass diese Spinne intern eine Quelle hat!«

»Kam der Anruf von Jaun?«

»Nein. Von einer Frau. Yvonne Zwicky. Die Verräterin sitzt mir direkt unter der Nase.«

Diese Information musste Bitterlin erst mal verdauen. Er kannte Yvonne Zwicky, natürlich. Sie arbeitete im Stab, in der Buchhaltung, und das gefühlt seit hundert Jahren. Noch so eine graue Maus, der niemand Beachtung schenkte. Bitterlin war erst kürzlich bei ihr gewesen, um sich die Rechnung von Jauns Lieferung an die Sonderabfallverbrennung geben zu lassen. Eine unscheinbare Frau in der zweiten Hälfte der Fünfziger, fülliges Gesicht, Dauerwelle. Sie wirkte immer so, als sässe sie einfach da und warte auf den Feierabend, aber Bitterlin wusste, dass dieser Eindruck täuschte. Die Frau hatte mehr auf dem Kasten, als ihr Äusseres vermuten liess.

Eigentlich machte alles Sinn. Hilvert, der schrille Chaot, hatte sich auf Menschen abgestützt, die das genaue Gegenteil von ihm waren: unscheinbar, effizient, pflichtbewusst. Sie waren es gewesen, die hinter dem ehemaligen Kommandanten hergeräumt, ihn irgendwie ausbalanciert hatten.

Diese Menschen, Hilverts Vertraute, waren immer noch in der Stapo. Jaun, der Hilvert wöchentlich besuchte. Yvonne Zwicky, die Hilvert aus dem Nichts heraus im Knast anrief.

»Es war nur dieser eine Anruf?«

»Ja. Aber ich bin sicher, dass die beiden schon davor kommuniziert haben. Einfach nicht auf offiziellem Weg.«

»Das sollte gar nicht gehen.«

Zurbriggen seufzte. »Wir wissen doch beide, wie es läuft. Es geht halt eben doch.«

»Sie denken, dass Yvonne Hilvert mit Interna versorgt hat?«

»Ich bin mir ziemlich sicher. Sie hat Zugriff auf fast alle Datenbanken; das habe ich überprüft. Offiziell nimmt sie nur Aufgaben in der Buchhaltung wahr, aber inoffiziell macht sie alles Mögliche. Sie hat keine Familie und springt darum immer als Ferienvertretung ein; auch an Feiertagen meldet sie sich immer zum Dienst. So hat man ihr als Springerin im Lauf der Jahre Zugriff auf immer mehr Systeme und Datenbanken gewährt.«

Bitterlin hätte sich ohrfeigen können, dass er nicht selber darauf gekommen war. Einen Maulwurf in unmittelbarer Nähe des Häuptlings zu haben, das sah Hilvert ähnlich! Und noch eine Frage klärte sich nun langsam auf: Soweit sich Bitterlin erinnern konnte, war es auch Yvonne Zwicky, die jeweils die Organigramme der Stapo aktualisierte – eine der vielen undankbaren Aufgaben, die man ihr zugeschoben hatte und die sie ohne Murren erledigte.

»Lassen Sie sie jetzt auffliegen?«

»Ich denke nicht daran«, gab Zurbriggen zurück. »Jetzt hole ich erst mal zum Gegenschlag aus.«

Er lehnte sich in seinem Stuhl zurück, fingerte etwas aus der Innentasche seines an der Stuhllehne hängenden Jacketts. Bitterlin erkannte, was es war, noch bevor es der Kommandant auf den Tisch gelegt hatte. Hilverts Postkarte mit der Fraumünsterkirche.

»Jetzt wird Hilvert ein blaues Wunder erleben«, brummte Zurbriggen grimmig. »Es ist zwar nicht salonfähig, aber ich stehe dazu – ich bin nachtragend.«

»Denken Sie, dass Yvonne Zwicky die Frau war, die mit Sascha Kreuzer Wein getrunken hat? Die ihn womöglich gar vergiftet hat?« Das schien sogar Walter Bitterlin übertrieben. Hilvert im Knast mit Interna zu versorgen, war das eine, Rizin ins Weinglas eines anderen Menschen zu schütten aber etwas ganz anderes.

»Nein, das denke ich nicht …«, gab Zurbriggen zurück, Hilverts Postkarte noch immer vor sich auf dem Tisch. Bitterlin hätte die Karte am liebsten verschwinden lassen; nicht, dass sich der Kommandant noch in Rage redete und ihnen das wunderbare Mittagessen verdarb.

»…dass sie Sascha Kreuzer umgebracht hat, meine ich«, präzisierte der Kommandant nun. »Dass sie bei ihm gewesen ist und mit ihm Wein getrunken hat – wer weiss, vielleicht. Denkbar ist bei Hilvert und Jaun alles. Hilvert wusste vor uns von Gion Casatis Telefonnummer. Noch bevor wir selbst herausfanden, dass er mit Jolanda Luginbühl etwas zu tun gehabt hatte. Er wusste vor uns von den Schrebergärten. Ich gehe davon aus, dass er Sascha Kreuzer auf dem Radar hatte, noch bevor wir diesen Namen das erste Mal gehört haben. Erinnern sie sich noch, wie auffällig schnell Jaun mit dem Namen herausgerückt ist?«

Bitterlin nickte.

»Ich bin überzeugt, dass Jaun einen Einflüsterer hatte. Einen, der in der Pöschwies steckt.«

»Aber was bezweckt Hilvert bloss damit?«

»Natürlich das, was alle im Knast wollen. Er will raus!« Zurbriggen nahm die Postkarte, schwenkte sie. »Das ganze Schmierentheater dient nur einem einzigen Zweck; es ist alles perfekt orchestriert.«

Zurbriggen lehnte sich mit triumphierender Miene zurück.

»Er weiss, wie es ist, Polizeikommandant zu sein. Er kennt den Stadtrat, die internen Intrigen, das delikate Spiel mit den Medien. Er weiss, wie er mich unter Druck setzen kann, wie er den Stadtrat gegen mich aufwiegeln kann.«

»Sie denken, er war es, der interne Informationen an die Medien geleakt hat?« Bitterlins Stimme zitterte vor Anspannung.

»Natürlich. Informationen, die er von Yvonne Zwicky und Bruno Jaun hatte.« Zurbriggen beugte sich wieder vor, stützte sich mit den Ellbogen auf den Tisch.

»Ich sehe alles glasklar vor mir. Hilvert hat seine kleine Privatermittlung gestartet; er hat Jaun und Zwicky losgeschickt, seine beiden Vasallen, die ihm, wie einst, blind und treu ergeben zu Diensten stehen. So kam er an Gion Casatis Telefonnummer und an den Namen Sascha Kreuzer. Ausserdem muss er aus Fakten, die uns ebenfalls bekannt waren, geschlossen haben, dass ein Schrebergarten eine wichtige Rolle spielt, was er mir dann prompt unter die Nase gerieben hat. Dass er unfähig war, habe ich ja nie behauptet!«

»Er war uns voraus, obwohl er im Knast sass?!« Das musste Bitterlin erst einmal verdauen. Nicht, dass er überzeugt war, viel besser als Hilvert zu sein. Aber dass einer hinter Gittern steckte und gegen den versammelten Ermittlungsapparat, dem er, Bitterlin, vorstand, siegreich aus einem Ermittlungsrennen hervorging, versetzte seinem Ego doch einen schweren Schlag.

»Ja, das war er«, brummte Zurbriggen. »Es braucht zwar Überwindung, das zuzugeben, aber so war es. Doch das allein ist ihm nicht genug! Er will uns vorführen, Bitterlin. Also hat er dafür gesorgt, dass er immer eine Nasenlänge Vorsprung hatte. Jaun hatte den Namen von Sascha Kreuzer sehr schnell; er hat aber auch angeregt, Kreuzer nicht sofort zu befragen, sondern zuerst andere Personen. Seine Begründung: Man dürfe keinen Verdacht erregen und den möglichen Mörder nicht auf Kreuzer aufmerksam machen. Dass ich nicht lache! So hat Hilvert genau die Zeit erhalten, die er gebraucht hat, um die Zwicky zu Sascha Kreuzer zu schicken! Was immer Kreuzer zu sagen hatte: Hilvert weiss es jetzt!«

»Das ist ungeheuerlich!«

»Es geht noch weiter! Um uns aufzuhalten und uns – insbesondere mich – als inkompetent hinzustellen, hat er diese Scharade in den Medien gestartet! Ich warte nur darauf, dass er sich mit der Oberstaatsanwältin in Verbindung setzt. Entlassung auf Bewährung gegen die Lösung des Falles.«

Minutenlang schwiegen die beiden Männer. Bitterlin, weil er Zurbriggens Thesen sacken lassen musste. Und Zurbriggen, weil jetzt das Essen kam und es so ein richtig schönes saftiges Entrecôte allemal rechtfertigt, jegliche Gedanken an die Arbeit auszublenden. Der Kommandant liess die scharfe Klinge ins Fleisch gleiten, das butterweich war.

»Ich habe mit der Oberstaatsanwältin gesprochen«, nahm er nach einigen genussvollen Bissen den Faden wieder auf. »Es wird keine Deals mit Hilvert geben, niemals! Im Gegenteil: Sollte er es wagen, einen Deal zu verlangen, wird er sofort wegen Behinderung der Justiz angeklagt. Wenn ich ihm nachweisen kann, dass er Informationen vor uns geheim gehalten hat, passiert das Gleiche. Yvonne Zwicky ist unter Überwachung: Wenn sie noch einmal in der Pöschwies anruft, wird jedes einzelne Wort dokumentiert. Gleiches gilt für Jauns wöchentliche Visiten. Alles rechtlich abgesichert, alles korrekt, sodass es auch vor Gericht Bestand hat. Die Zeit der Spielchen ist definitiv vorbei. Hilverts Netzwerk und dessen zweifelhafte Methoden haben den Apparat hier lange genug verseucht: jetzt wird so richtig aufgeräumt!«

Bitterlin nickte, liess das Entrecôte auf der Zunge zergehen, während in seinem Kopf die Gedanken rasten. Der Glatzkopf hatte das Kriegsbeil ausgegraben; allem Anschein nach hatte er vor, eine gründliche Säuberung durchzuführen. Das konnte auch Bitterlin in Bedrängnis bringen, war er es doch, der für die Ermittlungen im Rizinmord verantwortlich war. Wenn seinem Team irgendwo ein Fehler passiert war, würde er dafür geradestehen müssen. Kam hinzu, dass Zurbriggens Geschichte zwar stimmig war und weitgehend zutreffen mochte, aber Bitterlin wusste, dass der Kommandant zumindest in einem Aspekt irrte.

Vor allem aber war Zurbriggens Geschichte nicht vollständig. Sie berücksichtigte nicht die Tatsache, dass Bitterlin aus dem Organigramm verschwunden war, zeitgleich mit dem Mordfall Luginbühl. Und noch etwas fehlte: die Gefahr, die von Bruno Jaun ausging. Bitterlin wurde aus der Begegnung in Humlikon noch immer nicht schlau. Jaun war ohne eine Regung im Gesicht an ihm vorbeigefahren, aber Bitterlin wusste, dass er ihn erkannt hatte. Und dass er umgehend verstanden hatte, warum der Leiter der Kriminalpolizei dort gewesen war.

Es lagen also weitere Fallstricke auf dem Weg; tendenziell waren es mehr und gefährlichere geworden, seit auch Zurbriggen auf den Kriegspfad eingeschwenkt war. Denn der Kommandant hatte nicht nur die Oberstaatsanwältin und mittlerweile auch den vorgesetzten Stadtrat auf seiner Seite. Er war beseelt von der Entschlossenheit eines Kreuzritters auf einer heiligen Mission.

Fast schon bereute es Bitterlin, der Macht so nahe gekommen zu sein. Denn was zuerst als wohlige Wärme erschien, konnte sich im Nu zu sengender Hitze verwandeln, an der man sich die Finger verbrannte. Mehr denn je war es darum nötig, Karl Leimbachers Leiche so schnell wie möglich zu finden und Bruno Jaun aus dem Verkehr zu ziehen. Denn von allen Akteuren in diesem undurchsichtigen Spiel war Jaun der gefährlichste, diese Prognose des Glatzkopfs traf nach wie vor zu.

*

Er verlor gerade vollkommen die Kontrolle; es war ein schreckliches Gefühl. Als hätte sich der Boden, das Fundament, auf dem sein Leben bis gerade eben noch geruht hatte, einfach geöffnet, um ein gewaltiges schwarzes Loch zu offenbaren, in das alles hineinstürzte. Ohne Ausweg, ohne absehbares Ende.

Stojan starrte mit Entsetzen auf die Frau, die vor ihm auf dem Boden lag. Sie hiess Sladana Djop und war tot, daran bestand kein Zweifel. Denn diesmal hatte sich der Tod nicht so leise herangeschlichen wie bei Sascha Kreuzer. Vielmehr hatte er sich sein Opfer gewaltsam geholt, ein Opfer, das den Tod hatte kommen sehen, das sich gewehrt und dann doch verloren hatte.

Es war zu einem Kampf gekommen; ein Wunder, dass niemand die Polizei gerufen hatte. Doch die Anonymität einer Grossstadt verdeckte viel. Die Nachbarn mochten zwar das Gepolter und Gekreische gehört haben, doch vermutlich hatten sie es für einen heftigen Beziehungsstreit gehalten, in den man sich nicht einzumischen hatte.

Stojan fluchte insgeheim. Lag irgendwo ein bisschen Mehl am Boden, riefen die Leute wegen Verdachts auf Anthrax die Polizei, doch wenn nebenan einer Frau mit brachialer Gewalt eine tödliche Dosis Rizin eingeflösst wurde, schaute man diskret weg.

Gut, dass Rizin die Mordursache war, war eine Vermutung, aber Stojan hätte seine schönen Felgen darauf verwettet, dass sie zutraf. Der Mörder hatte Sladana Djop überwältigt, ihr eine Plastikspritze in den Mund gerammt und ihr so das mit einem Schlafmittel versetzte Rizin gewaltsam eingeflösst. Dabei war er nicht zimperlich vorgegangen: Die Lippe des Opfers war aufgeplatzt, das ganze Gesicht wüst zerkratzt und zerschlagen.

Wie abgebrüht und wild entschlossen der Täter vorgegangen war, zeigte sich für Stojan bereits an der Tatsache, dass er nach der gewaltsamen Vergiftung das Opfer weiter in der Zange hatte, bis das Schlafmittel seine Wirkung entfaltete und Sladana Djop in einen letzten Schlaf fiel. Gut möglich, dass einige der zahlreichen Hämatome im Gesicht und auf den Armen des Opfers erst zu diesem Zeitpunkt entstanden waren.

Skrupellos, wild entschlossen, vielleicht sogar eine Spur verzweifelt, sicher mit einer gehörigen Portion Hass und Wut im Bauch. Das war der Mörder, den Stojan vor seinem inneren Auge imaginierte. Es war allerdings mehr als fraglich, ob er selbst noch lange genug bei der Stapo arbeitete, um dessen Ergreifung zu erleben.

Das romantische Intermezzo in Elizas Schrebergarten

hatte alles zerstört; es hatte das schwarze Loch geöffnet, das nun Stojans Leben verschlang. Er hatte keine Minute geschlafen, nachdem er wie in Trance nach Hause gefahren war.

Jaun hatte versprochen, zu schweigen. Aber Stojan wusste, dass dies keine Lösung war. Das Schweigen würde ja nichts ungeschehen machen; sein Vergehen würde im Schatten weitergären, bis die Eiterbeule eines Tages so gross war, dass sie aufplatzte. Bis zu diesem Tag, der unweigerlich kommen würde, wäre Stojan wie gelähmt. Als würde sein Ich aus der Gegenwart das Ich seiner Zukunft in Geiselhaft nehmen.

So wollte er nicht arbeiten, so wollte er nicht leben. Schon jetzt fürchtete er sich, seinen Kollegen in die Augen zu schauen, aus Angst, sie könnten bereits etwas erfahren haben. Jaun könnte nicht dichtgehalten, irgendwo eine Bemerkung fallengelassen haben. Stojans Entschluss stand daher fest: Er würde Bitterlin von seinem Fehltritt berichten. Er würde die Konsequenzen tragen, obwohl ihm bewusst war, dass es seine Kündigung bedeutete. Dass seine Karriere bei der Stapo mit einem Schlag beendet und er mit einer Hypothek im Lebenslauf belastet wäre, die es ihm auf Jahre hinaus verunmöglichte, einen gutbezahlten Job zu bekommen. Nicht nur hatte er bei der ersten grossen Bewährungsprobe seines beruflichen Lebens komplett versagt und nicht verhindern können, dass in Zürich weiterhin und mit zunehmender Kadenz gemordet wurde. Er hatte sich darüber hinaus zu einem Techtelmechtel mit der wohl wichtigsten Zeugin des Falles hinreissen lassen. Er wollte sich gar nicht ausmalen, wie Zurbriggen auf diese Entwicklung reagieren würde.

Sogar die Schmetterlinge, die seinen Bauch in Aufruhr versetzt hatten, waren auf einen Schlag verschwunden. Elizas Berührungen, die ihn geradezu elektrisiert hatten; die Vorstellung, mit ihr Ferien am Strand zu verbringen; diese absolute Selbstverständlichkeit, die er empfunden hatte, als sie ihm die Kleider vom Leib riss – das alles wirkte jetzt wie ein bizarrer Traum, eine Episode aus einer anderen Welt.

Doch anders als ein Traum, der kaum das erste Licht des Tages überlebt, blieb dieser Albtraum unauslöschlich in Stojans Kopf und blockierte alles andere.

Einer der Forensiker redete gerade mit ihm, vermutlich schon eine ganze Weile, ohne dass Stojan ihn wirklich wahrgenommen hätte. Nun war auch dem Beamten Stojans abwesender Blick aufgefallen, denn er hörte mitten im Satz auf zu reden und musterte sein Gegenüber mit einem fragenden Ausdruck im Gesicht.

»Alles in Ordnung mit dir? Du siehst irgendwie blass aus.«

Stojan brachte kein Wort heraus. Er konnte nicht anders als diesen Mann anzustarren, der ihm fremd und unwirklich erschien.

Schliesslich drehte er sich wortlos um und flüchtete nach draussen, setzte sich in den Dienstwagen, mit dem er hergefahren war. Gedankenversunken kehrte er zur Hauptwache zurück. Es fühlte sich an, als befände er sich auf direktem Weg zum Schafott, mit Zurbriggen als unbarmherzigem Scharfrichter.

*

Bruno Jaun fühlte eine fiebrige Erregung, während er durch die Wohnung von Sladana Djop strich und jedes Detail in sich aufnahm.

Es war der Mörder von Jolanda Luginbühl und Sascha Kreuzer, der hier wieder zugeschlagen hatte, dessen war sich Jaun sicher. Zwar gab es zurzeit noch keinen stichhaltigen Beweis dafür, dass sich dieser Mord logisch in die Reihe der anderen einfügte, aber Jaun sah überall die Spuren eines eskalierenden Serienmörders. Der Mord war hektisch und ziemlich brutal ausgeführt worden, mit viel grösserem Risiko. Nichts mehr war zu sehen von der sorgfältigen Planung, die bei der Ermordung von Jolanda Luginbühl offensichtlich gewesen war. Dort hatte der Mörder alles akribisch genau vorbereitet, hatte sich einen Schlüssel zur Wohnung verschafft, hatte gewusst, wann die Luginbühl auf Dienstreise sein würde und wie lange die Aufnahmen der Überwachungskameras gespeichert wurden.

Bereits der Mord an Sascha Kreuzer hatte von einer grösseren Risikobereitschaft gekündet. Immerhin hatte sich der Mörder der Gefahr ausgesetzt, im Schrebergarten von jemandem beobachtet zu werden. Doch noch war der Mord gesittet und in aller Stille über die Bühne gegangen.

Anders hier. Der Mörder hatte das Fenster der Wohnung von Sladana Djop, die an der Beckenhofstrasse im Parterre gewohnt hatte, mit brachialer Gewalt eingeschlagen. Dann war er eingedrungen und hatte sich mit dem Opfer einen heftigen Kampf geliefert, bei dem das Wohnzimmer verwüstet und Sladana Djop übel zugerichtet worden war. Nicht nur war das Risiko enorm hoch gewesen, dass jemand angesichts des Krachs mitten in der Nacht die Polizei rief, sondern vermutlich hatte auch der Mörder vom Kampf Verletzungen davongetragen.

Für Jaun war die Sache glasklar. So reagierte nur jemand, der unter Druck kam. Mit anderen Worten: Sie waren dem Mörder näher, als sie dachten. Gut möglich, dass die Forensik wertvolle Spuren fände.

Die Schlinge zieht sich langsam zusammen, dachte Bruno Jaun, als er die Wohnung verliess und die paar Schritte zur Tramhaltestelle Beckenhof ging. Er befand sich hier mitten im Zentrum, eigentlich hätte er zu Fuss zur Hauptwache zurückkehren können. Sladana Djop hatte nicht für Scotsdale gearbeitet. Mehr noch, sie hatte nach aktuellem Kenntnisstand überhaupt nichts mit der Firma zu tun gehabt. War sie es gewesen, die mit Sascha Kreuzer Wein getrunken hatte? War es ihr Lippenstift, der am Glas gefunden worden war? Hatte Kreuzer ihr etwas erzählt oder gegeben, das sie jetzt das Leben gekostet hatte? Oder war es womöglich gar sie selbst gewesen, die Kreuzer das Rizin in den Wein geschüttet hatte?

Vielleicht gab es mehr als einen Mörder! Der Gedanke kam Jaun ganz unvermittelt. Es wäre nicht das erste Mal; noch gut erinnerte er sich an seinen und Hilverts letzten Fall. Den, der seinen Chef, den Polizeikommandanten, letztlich hinter Gitter gebracht hatte. Auch da hatten mehrere Mörder gewütet, obwohl identische Handschriften die Polizei hatten glauben lassen, es sei eine einzige Person. War das Rizin diese gemeinsame Handschrift, die auf lediglich einen Mörder hinwies, obwohl es mehrere waren?

Bruno Jaun sass im 14er-Tram am Fenster, als er plötzlich vieles klarer sah. Das Tram rumpelte gerade über die Kreuzung Walchebrücke–Neumühlequai, Jauns Blick streifte die an der roten Ampel wartenden Autos, fiel über die Limmat zum Hochhaus des Hotels Marriott im Hintergrund.

Genau diesen Weg, den er jetzt im Tram zurücklegte, war Gion Casati am Tag seines Unfalltods gefahren. Vom Beckenhof herkommend, hatte er über die Walchebrücke gewollt. Er war auf dem direkten Weg zu seiner Wohnung an der Magnusstrasse gewesen. Und er war bei Sladana Djop gewesen! Es war Gion Casati, um den sich alles drehte! Gion Casati war das Zentrum dieses Falles!

Bruno Jaun war von dieser Erkenntnis derart absorbiert, dass er ganz vergass, am Bahnhofquai auszusteigen.

*

Walter Bitterlin hätte beim Anblick von Stojans Gesicht um ein Haar laut herausgelacht, als dieser um kurz vor sieben in sein Büro kam.

Gut, es war schon etwas dicke Post, wenn sich der erste Fall zu einer ganzen Serie von Morden auswuchs. Aber trotzdem war diese abgrundtiefe Niedergeschlagenheit, die aus Stojans Gesicht sprach, etwas übertrieben, fand Bitterlin. Denn das Netz um den Mörder zog sich immer mehr zusammen, die Dinge begannen, sich in eine positive Richtung zu bewegen. Sogar Zurbriggens Laune hatte sich gebessert.

»Du machst ein Gesicht, als sei jemand gestorben«, frotzelte Bitterlin. »Solltest du nicht bereits Feierabend machen?«

Stojan lachte nicht, setzte sich stattdessen unaufgefordert an den schäbigen runden Tisch, der unter dem Fenster in der Ecke stand und eigentlich als Besprechungstisch gedacht war, von Bitterlin jedoch als Dokumentenablage zweckentfremdet wurde.

»Ich muss dir etwas sagen.«

Stojans Tonfall liess Bitterlin aufhorchen. »Ok«, sagte er. »Lass mich noch kurz etwas erledigen, dann bin ich ganz bei dir.«

Minuten verstrichen, in denen Stojan mit leerem Blick am Tisch sass und Bitterlin entschlossen seine Tastatur bearbeitete. Dann schloss Bitterlin sämtliche Fenster auf dem Bildschirm und rollte mit seinem Stuhl zu Stojan.

»Lass hören! Wo drückt der Schuh?«

»Ich habe mit Eliza Hubacher geschlafen.«

Eine Sekunde lang dachte Walter Bitterlin, dass Stojan einen Witz gemacht hätte. Die Replik, dass er selbst Madame Hubacher sicher nicht von der Bettkante stossen würde, lag ihm bereits auf der Zungenspitze. Doch dann erkannte er, dass Stojan es ernst meinte, dass wirklich passiert war, was er sagte. Und er erkannte auf einen Schlag, was für Auswirkungen das haben würde. Auf den Fall, auf Stojan, auf Bitterlin selbst. Wie würde erst Zurbriggen auf diese Nachricht reagieren?

Bitterlin schwieg. Minutenlang.

»Was ist passiert?«, fragte er dann.

Stojan sah zu Boden, sein Kopf knallrot vor Scham. Bitterlin mochte seinen jungen Mitarbeiter und konnte sich ausmalen, wie furchtbar das alles für ihn sein musste. Mit dem Chef über das eigene Sexleben reden zu müssen. Bitterlin erinnerte sich, wie er selbst sich gefühlt hatte, als seine Frau vor der Richterin die Details ihrer Ehe ausgebreitet hatte, um zu erklären, warum sie mit einem wie Bitterlin nicht mehr zusammenleben konnte.

»Ich wollte eigentlich nur die Beweise gegen Scotsdale finden, die Gion Casati gehabt haben musste. Das wollte sie auch, denn sie hat furchtbare Angst, das nächste Opfer zu werden. Also haben wir gemeinsam gesucht. Wir hatten uns vorgenommen, ihren Schrebergarten millimetergenau abzusuchen, denn wegen des Chaos' dort ist er ein gutes Versteck. Ursprünglich war das ja Casatis Parzelle, und der war oft dort. Aber es war nach Feierabend, wir haben etwas getrunken und dann ist es passiert. Es tut mir unendlich leid. Mir ist bewusst, dass ich damit alles kaputtgemacht habe.«

Wieder herrschte Schweigen. Bitterlin sah aus dem Fenster, während er versuchte, die Hiobsbotschaft einzuordnen und die Konsequenzen abzuschätzen.

»Ich hab dir ja noch gesagt, dass du dich an sie ranmachen sollst«, murmelte er dann. »So wörtlich war das natürlich nicht gemeint.« Bitterlin grinste, trotz allem hatte die Episode etwas Erheiterndes an sich. »Hat es sich wenigstens gelohnt?«, platzte er dann heraus. Die Anspannung löste sich in einem lauten Lachen. »Rein optisch gibt die ja wirklich was her!«

Stojan sagte nichts, doch die Rotfärbung seiner Wangen intensivierte sich. »Falls du damit meinst, ob wir die Unterlagen gefunden haben: nein. Im Schrebergarten war nichts. In Eliza Hubachers Haus war nichts. In Gion Casatis Wohnung war nichts; das sagt zumindest Eliza, denn mittlerweile ist die Wohnung weitervermietet. Ich habe keine Ahnung, wo ich jetzt noch ansetzen könnte. Doch es sterben immer noch Menschen im Zusammenhang mit diesem Fall. Kein Wunder, denkt Eliza, dass sie jederzeit als nächste drankommen kann.«

Stojan sass völlig geknickt auf seinem Stuhl. Bitterlin empfand Mitleid mit ihm, nicht zuletzt deshalb, weil er selbst zu dieser Entwicklung beigetragen hatte. Ihm war bewusst, dass Stojan mehrfach versucht hatte, mit ihm zu reden, doch er hatte nie Zeit gehabt, war absorbiert gewesen von der Jagd auf Jaun und Hilvert und dem Eiertanz mit dem Glatzkopf.

»Hör zu«, sagte er schliesslich seufzend. »Wir machen jetzt Folgendes. Diese Affäre ist nicht gut, das muss ich dir nicht erklären. Sie wird auch Konsequenzen haben, das weisst du so gut wie ich. Aber es ist nicht das Ende der Welt. Du hast mit einer Zeugin geschlafen, aber eigentlich ist nicht sicher, ob sie so wichtig ist. Du sagst ja selbst, dass ihr keinerlei Unterlagen gefunden habt.«

Stojan nickte, unfähig zu einer gesprochenen Antwort.

»Ich rede mit Zurbriggen«, fuhr Bitterlin fort. »Dabei muss aber das Timing stimmen. Wenn der eine schlechte Laune hat, kommt man ihm besser nicht mit Neuigkeiten dieser Art. Bis dahin gilt: kein Wort zu niemandem und kein Kontakt mehr zu Eliza Hubacher. Ist das klar?«

»Bruno weiss bereits Bescheid«, rückte Stojan nach einer langen Pause heraus. »Er hat mich gesehen.«

»Bruno Jaun?! Der hat was?! Dich gesehen? Bei Eliza Hubacher?!« Die Fragen sprudelten nur so aus Walter Bitterlin heraus, während er gleichzeitig versuchte, Klarheit in seinen Kopf zu bringen und die Bilder zu verscheuchen, die Stojans Aussage dort heraufbeschworen hatte.

»Eigentlich sogar *mit* Eliza Hubacher.«

»Wie zum Teufel konnte das geschehen? Hast du sie etwa hier in der Wache …?!«

»Nein! Sicher nicht! Bruno wollte den Schrebergarten untersuchen; offenbar hatte er den gleichen Gedanken wie ich. Er kam einfach reingeplatzt, als wir …«

Dieser Schlag sass; denn Bitterlin war sofort klar, was das bedeutete. Wenn Jaun von diesem Fauxpas wusste,

wusste es auch Hilvert. Und wenn es Hilvert wusste, dann hatte er Bitterlin an den Eiern. Denn Hilvert brauchte die Episode lediglich im dümmsten Moment und etwas ausgeschmückt dem Glatzkopf zu stecken, oder schlimmer noch: den Medien. Das würde innerhalb der Hauptwache eine sofortige Kernschmelze auslösen, die Zurbriggen nur überstehen könnte, indem er Stojan und Bitterlin als Versager brandmarkte und sie in den tiefsten Hades warf, den er in Zürich finden konnte.

Dass Bruno Jaun zufällig zur rechten Zeit am rechten Ort gewesen war, glaubte Bitterlin keine Sekunde. Schliesslich war das Ganze nach Feierabend geschehen, und Jaun hatte die letzten zwei Jahre keine Minute länger als bis siebzehn Uhr nullnull gearbeitet. Nein, Jaun hatte Stojan vermutlich schon länger observiert. Mit Sicherheit in Hilverts Auftrag, der in seiner mickrigen Zelle in der Pöschwies ein Sündenregister führte, angefüllt mit Fakten, die er eines Tages zu verwenden gedachte, um sich selbst ein Freiticket aus dem Knast zu erpressen. Vor diesem Hintergrund war es gut möglich, dass Hilvert auch ihm treu ergebene Leute geschickt hatte, um Bitterlin zu überwachen. Dass er von den Visiten in Fällanden wusste, von den Stunden im Wald mit dem Fernglas vor den Augen. Gut, das war nicht wirklich illegal; aber es würde Bitterlin vollends zum Versager stempeln, der weder seine Ehe noch seinen Laden im Griff hatte.

Eigentlich kein schlechter Plan, das musste man Hilvert lassen. Einer, der bis vor kurzem sogar funktioniert hätte. Man sammelte schmutzige, belastende Fakten und bot an, für eine Gegenleistung den Mantel des Schweigens darüber auszubreiten. In Hilverts früherer Welt hatte so etwas funktioniert; da hatte eine Hand die andere gewaschen; da hatte der Zweck stets die Mittel geheiligt, solange am Ende die Verbrecher hatten eingebuchtet werden können.

Doch Hilverts Zeit war abgelaufen, das Zeitalter des

Peter Zurbriggen war angebrochen. Der tickte anders, der führte Worte wie »aufräumen«, »ausmisten« und »Korrektheit« im Vokabular. Ausserdem war sein Schädel mindestens so hart war wie jener Hilverts. Zurbriggen würde sich auf keine Deals einlassen, niemals. Er würde ohne Rücksicht auf Verluste aufräumen und dafür sorgen, dass das helle Licht von Wahrheit und Transparenz bis in die hintersten Winkel der Stadtpolizei leuchtete. Diese Aussicht bereitete nun sogar Walter Bitterlin Sodbrennen.

»Bruno hat gesagt, er behalte es für sich«, drang Stojans Stimme wie aus weiter Ferne in Bitterlins Gedankenwelt. »Ich glaube ihm sogar, was hätte er davon, es weiterzuerzählen?«

Mehr als du dir vorstellen kannst, dachte Bitterlin, schwieg jedoch. Denn ihm war eines klargeworden. Er musste sofort Gegenmassnahmen ergreifen. Er musste Leimbachers Leiche in Bruno Jauns Garten finden, bevor Hilvert seine schmutzige Bombe zünden konnte. Es war die einzige Chance, die er noch hatte, um eine Art Pattsituation herzustellen: Hilverts Schweigen gegen seines. Denn bei der Spinne in der Pöschwies funktionierte diese Art von Geschäft bestens; Schweigen hatte Hilvert schon immer gut gekonnt.

Es war eine ganz und gar unschöne Entwicklung, denn sie bedeutete, dass Bruno Jaun einmal mehr mit seiner Mordtat davonkäme! Dass er weiterhin nicht für seine Verbrechen verantwortlich gemacht werden konnte. Besonders schmerzhaft war dabei, dass Bitterlin mit seiner eigenen Nachlässigkeit diese Entwicklung erst ermöglicht hatte; schliesslich hätte er erkennen müssen, in welche Richtung sich Stojans Begegnung mit Eliza entwickelte.

Walter Bitterlin stemmte sich aus dem Stuhl, spürte die Last der Jahre und seiner Verantwortung gleichermassen auf den Schultern. Dann legte er Stojan in einer väterlichen Geste die Hand auf die Schulter, voller Mitleid mit dem jungen Kollegen, der wegen seiner eigenen Dummheit am Boden zerstört war.

»Kopf hoch, Stojan«, sagte er. Es klang zuversichtlicher, als er selber war. »Wir kriegen das hin. Ich rede mit Zurbriggen. Um Bruno machst du dir vorerst keine Sorgen. Du arbeitest weiter wie bisher, mit der einzigen Ausnahme, dass du dich nicht mehr an Eliza Hubacher ranmachst. Und zwar in jeder möglichen Interpretation dieses Worts. Ist das klar?«

Stojan nickte. »Natürlich.«

»Ich muss jetzt sofort etwas Wichtiges erledigen, fuhr Bitterlin fort, »Wir reden morgen weiter, ok?«

»Ist gut. Danke.« Stojan stand auf, liess den Kopf hängen. »Es tut mir leid«, wiederholte er.

Doch Walter Bitterlin hörte ihn bereits nicht mehr. Er hatte sich sein Sakko geschnappt und stürmte aus dem Büro.

*

Ein weiterer Tag in der Werkstatt konnte endlich abgehakt werden. Thomas K. Hilvert hörte mit einer gewissen Erleichterung, wie sich die Zellentür hinter seinem Rücken schloss. Ein seltenes Gefühl. Doch nach acht Stunden, die er damit zugebracht hatte, Kartons ein- und umzupacken, war er vor allem dankbar dafür, dass der Tag vorbei war.

Anfangs hatte er den Arbeitstagen im Gefängnis sogar etwas abgewinnen können. Das Werken mit dem Karton hatte etwas Meditatives an sich: Die Hände waren beschäftigt, während der Kopf ausreichend Freiraum hatte, um eigene Pendenzen abzuarbeiten. Die Mithäftlinge zu beobachten, sich Episoden aus dem eigenen Leben in Erinnerung zu rufen, Pläne für die Zeit nach der Haft zu schmieden. Auch die Gründe für den eigenen Aufenthalt hinter den Gefängnismauern konnten während der Arbeitszeit ausgiebig beleuchtet werden, was wohl Teil der Idee dahinter war.

Doch wie man es auch drehte und wendete: Nach mehreren Jahren Haft gab es schlicht nichts mehr, was zu bedenken, sich auszudenken und zu beleuchten lohnte. Hilverts Kopf hatte nunmehr die kleinsten und unwichtigsten Pendenzen abgearbeitet und lechzte nach Herausforderungen. Die Arbeit war zur Tortur geworden, zu einem endlosen Martyrium der Langeweile, den Blick auf die quälend zäh voranschreitenden Zeiger der Uhr an der Wand gerichtet. Von acht bis neun zählte er die Minuten der ersten Stunde, ab neun den Countdown bis zur Pause. Dann kam mit etwas Schwung die erste Stunde nach der Pause, dann bereits der Countdown zum Mittagessen. Die Stunden nach dem Mittag waren die härtesten, nicht nur, weil die Verbindung von Langeweile und Verdauungsablauf Hilvert praktisch im Stehen einschlafen liess, sondern auch, weil sich ab halb zwei ein endlos scheinender Nachmittag vor ihm erstreckte und die Zeiger der Uhr komplett zum Stillstand kamen. Erst ab 16 Uhr kam wieder etwas Bewegung in den Tag; denn um fünf begann der Countdown zum Feierabend.

Wenn Hilvert danach wieder in die Zelle kam, war sein Kopf erschöpft und schmerzte von der stundenlangen Suche nach irgendeinem interessanten Gedanken, den zu denken sich lohnte.

Er warf sich aufs Bett, das infolge dieses Manövers gequält knarrte und quietschte, aber keinen Millimeter nachgab. Noch im Schwung stellte er den Fernseher an, sein letztes Fenster zur Welt da draussen.

Es war wieder gemordet worden. Der Zwerg vom Regionalsender erzielte neue Höchstleistungen, was die Dramatik in seiner Stimme anbelangte. Grausam war die Tat gewesen, nicht weit von der Innenstadt, ein wahrer Genuss für die Medien. Der Mörder war mit brachialer Gewalt in die Wohnung von Sladana Djop eingedrungen, hatte sie mit nicht weniger brachialer Gewalt überwältigt und ihr schliesslich eine Plastikspritze mit Rizin in den Rachen gerammt. Wortwörtlich, denn der

Reporter wusste zu berichten, dass das arme Opfer an der Spritze fast erstickt war.

Wie bescheuert war das denn, dachte Hilvert. Es wäre einfacher gewesen, der armen Frau die Spritze noch tiefer in den Hals zu würgen und sie ersticken zu lassen, als ihr den Cocktail aus Rizin und Schlaftabletten zu verabreichen und dann mit dem Opfer ringend darauf zu warten, dass das Gift seine Wirkung entfaltete.

Sogar ohne Psychologiestudium war hier klar, dass das Rizin eine Handschrift war. Es hatte bei den ersten Morden erstaunlich gut funktioniert, warum also die Methode anpassen? Selbst wenn sie ganz offensichtlich immer weniger Sinn ergab. Ein fast klassisches Beispiel für Hilvert, der sich die ganze Geschichte vor Augen führte. Der erste Mord, der sorgfältig geplant worden war mit den Mitteln, die zur Verfügung standen. Dann der Erfolg, der dem Täter Mut gemacht hatte, es noch einmal zu wagen. Seine Risikobereitschaft, die mit jedem Tag, an dem die Polizei im Dunkeln tappte, offensichtlich gewachsen war.

Das Ego eines Mörders war wie eine Eiterbeule, die stetig anwuchs, bis sie letztlich platzte und der ganze faulige Inhalt auslief. Was das Mörderego mit anderen aufgeblasenen Egos gemein hatte: Je grösser es war, desto fauliger war es im Innern.

Hilvert stellte den Fernseher ab, die quäkende langsame Stimme des Reporters ging ihm heute noch mehr auf den Geist als sonst schon, was sicher mit den Kartons zusammenhing, denen er seinen Tag gewidmet hatte. Es würde weitere Morde geben, das stand ausser Frage. Weitere Morde, die Hilvert verhindern konnte.

Der Preis würde hoch sein, einmal mehr hätte ihn nicht nur er selbst, sondern auch der arme Bruno Jaun zu entrichten. Doch Hilverts Entschluss stand fest. Wenn er nichts täte, müssten weitere Unschuldige diesen Preis bezahlen, und zwar mit ihrem Leben. Denn Hilverts Hoffnung, dass die Stapo dem Treiben ein Ende setzen würde, bevor weitere Menschen sterben mussten, hatte sich nicht erfüllt, selbst wenn es dem ehemaligen Kommandanten ein Rätsel war, wie eine derart offensichtliche Mordreihe nicht gestoppt werden konnte.

Hilvert wusste, dass sich seine über Jahre mühsam erarbeiteten Chancen auf vorzeitige Haftentlassung wegen guter Führung gerade in Luft auflösten. Trotzdem bat er einen Wärter, einen Anruf tätigen zu dürfen. Die Direktwahl seines alten Büros kannte er auswendig, es war nicht anzunehmen, dass sie geändert worden war. Wie er auch davon ausgehen konnte, dass der Kommandant der Stadtpolizei kurz nach 18 Uhr noch im Büro weilte.

Beide Annahmen bestätigten sich, als Hilvert nach nur zweimaligem Tuten eine herrische Stimme im Ohr hatte.

»Zurbriggen!«

»Hier ist Hilvert. Wir sollten reden.«

Es war eine Überraschung; Zurbriggen brauchte zwei Sekunden, um sich davon zu erholen. Doch in diesen zwei Sekunden hatte seine kardiale Pumpe bereits einen maximalen Druck aufgebaut.

»Was fällt Ihnen eigentlich ein?!«, brüllte er. »Wie können Sie es wagen, hier einfach anzurufen? Reichen Ihnen Ihre verdammten Postkarten nicht mehr?«

»Lassen Sie mich …«

»NEIN! Die Stadtpolizei ist fertig mit Ihnen! Und wenn ich persönlich mit Ihnen fertig bin, werden Sie bis ans Ende Ihrer Tage im Knast verrotten!«

Minutenlang starrte Thomas K. Hilvert das Telefon an, das schon längst keine Verbindung mehr bot.

Er war zu weit gegangen. Erneut. Nach allem, was in der Vergangenheit passiert war. Hilvert raufte sich das Haar. Schlug mit beiden Fäusten auf den Tisch.

Irgendwann trottete er zurück in seine Zelle, vor seinem inneren Auge das vergitterte Fenster der Zelle in der Pöschwies, das wohl länger als erhofft seine einzige Aussicht auf die Freiheit darstellen würde.

Warum zum Teufel lernst du alter Idiot nicht endlich aus deinen Fehlern, murmelte er.

*

Die Spannung war unerträglich, die Minuten zogen sich zäh in die Länge. Wie oft schon hatte es Bitterlin gedünkt, als rase die Zeit, als rase sein Leben unaufhaltsam an ihm vorbei. So schnell, dass er es kaum zu greifen, geschweige denn zu begreifen wusste. Die Krähenfüsse, das schlaffe Kinn, der zurückweichende Haaransatz: Ihm war, als sei dies alles über Nacht da gewesen. So, wie seine Familie von einem Tag auf den anderen weg gewesen war.

In seiner schäbigen Wohnung in Altstetten wurde das Gefühl, sich dreissig Jahre abgerackert zu haben, nur um wieder am Ausgangspunkt anzukommen, besonders intensiv und quälend. Dreissig Jahre Leben dahin, die Spuren davon überdeutlich in seinen Körper geschrieben. Doch wenn man unter allem einen Strich zog und die Summe bildete, blieb ausser den verlorenen Jahren nichts übrig. Netto null. Bitterlin hatte diesen Zustand bereits erreicht.

Aber an diesem Abend, dem ersten seit vielen Jahren, raste die Zeit nicht. Heute blieb sie stehen. Es waren diese paar Minuten, die darüber entschieden, ob Bitterlins Leben ein Nullsummenspiel bliebe – oder ob alles in ein krachendes Minus umschlüge. Die Null als die beste aller Optionen, das allein verursachte mehr Schmerz, als er je für möglich gehalten hätte.

Jaun war mit seiner Frau ausgegangen. Bitterlins Kumpel, der zum Privatdetektiv mit nonchalantem Gesetzesverständnis verkommene Ex-Bulle, hatte wie jeden Abend auf der Lauer gelegen. Jetzt, da die Nacht vollends hereingebrochen war, schlich er im Schutz der akkurat getrimmten immergrünen Hecken mit einem Bodenradar durch Jauns Garten. Bitterlin wusste, dass diese Aktion illegal war, dass er, sollte sie auffliegen, dafür mit aller Härte zur Verantwortung gezogen würde, selbst wenn er sich zum Zeitpunkt des Geschehens viele Kilometer entfernt in Fällanden befand. Distanz war nichts, was einem bei solchen Manövern half. Denn eines musste klar sein, wenn man sich mit Menschen wie diesem Ex-Bullen einliess: Käme es hart auf hart, retteten die sich zuerst und ausschliesslich selbst. Aber wenn alles gut liefe und Bitterlin die letzte Ruhestätte von Leimbacher kannte, würde er schon ausreichend Argumente zusammenkratzen können, um einen rechtlich einwandfreien Beschluss zu erwirken und Leimbacher ganz offiziell »entdecken« zu können. Von der Aktion mit dem Bodenradar brauchte dann niemand je zu erfahren.

Was geschehen würde, wenn sie nichts fanden, wollte sich Bitterlin gar nicht ausmalen. Die Konsequenzen standen ihm auch so überdeutlich vor seinem geistigen Auge. Dann gewänne die Spinne in der Pöschwies, dieses vielbeinige Monster, das in seinen überall aufgespannten unsichtbaren Netzen jeden noch so kleinen Fehltritt eingefangen, mit klebrigen Fäden umwickelt und für schlechte Zeiten zur Seite gelegt hatte.

Bitterlin hob das Fernglas, sah durch die Nacht zu seinem Haus hinüber. Überall brannte Licht, die Familie war zu Hause. Fast so wie früher. Wenn Bitterlin die Augen schloss, konnte er sich selbst in diese Idylle hineindenken. Dann sass er auf dem Sofa, nebenan lief unbeachtet der Fernseher, im Obergeschoss hörte er die Kinder rumoren. Ihre hellen Stimmen, die Automotoren imitierten, wilde Schlachten zwischen Piraten ausfochten oder die traurig blickende Barbie trösteten. Seine Ex, die damals noch nicht seine Ex, sondern Anna gewesen war, telefonierte. Sie hatte immerzu telefoniert; Bitterlin hatte sich oftmals gefragt, was sie so viel zu bereden gehabt hatte.

Dass es in den Gesprächen um ihn gegangen sein könnte, dass sie vielleicht schon damals dem muskulösen Mittdreissiger schmutzige Fantasien ins Ohr gehaucht haben könnte, das war ihm erst danach aufgegangen. Damals in der realen Szene auf dem Sofa, da war Walter Bitterlins Welt in Ordnung gewesen; da hatte sein Lebensweg noch nach einer stetig steigenden Gerade ausgesehen, nicht nach dem zum Anfang zurückführenden engen Kreis.

Es war eine Illusion gewesen, wie so vieles. Er hatte in einer Scheinwelt gelebt, in seiner eigenen Utopie. Jetzt sah Walter Bitterlin, wie sich auf seinem Sofa ein im Vergleich zu ihm hübscher junger Bengel fläzte. Das Bild vor dem Fernglas war so unwirklich, dass Bitterlin die Augen zusammenkniff, mit dem Ärmel seines Hemds über die Gläser wischte und sich das Gerät erneut vor die Augen hielt. Tatsächlich, der dort auf dem Sofa war nicht er. Alles andere an dem Bild, das er im Kopf hatte, stimmte, nur dieses eine Element war falsch. Ein falscher Mann auf dem Sofa. Dieses eine Element zerstörte das gesamte Bild.

Bitterlin zuckte zusammen, als in seiner Tasche das Telefon zu vibrieren begann. Die Zeit, die gerade erst noch stillgestanden hatte, beschleunigte auf Lichtgeschwindigkeit. Es schienen Minuten zu verstreichen, bis er das Telefon am Ohr hatte, bis er die Stimme eines anderen Mannes hörte.

»Da ist nichts«, sagte die Stimme und brachte damit alles, was Bitterlin an Restleben noch gehabt hatte, zur Implosion. »Ich habe den Garten zweimal abgesucht. Keine Leiche, rein gar nichts. Der Rasen macht den besten Golfplätzen Konkurrenz, aber darunter ist nichts.«

Bitterlin unterbrach die Verbindung, danach wusste er nicht mehr, ob er überhaupt etwas gesagt hatte. Die Zeit, sein Leben, sie rasten in atemberaubender Geschwindigkeit vorbei. Die beleuchteten Fenster in seinem Haus wurden weniger, im Wohnzimmer zuckten noch die Lichter des Fernsehers, doch dann war auch der aus. Die Geräusche anderer Menschen, der Autos, der Züge im Glatttal, sie alle waren verschwunden, hatten dem Rascheln, Raspeln und Knacken Platz gemacht, das der Wald in der Nacht produzierte.

Bitterlin hatte keine Ahnung, wie spät es war, als er sich endlich von seinem Baumstrunk erhob. Das Fernglas legte er ins Auto, das Sakko mit der Dienstwaffe nicht. Es war frisch geworden, doch die schlimmste Kälte kam von innen.

Es war alles vorbei. Hilvert würde auferstehen, die Spinne hatte ihre Beute im Netz. Zurbriggen könnte noch wählen, ob er Bitterlin und Stojan in den Abgrund fallen liesse und Hilverts Wiederauferstehung zähneknirschend duldete, oder ob er selbst ebenfalls untergehen wollte. Gescheitert in seiner Mission, die Stapo aufzuräumen. Die Antwort auf die Frage, wie sich der Kommandant dabei entscheiden würde, war ja wohl klar. Wenn es hart auf hart kommt, ist sich jeder selbst der Nächste.

Nicht dass es für Bitterlin eine Rolle gespielt hätte: Er würde bei beiden Optionen im Abgrund landen.

Erneut hatte er in einer Illusion gelebt. Hatte er geglaubt, durch die Entlarvung von Bruno Jaun zu höchsten Weihen zu kommen, zur Nummer zwei nach dem Kommandanten? In seinem Kopf hatte eine Welt existiert, die es so gar nicht gegeben hatte, die er selber konstruiert hatte.

Wenn er rückblickend sein bisheriges Leben auf die eine Stunde zusammendampfte, als die es ihm manchmal erschien, stachen ein Zeitpunkt und ein Ort heraus. Es war das Haus, das Bitterlin einst gehört hatte, und der Zeitpunkt, als er es verlor. Hier hatte alles begonnen aus dem Ruder zu laufen.

Zeit, reinen Tisch zu machen.

Es war zwar mitten in der Nacht, aber Walter Bitterlin klingelte so lange an der Tür, die einst die seine gewesen war, bis im Haus wieder das Licht anging.

10

Bruno Jaun war im Einkaufszentrum Jelmoli, diesem einstigen Shoppingparadies der Stadt Zürich, bevor der Onlinehandel den klassischen Warenhäusern das Wasser abgegraben hatte. Doch noch immer wurde im Glaspalast dem Konsum gehuldigt, wurden alle Register gezogen, um den Kunden Dinge anzudrehen, die sie eigentlich gar nicht brauchten.

Bei Jaun hingegen, der neue Filter für seinen Staubsaugerroboter brauchte, verfingen all die Werbebotschaften und -durchsagen überhaupt nicht. Normalerweise marschierte er auf direktem Weg zum entsprechenden Regal, nahm, was er brauchte, und ging ebenso direkt zur Kasse. Dass er sich durch ein Plakat, einen grellen Aktionskleber oder einen Werbeclip zum Kauf eines anderen Produkts überreden liess, war völlig ausgeschlossen.

Wären alle Konsumenten wie Bruno Jaun, hätte es Warenhäuser wie das Jelmoli gar nie gegeben. Doch an diesem Tag hatte irgendetwas seine Zielstrebigkeit unterbrochen. Gedankenverloren schlenderte er durch das Warenhaus und beobachtete die Menschen in ihrem Konsumrausch. Da die beiden jungen Frauen – Mädchen eigentlich aus seiner Sicht –, die mit leuchtenden Augen Blusen anprobierten, die danach unbenutzt im Schrank hängen würden. Dort der hippe junge Mann, der offenbar glaubte, die Qualität des von ihm Gekochten sei direkt proportional zum Preis des dafür verwendeten Küchenequipments.

Schliesslich stand Jaun in der Abteilung für Elektronik, hielt die Packung mit Ersatzfiltern in der Hand und hätte eigentlich gehen können. Doch sein Blick blieb an all den Geräten auf den Regalen haften, jedes gefüllt mit seltenen Metallen, aus der Erde geschürft von Menschen, die vom verschwenderischen Wohlstand, wie er sich in Zürich überall manifestierte, nicht einmal zu träumen wagten. War das auch nur einem der Menschen bewusst, die sich hier gerade eindeckten? Die etwa ihren noch funktionierenden Fernseher entsorgten, weil der neue ein paar Zentimeter mehr Diagonale und ein paar Pixel mehr im Bild hatte?

Wussten die nicht, wie die Menschen lebten, welche die Ressourcen aus dem Boden gruben, die hierzulande verschwendet wurden? War es überhaupt möglich, das nicht zu wissen? Oder war es nicht eher so, dass es ihnen egal war? Dass sie die miesen Arbeits- und Lebensbedingungen vieler Menschen in dieser Welt weit weg an den Rand ihrer Aufmerksamkeit drängten, damit die Freude über das neue Smartphone nicht beeinträchtigt wurde?

Auf eine theoretische, abstrakte Art wussten hier wohl alle, dass die Welt keine gerechte war. Trotzdem kauften sie weiterhin fleissig Kleider, die sie nicht unbedingt brauchten, Smartphones und Staubsaugerroboter. Und hier, im Tempel des Konsums, wurde Jaun auch klar, wieso. Er sah es direkt vor sich: die jungen Mädchen, die sich beim Anprobieren ihrer Tops gegenseitig berieten; die beiden Jungs, die die neuesten Smartphones verglichen. Wer sich dem Konsum widersetzt, wer einen noch funktionierenden, zehn Jahre alten Fernseher im Wohnzimmer stehen hat, Grossmutters alte Pfanne zum Wasserkochen nutzt und seine Kleider trägt, bis sie nur noch als Putzlappen taugen, der stempelt sich selbst zum Aussenseiter, stellt sich selbst an den Rand der Gesellschaft. Dahin, wo keiner sein will.

In diesem Moment im Kaufhaus Jelmoli wurde Bruno Jaun klar, dass es völlig egal war, was Gion Casati gewusst hatte, was er allenfalls sogar hätte beweisen können. Mehr noch, ob letztlich Casatis Geschichte über Scotsdales Umweltsünden oder die offizielle Prospektversion des Rohstofffriesen zutraf. Der räumte zwar Fehler in der Vergangenheit ein, behauptete aber zugleich, dass er sich mit einem pragmatischen Ansatz dafür engagiere, das Rohstoffgeschäft nachhaltiger und transparenter zu machen.

Jolanda Luginbühl hatte diese Zusammenhänge gekannt. Sie war schlau gewesen, sonst hätte sie es nicht so schnell so weit gebracht. Sie hatte nicht nur Schwarz und Weiss gesehen, sondern auch alle Schattierungen, die es im Rohstoffgeschäft gab. Vor allem aber hatte sie gewusst, dass Gion Casati ihr nicht gefährlich werden konnte: ein velofahrender Alternativer, der lautstark all das anprangerte, was den Menschen hierzulande wichtig war, und der ausser dem Credo des Verzichts, das niemanden ansprach, keinerlei alternative Zukunftsvisionen vorzuweisen hatte. Was immer auch passiert war: Jolanda Luginbühl hatte ganz sicher nichts mit Gion Casatis Tod zu tun gehabt. Sie hatte es schlicht nicht nötig gehabt.

Diese Feststellung traf nicht nur auf Jolanda Luginbühl zu, sondern auch auf Scotsdale, auf jeden Einzelnen in diesem Konzern.

Womit Bruno Jaun wieder am Anfang war, dort, wo die Ermittlungen begonnen hatten. Und von wo aus alles neu eingeordnet werden konnte. Gion Casatis Tod war kein Mordanschlag gewesen, sondern ein Unfall. Benebelt von seinem Joint, im irren Glauben, noch vor dem kreuzenden Verkehr durchzukommen, oder schlicht aus Unachtsamkeit hatte er das Rotlicht überfahren und war von einem Lastwagen, der etwas mehr Bremsweg hatte, plattgefahren worden. Traurig, dumm, aber nicht mehr. Keine Verschwörung.

Diese Einsicht rückte den Tod von Jolanda Luginbühl in ein neues Licht. Denn das war ein Mord gewesen, ein sorgfältig geplanter, hinterlistiger, grausamer Mord. Und der war nun plötzlich nicht mehr der zweite Stein in einer Kette von Dominosteinen, sondern stand am Anfang von allem. Was wiederum bedeutete, dass sie bereits alle relevanten Fakten kannten. Sie hatten es bisher nur nicht verstanden, sie richtig zusammenzusetzen.

Als Bruno Jaun in sein Büro kam, war bereits ein anderer da. Walter Bitterlin sass auf Jauns Stuhl, im Büro hing ein leicht unangenehmer Geruch nach abgestandenem Zigarettenrauch und schlecht gewaschenem Mann. Der Leiter der Kriminalabteilung sah furchtbar aus, um Jahre gealtert, die Haut fahl, die Augen müde und blutunterlaufen. Er erhob sich, noch bevor Jaun ganz in den Raum gekommen war.

»Wir müssen reden«, sagte Bitterlin. »Aber nicht hier. Du kommst am besten gleich wieder mit.«

*

Es kann im Sommer auch Winter sein.

Stojan war daheim, hatte sich ins Bett verkrochen. Draussen schien die Sonne, war es Sommer. Die Menschen, die draussen unter seiner Wohnung über das Kopfsteinpflaster flanierten, legten ein eindeutiges Zeugnis davon ab. Sonnenbrille, kurze Hosen, Flip-Flops und Spaghettiträger. Doch im Inneren der Wohnung herrschte Winter. Es war dunkel, es war kalt.

Stojan hatte sich krankschreiben lassen, sogar mit Bitterlins Einverständnis. Der war vermutlich froh, seinen sündigen Mitarbeiter aus dem Weg zu haben, damit er eine für sich selbst vorteilhafte oder zumindest nicht ganz so zerstörerische Lösung der Affäre aufgleisen konnte.

Ja, Bitterlin hatte davon geredet, dass sich die Dinge zum Guten wenden würden; doch dabei hatte er diesen gönnerhaften Tonfall angeschlagen, der seine Worte zu nichts mehr als einem verbalen Schulterklopfen degradiert hatte. Ernst nehmen konnte Stojan solche Aussagen schon lange nicht mehr, nicht nur deshalb, weil ein gönnerhafter Tonfall überhaupt nicht zu Bitterlin passte.

Faktisch ging es für Stojan nun darum, auf die definitiven Konsequenzen zu warten. Würde man ihn per sofort freistellen? Würde es eine interne Untersuchung geben, bei der er zumindest dem Anschein nach etwas zu seiner Verteidigung aussagen könnte? Wie gross würde der Skandal in den Medien sein? Würde man ihn mit Fotos durch den Schmutz des Boulevards ziehen? Stojan hatte alle seine Profile in den sozialen Medien deaktiviert, aber er wusste, dass es im Internet Fotos von ihm gab, die man gegen ihn verwenden konnte, wenn man es darauf anlegte.

Dass er arbeitslos würde, damit hatte er sich bereits einigermassen abgefunden. Auch damit, dass er sich beruflich vollkommen neu orientieren müsste. Nach so einem Fehltritt war ein Job in jeder Art von Justizbehörde völlig ausgeschlossen. Immerhin hatte er in den vergangenen Jahren brav gespart und könnte mit dem Geld der Arbeitslosenkasse auch eine längere Durststrecke durchhalten oder eine Weiterbildung machen.

Nur mit einem hatte er sich nicht abgefunden – dass er Eliza nicht mehr wiedersehen sollte. Ja, im ersten Moment nach dem Schock im Schrebergarten, als Jaun in die Laube geplatzt war, hatte Stojan sich selbst nicht wiedererkannt. Er hatte sein Gesicht im Spiegel betrachtet und sich gefragt, wie er nur so ein Idiot hatte sein können. Doch nach zwei Tagen war das Verlangen zurückgekehrt. Waren Bilder von Eliza in seiner abgedunkelten Wohnung herumgeschwirrt, die grosse Sehnsucht im Schlepptau. Wenn Stojan jetzt die Augen schloss, konnte er sie sehen, sie riechen, sie fühlen. Er verzehrte sich danach, sie wiederzusehen. Damit wenigstens sie ihm blieb, wenn schon sein ganzes Leben den Bach runterging.

Bitterlin konnte ihm Befehle erteilen, soviel er wollte, denn er wäre ohnehin bald nicht mehr sein Vorgesetzter. Wenn ihn die Stapo schon wie eine heisse Kartoffel fallenlassen würde, warum sollte er dann noch die Anweisungen seines Chefs befolgen?

Er und Eliza hatten zweimal telefoniert seit jenem schrecklichen Moment in der Gartenlaube. Sehen wollen hatte sie ihn nicht.

War es tatsächlich aus? Konnte es sein, dass dieser

eine Moment nicht nur Stojans berufliche Zukunft, sondern gleich auch noch das zerstörte, was in seinen Augen wie ein verheissungsvoller Beginn von etwas Grossem aussah?

Sie hatten zwar bereits am Morgen miteinander telefoniert, aber die Stunden isoliert in der Wohnung waren furchtbar. Stojan wählte erneut Elizas Nummer.

»Was willst du?« Sie ging nach einem Standzeichen ran; er wusste, dass auch sie krankgeschrieben war.

»Deine Stimme hören.«

Sie atmete aus, er konnte *hören*, wie sie die Augen verdrehte.

»Ich möchte dich sehen, Eliza.« Er merkte, dass er wie ein Bettler klang, dass er wie ein Schwächling wirkte, ein dummer Teenie. Er hasste sich dafür, dass er diesen Tonfall nicht aus seiner Stimme brachte. »Das muss nicht das Ende sein. Nicht für uns.«

»Hatten wir überhaupt was zusammen?«

»Aus meiner Warte ja. War das für dich nicht auch so?«

»Du willst mir doch nicht weismachen, dass dieser komische alte Sack zufällig in meine Laube gekommen ist?« Ihre Fragen waren für ihn so sehr ein Déjà-vu wie seine Antworten.

»Ich kann es selber fast nicht fassen; aber was soll es sonst gewesen sein wenn nicht ein Zufall?«

»Das war dein Kollege, der dich davon abhalten wollte, mit mir zu schlafen. Weil er dich oder mich nämlich die ganze Zeit bespitzelt hat. Mit deinem Wissen vielleicht.«

»So war es nicht, Eliza. Ich schwöre es! Was denkst du, wie sehr ich mir jeden Tag wünsche, ich hätte dich ausserhalb meiner Arbeit kennengelernt?«

Sie gab einen verächtlichen Laut von sich, den er lieber nicht eingehender interpretieren wollte. »Selbst wenn du die Wahrheit sagst, was dich betrifft: Willst du mir etwa weismachen, dieser Jaun sei zufällig in meinen

Garten gestolpert? Die Menschen sterben wie die Fliegen, alle haben irgendwie mit Gion und dieser reichen
Ziege zu tun gehabt, doch die Polizei kommt keinen
Schritt voran. Hast du schon jemals in Betracht gezogen,
dass ihr einen Verräter in euren Reihen haben könntet?
Einer, der dem Mörder ständig Informationen weiter-
gibt und dafür sorgt, dass er euch stets einen Schritt voraus ist?«

Stojan schwieg. Diese Theorie hatte sie sofort nach
der Episode im Schrebergarten aufgestellt, und sie war
davon nicht mehr abzubringen. Anfangs hatte Stojan die
Idee als hanebüchenen Schwachsinn abgetan, doch je
mehr er darüber nachdachte, desto mehr Ungereimtheiten in den Ermittlungen fielen ihm auf.

Es gab tatsächlich verdächtig wenig Fortschritt. Bitterlin verfügte über obskure Quellen, doch deren Informationen ergaben offensichtlich wenig Sinn und brachten
die Ermittlung auch nicht voran. Sie schienen eher noch
mehr Verwirrung zu stiften.

War das vielleicht sogar der eigentliche Zweck dieser Informationshappen, die man Stojan hingeworfen
hatte? Waren es Nebelpetarden, die ihn verwirren, ihn
davon abhalten sollten, das eigentliche Ziel klar zu erkennen?

Hinzu kamen diese anfänglichen Informationslecks
an die Medien. Die hatten enorme Unruhe gestiftet; sie
hatten die Ermittler verwirrt, abgelenkt und den reizba-
ren Polizeikommandanten massiv unter Druck gesetzt.
Was hatte die undichte Stelle damit bloss bezweckt?
Wieso sollte jemand in der Stapo daran interessiert sein,
den obersten Chef zu schwächen und die Ermittlungen
im Fall Luginbühl zu behindern?

Als Stojan die Zusammenhänge wie Schuppen von
den Augen fielen, verschlug es ihm die Sprache. Denn
plötzlich sah er die Geschichte vor sich, die erzählt werden würde. Wenn der Glatzkopf stürzte, brauchte es einen Nachfolger. Einen, der kurzfristig für den Einsatz

bereitstand. Einen, der den Rückhalt der Mannschaft hatte, der die Stapo in- und auswendig kannte; nicht nochmals ein Externer wie Peter Zurbriggen, der seinen Laden offenbar nicht in den Griff bekommen hatte. Warum nicht einen, der soeben eine Reihe spektakulärer Morde aufgeklärt hatte? Warum nicht Walter Bitterlin?

Es passte alles. Bitterlin hatte ihm diese merkwürdigen Informationen gegeben, die Stojan mehr verwirrt als vorangebracht hatten. Bitterlin hatte diese Durchsuchung bei Scotsdale angeordnet, die ausser Unmengen von Arbeit und entsprechenden Verzögerungen nichts gebracht hatte. Bitterlin hatte das Konzept »Macht durch Informationskontrolle« wie kein anderer beherrscht: Er hatte als Einziger mit dem Kommandanten geredet; er hatte Stojan verboten, Jaun von den Schrebergärten zu erzählen; er hatte als Einziger gewusst, dass sich Stojan an Eliza ranmachen sollte. Bitterlin war es, der alle diese Informationen hatte, die in den Medien aufgetaucht waren. Bitterlin war es, der vom Sturz des Kommandanten profitieren könnte, dem es in die Hände spielte, wenn ein nüchterner Mordfall zu einer ausgewachsenen Affäre eskalierte. Bitterlin war es, der Stojan dank seines Fehltritts vollkommen im Griff haben würde.

Bitterlin, Bitterlin, Bitterlin. Es lief alles auf Walter Bitterlin hinaus.

Stojan war so entsetzt, dass er die Verbindung einfach unterbrach, ohne sich von Eliza zu verabschieden. Er war ganz nah dran gewesen, so nah wie keiner sonst, aber gerade wegen dieser Nähe hatte er es nicht gesehen.

Er musste zu Zurbriggen. Sofort. Und er würde Bruno Jaun mitnehmen.

Völlig verstört verliess Stojan seine Wohnung. Er war sich später nicht mehr sicher, aber vermutlich war er durch die ganze Altstadt gerannt, denn als er vor der Hauptwache ankam, war er ausser Atem. Im Laufschritt hastete er in den Keller zu Jauns Büro. Doch dieses war verwaist, nicht einmal der Computer lief. Stojans Nase nahm einen ganz schwachen Geruch wahr, eigentlich nur die ferne Erinnerung an einen Geruch.

Der Geruch eines kalten Aschenbechers.

Walter Bitterlin war vor ihm hier gewesen.

*

Irgendetwas war nicht gut; das wurde Bruno Jaun bald klar. Bitterlin war merkwürdig. Schweigsam und in seine eigenen Gedanken versunken war er eigentlich relativ oft, aber an diesem Morgen wirkte er abweisend, geradezu unnahbar.

Er hatte Jaun zu einem Dienstwagen geschleppt und war losgefahren, ohne zu sagen, wohin die Fahrt gehen sollte. Ein Rätsel, das sich für Jaun rasch gelüftet hatte. Bitterlin war dem Sihlquai entlang zum Escher-Wyss-Platz gefahren, vorbei am ehemaligen Zürcher Strassenstrich, bevor dieser von der Stadtregierung in die Verrichtungsboxen in Altstetten verbannt worden war. Es war klar: Bitterlin fuhr zum Hardhof.

Er redete kein Wort, das Radio war aus und die Stille im Auto wurde rasch unangenehm. Jaun öffnete das Fenster, liess ein bisschen Stadtleben und Verkehrsgewühl ins Auto, ohne damit die Stimmung aufhellen zu können. Am Hardhof fuhr Bitterlin rechts ran, stieg aus, zündete sich, noch immer wortlos, eine Zigarette an.

Erinnerungen brandeten in Bruno Jaun auf. Das letzte Mal, als er an diesem Ort war, hatten sich auf seinem Hemd Blutspritzer befunden, vermutlich sogar ein bisschen von Leimbachers krankem Hirn, das Jaun kurz davor zu Brei geschossen hatte. Es war der Beginn der Lügen gewesen, die seither wie ein Fels auf ihm lasteten. Es schien Jaun stimmig, dass die Lügen hier enden würden, denn dass sie enden würden, war ihm auf dem Weg zum Hardhof bewusst geworden. Bitterlin schien alles zu wissen. Der Tag der Abrechnung war gekommen.

Für ihn selbst unverständlich, empfand Jaun so etwas wie Erleichterung. Diese unerträgliche Anspannung, die ständige Angst, erwischt zu werden, verschwinden in dem Moment, in dem man tatsächlich erwischt wird.

Jetzt wusste Bruno Jaun, was Hilvert gemeint hatte, als er davon schwadronierte, er fühle sich frei, obwohl er sich im Knast befand. Hilvert hatte diese Erleichterung gemeint.

Jaun stiess die Tür auf und stieg aus. Bitterlin stand auf der anderen Seite des Autos, zog an seiner Zigarette, musterte ihn wie der scharfsinnige Ermittler, der er war.

»Hier ist Leimbacher gestorben«, sagte Bitterlin jetzt, jede von Jauns Bewegungen höchst aufmerksam verfolgend.

Jaun blieb stoisch. Er würde sich nicht selbst verraten, so viel war sicher. Wenn Bitterlin ihn einsperren wollte, müsste er die Beweise selber beibringen.

»Ich weiss«, antwortete er, seine Stimme weder interessiert noch nervös.

»Sagt zumindest Hilvert«, fuhr Bitterlin fort. »Aber ehrlich gesagt bin ich nicht so sicher, ob er nicht lügt. Ob er uns nicht einfach irgendeine Geschichte aufgetischt hat, die ihm in den Kram gepasst hat.«

Jaun schwieg, hielt Bitterlins Blick stand. Er hatte Leimbacher, dem Monster, in Todesangst ins Gesicht geblickt, dagegen war das hier ein Kaffeekränzchen.

»Du weisst, dass ich geschieden bin?«, wechselte Bitterlin abrupt das Thema, den Blick nicht mehr auf Jaun gerichtet, sondern in eine undefinierbare Ferne.

»Das habe ich gehört.«

»Das war der Zeitpunkt, an dem alles angefangen hat, aus dem Ruder zu laufen in meinem Leben. Ich habe es erst rückblickend wirklich verstanden, aber das war der Anfang.«

Jaun schwieg, sah sich um. Der Hardhof war menschenleer, in der Ferne sah er einen Spaziergänger, hinter den Bäumen rauschte der Verkehr auf dem Autobahnzubringer. Aber da, wo sie standen, war sonst niemand, genau wie damals.

»Weisst du, woran Ehen zerbrechen? Woran meine zerbrochen ist?« Bitterlin seufzte, nahm einen tiefen Zug, warf die Zigarette zu Boden und drückte sie mit der Schuhspitze aus. Er wirkte bleich und alt, irgendwie krank.

»Ich verstehe nicht ganz, worauf du hinauswillst.«

Jetzt lächelte Bitterlin. »Wir haben nicht miteinander geredet«, sagte er, »Anna und ich. Respektive: Sie hat mit mir geredet, aber ich habe nicht zugehört. Ich habe gearbeitet und gedacht, es sei alles gut. Dabei war gar nichts gut. Das, was wir denken, kann meilenweit neben dem liegen, was tatsächlich ist.«

Jaun beschränkte sich erneut aufs Schweigen.

»Weisst du, was ich von dir gedacht habe?« Bitterlin lächelte jetzt, als würde er sich über etwas amüsieren. Keinen prolligen Witz, sondern ein Musterstück an feiner Ironie.

»Dass du Leimbacher umgebracht und bei dir im Garten verscharrt hast. Ich habe sogar einen Privatdetektiv mit einem Bodenradar in deinen Garten geschickt. Aber da war nichts, natürlich. Da ist mir klar geworden, dass ich mir etwas eingebildet hatte, dass ich mich in meiner eigenen Geschichte verloren hatte. Endlich, nach Jahren, habe ich das gestern Nacht verstanden. Da bin ich zu Anna gegangen, habe sie aus dem Bett geholt und mit ihr geredet. Ihr zugehört. Es hat alles geändert; die Welt in meinem Kopf ist gut geworden. Da ist kein Hass mehr, er ist einfach weg, als hätte es ihn nie gegeben.«

Jaun lag bereits eine aufmunternde Replik auf der Zunge, doch noch bevor er sie aussprechen konnte, erkannte er, wie nichtssagend und leer sie war. Er schwieg, hörte das Blut in seinen Ohren rauschen. Bitterlin war nah dran gewesen, verdammt nahe. Viel näher, als Jaun sich ausgemalt hatte.

»Wir haben nicht miteinander geredet, sondern übereinander. Die ganze Zeit war jeder in seiner Welt, Stojan, du, ich. Wir haben uns in Spekulationen verloren, in immer abstruseren Hirngespinsten. Darum haben wir den Fall nicht in den Griff bekommen. Wir waren kein Team mehr, wir waren Einzelkämpfer. Das ist nicht gut.«

Jaun dachte an die Arbeitsstunden, die er erfasst hatte, obwohl er zu Hause gegärtnert hatte. Die Genugtuung, die er sich einredete, weil er in seinem Kellerbüro von niemandem belästigt wurde. Die Besuche, bei denen er mit seinem alten Chef im Knast über seinen jetzigen Chef hergezogen war.

»Ich weiss, was du meinst«, murmelte er. »Ich weiss auch, dass ich meinen Teil dazu beigetragen habe.«

Bitterlin sah auf, kurz nur signalisierte eine hochgezogene Augenbraue seine Überraschung. Dann griff er in die Innentasche seines Sakkos und holte einige Papiere heraus. Eine Postkarte und einen zusammengefalteten Stadtplan.

»Ich dürfte dir das nicht zeigen«, sagte er. »Der Glatzkopf hat es mir verboten. Aber so langsam denke ich, dass wir uns damit mehr geschadet als genützt haben.«

»Was ist das?« Jaun musterte die Postkarte, eine Szene aus Zürich, das Fraumünster im Zentrum. Der Stadtplan war von Zürich. Jemand hatte einzelne Grundstücke mit rotem Fettstift markiert.

»Die hat Hilvert an Zurbriggen geschickt.« Jaun bemerkte, wie Bitterlin ihn musterte, wie er jede einzelne Zuckung in seiner Gesichtsmuskulatur registrierte und interpretierte. »Es ist noch eine gekommen. In der ersten hat er mit Gion Casatis Telefonnummer geprahlt, lange bevor wir davon wussten.«

»WAS?!« Jaun glotzte ungläubig.

»Auf dem Plan hat er alle Schrebergärten der Stadt markiert. Bevor Sascha Kreuzer in einem ermordet wurde. Aber sieh doch selbst. Sagt dir das was?«

Jaun nahm die Postkarte, drehte sie um. Sah Hilverts Sauklaue, die ihm in zwanzig Jahren gemeinsamer Arbeit so vertraut geworden war wie die eigene Handschrift.

»Verehrter Zurbriggen«, las er sich die Karte selber vor. »An einem dieser Plätze blüht ihr rotes Wunder!«

Es war, als könnte er Hilvert vor sich sehen. Hilvert, wie er in seiner Zelle hockte, schwungvoll Lettern auf die Postkarte warf, dieses diebische Grinsen im Gesicht, vor dem sich Jaun immer gefürchtet hatte. Das freudige Leuchten in den blauen Augen, das jeweils einer kleinen Inkorrektheit oder einer monumentalen Katastrophe vorangegangen war. Hilvert, der Spitzbube, der in seinem Innersten noch immer der freche Bengel war, dem Mutter einst – bestimmt verdient! – den Hintern versohlt hatte.

»Das rote Wunder«, murmelte Jaun, »warum nicht das blaue?« Doch noch während er es aussprach, wusste er es. Das rote Wunder, er hatte es selber gesehen! Im Schrebergarten!

Gelächter packte ihn. Er wollte es unterdrücken, es sich als unprofessionelle Entgleisung für den Feierabend aufheben, doch es war zu stark, brach brüllend aus ihm heraus, steigerte sich in seiner Intensität, als Jaun Bitterlins verständnisloses Gesicht sah. Als er endlich fertig war, musste er sich die Augen auswischen.

Bruno Jaun räusperte sich.

»Wir müssen Eliza Hubacher festnehmen«, sagte er.

*

Stojan hockte in seinem Büro, vor sich das Telefon.

Bereits zweimal hatte er den Hörer in der Hand gehabt, einmal sogar die ersten zwei Zahlen der Kurzwahl des Kommandanten getippt. Doch jedes Mal hatte das Zögern überwogen, dieses mulmige Gefühl im Bauch, das er sich selbst als Vorsicht schönredete, das aber in Wahrheit einfach nur Angst war.

Angst vor der Reaktion des Glatzkopfs, vor dem sich an den schlechten Tagen sogar Bitterlin duckte. Angst vor dem eigenen Versagen. Davor, einen kolossalen Fehler zu machen.

Noch auf dem Weg zur Hauptwache war er zutiefst davon überzeugt gewesen, dass Walter Bitterlin der Insider war, den Eliza im Herzen der Stapo vermutete. Dass er von Scotsdale geschmiert wurde, dass er vertuscht hatte, dass er die Nebelpetarden in den Medien gezündet hatte.

Doch jetzt war Bruno Jaun verschwunden, jemand hatte ihn mit Bitterlin davonfahren sehen. Dass Jaun mit Bitterlin unter einer Decke steckte, schloss Stojan aus; Jaun war die Korrektheit in Person, der war sicher nicht korrupt. Aber Bitterlin? Er verhielt sich manchmal merkwürdig, ja, aber dass er in mehrere Morde verwickelt sein sollte? Konnte es sein, dass er, Stojan, sich derart täuschte in den Menschen, die ihn unmittelbar umgaben? Mit denen er täglich zusammenarbeitete, von denen er aber, nüchtern betrachtet, kaum etwas wusste?

Die Zweifel frassen sich wie Säure in Stojans Gedanken. War es ein Fehler gewesen, Bitterlin zu vertrauen? Oder war es gerade andersrum: Beginge er einen weiteren riesigen Fehler, wenn er seinen Vorgesetzten beim Kommandanten anschwärzte? Wäre das nach dem Intermezzo mit Eliza der Todesstoss, den er sich selbst versetzte?

Stojan schrak auf, als die Tür zu seinem Büro kraftvoll aufgestossen wurde und krachend mit der Klinke in die Wand schlug, sodass kleine Stückchen Mörtel zu Boden rieselten. Bitterlin stand unter der Tür, hinter ihm Jaun. Bitterlin wirkte angespannt, Jaun zufrieden und irgendwie erheitert.

»Gut, bist du da«, sagte Bitterlin. »Ich muss zu Zurbriggen. Bruno wird dich aufklären. Es wird dir nicht gefallen, was er zu sagen hat.«

Dann war Bitterlin weg, Stojans verständnislosen Blick im Rücken. Jaun kam ins Zimmer, schloss die Tür hinter sich. Der zufriedene Ausdruck, der gerade noch auf seinem Gesicht gelegen hatte, war weg und hatte einer tiefen Besorgnis Platz gemacht. Auf Stojan wirkte er wie ein Arzt, der im Begriff war, seinem Patienten eine Krebsdiagnose zu eröffnen. Der kalte Stein in seinen Eingeweiden wurde schwerer.

»Was sollst du mir erzählen?«

Bruno Jaun seufzte, sah zu Boden, schien sich im Kopf Worte zurechtzulegen. Nur, um dann zum Schluss zu kommen, dass ein kurzer heftiger Schmerz weniger schlimm war als ein in die Länge gezogenes Leiden.

»Wir haben soeben Eliza Hubacher verhaftet. Sie war es, die all die Morde begangen hat.«

Der Boden unter Stojan schwankte und er stürzte. Im freien Fall raste er in den Abgrund, der noch grösser und finsterer war, als er gedacht hatte. Das hier war das Ende – nicht nur seiner Karriere, sondern seines Lebens.

»Sie ist krank, Stojan. Krank im Kopf.«

»Aber …«, stammelte Stojan im verzweifelten Versuch, Worte zusammenzuklauben, mit denen er Jauns Behauptung widerlegen, sie aus dem Raum verbannen konnte. Es gelang ihm nicht.

»Warum denn nur?« Er hörte sich selbst, als spräche ein Fremder.

»Ich vermute, dass der Tod von Gion Casati sie komplett aus der Bahn geworfen hat. Wir glauben, dass Casati eine Affäre mit Jolanda Luginbühl hatte. Das muss Eliza rausgefunden haben, als sie seine Wohnung durchsucht hat. Aber sie konnte es nicht akzeptieren. Also hat sie sich diese Geschichte von kriminellen Machenschaften bei Scotsdale und gefährlichen Verfolgern zurechtgezimmert, weil sie alles irgendwie erträglicher machte und sie selbst von jeder Schuld freisprach. Ich gehe davon aus, dass Gion Casati ein notorischer Lügner war und einen Teil der Räuberpistole über Scotsdale selber erfunden hat. Dass er sich die Geschichte von Umweltvergehen, geheimen Beweisen und von Korruption ausgedacht hat, um seine Liebesaffäre vor Eliza zu verschleiern.«

Jaun sah gedankenverloren auf Stojan herab; Mitleid

lag in seiner Stimme. »Sie hat das alles wohl selbst geglaubt. Schergen von Scotsdale hätten ihren Partner ermordet, sie selbst stehe unter dauernder Beobachtung, sei in Gefahr. In dieser Welt, die sie konstruiert hat, musste sie in Notwehr handeln, musste sie Sascha Kreuzer und Jolanda Luginbühl ausschalten, um zu verhindern, dass sie selbst als Nächste umgebracht würde. Und weil sie es selbst geglaubt hat, war sie auch so überzeugend.«

Noch während Jaun redete, wusste Stojan, dass er recht hatte. Denn jetzt passte alles zusammen. Casati, der seine Wohnung behalten hatte, obwohl er bei Eliza wohnte. Der angeblich aus Angst vor Verfolgung nicht im gemeinsamen Haus übernachtet hatte. Die Beweise, die sich partout nicht finden liessen. Die beschlagnahmten Unterlagen von Scotsdale, die keinerlei illegale Vorgänge erkennen liessen. Jolanda Luginbühl, die Karrierefrau, die offenbar kein Privatleben gehabt hatte, aber wohl doch ihre privaten Bedürfnisse. Und diese hatte sie anscheinend auch ziemlich zielstrebig befriedigt, hatte sie nach Casatis Tod doch ziemlich schnell intensive Kontakte mit dem Hausjuristen Sascha Kreuzer aufgenommen. Aber nicht, um sich rechtlich abzusichern, sondern um sich unkompliziert einen neuen Bettgenossen anzulachen.

Es machte alles Sinn; Stojan sah die Ereignisse klar vor sich wie in einem Film. Er hatte alle Fakten gehabt, aber er war von einem falschen Ansatz ausgegangen. Einem Ansatz, den zu bestimmen er Eliza Hubacher erlaubt hatte – ein unverzeihlicher Fehler. Doch wegen dieser falschen Grundannahme war der ganze Film ein anderer geworden als der wahre.

Jetzt, ohne diesen falschen Ausgangspunkt, machte alles Sinn. Gion, der Weiberheld, der mit Jolanda Luginbühl eine Affäre hatte und gleichzeitig eine mit Sladana Djop. Gion, der bei Sladana Djop übernachtet und sich nach der Guten-Morgen-Bettgymnastik einen Guten-Morgen-Joint reingezogen hatte, um auf dem Weg zu seiner Wohnung tiefenentspannt auszublenden, dass eine Ampel auch auf Rot stehen konnte. Gion, dem Eliza wohl etwas zu klammernd, zu anstrengend gewesen war, der es aber auch praktisch gefunden hatte, bei ihr zu schmarotzen.

Und dann Eliza, Stojan sah ihr schönes Gesicht direkt vor sich. Eliza, die den Gedanken nicht zulassen konnte, dass irgendjemand sie nicht liebte, die – aufgestachelt durch Gions Ammenmärchen – eine Verschwörung bei Scotsdale witterte und bei der Polizei täglich Stunk machte. Bis zu dem Tag, da Gions Schwester sie in dessen Wohnung liess und Eliza dort die Wahrheit entdeckte. Eine Wahrheit, die sie vollends in den Abgrund des Wahnsinns getrieben hatte.

Denn wenn ausgeblendet werden musste, dass Gion eine Affäre hatte, dann machte die Geschichte für Eliza nur Sinn, wenn Jolanda Luginbühl eine heimtückische Verführerin war, die Gion mithilfe von Sascha Kreuzer ausspioniert hatte. Sladana Djop käme in diesem Szenario wohl die Rolle der gedungenen Killerin von Scotsdale zu. In dieser Geschichte war Gion das unschuldige, naive Opfer und Eliza die edle Ritterin, die das Böse auf der Welt bekämpfte, um den Namen ihrer grossen Liebe reinzuwaschen.

Welchen Platz hatte wohl Stojan in dieser Geschichte, die nur in Elizas Kopf existierte? War er ein Verbündeter gewesen, zu dem sie sich ehrlich hingezogen fühlte? Oder ein Teil des »Systems«, das man täuschen, aushorchen und manipulieren durfte? Er würde es wohl nie mit Sicherheit wissen. Doch eines war klar: Sascha Kreuzer war gestorben, weil sich Eliza seinen Namen bei Stojan verschafft hatte. Vermutlich damals, als sie ihn überraschend im Büro aufgesucht und er sie einen Moment allein gelassen hatte, um ihr mit einem Kaffee zu hofieren. Stojan war Elizas überaus ergiebige Quelle gewesen. Es hatte tatsächlich einen Insider bei der Stapo gegeben: Stojan selbst.

Von diesem Fauxpas würde Stojan sich nicht erholen. Dabei meinte er nicht einmal seine Karriere, die hatte er ohnehin abgeschrieben. Er dachte an die Schuld, die künftig tonnenschwer auf ihm lasten würde und deretwegen er wohl niemals wieder unbefangen in einen Spiegel schauen könnte. Denn er, der junge Detektiv mit einer vielversprechenden Laufbahn vor sich, hatte blind vor Verliebtheit Elizas Geschichte geglaubt, hatte sich von ihr regelrecht einwickeln und in ihre Welt aus Fantasien, Misstrauen und Verschwörungen hineinziehen lassen. Dies, ohne zu bemerken, wie sehr er sich von der Realität entfernte.

In diesem Moment spürte Stojan eine Hand auf seiner Schulter. Noch vor einer Stunde hätte er diese Hand brüsk weggeschlagen, doch in diesem Moment war sie das Beste, was ihm passieren konnte. Sie vermittelte Ruhe, diese Hand, väterliche Wärme geradezu. Stojan sah auf, begegnete Bruno Jauns tröstendem Blick.

»Das wird schon wieder«, sagte Jaun. »Wir stehen das gemeinsam durch. Glaub mir: In diesem Laden gibt es noch andere, die eine Leiche im Keller haben.«

Dabei zwinkerte Jaun Stojan zu, sein Gesicht von einem kaum wahrnehmbaren, doch unglaublich intensiven Lächeln erfüllt. Überhaupt wirkte es so, als habe das Zwinkern gar nicht Stojan gegolten. Als habe Jaun jemandem zugezwinkert, der sich gar nicht im Raum befand.

*

Zurbriggen hatte gute Laune. Er sass an seinem wuchtigen Schreibtisch, der mit Papieren und Akten übersät war, allen Bemühungen zur Digitalisierung zum Trotz. Auf einem der roten Mäppchen, die für den internen Geschäftslauf verwendet wurden, stand eine Tasse Kaffee.

Bitterlin setzte sich und begegnete dem interessierten Blick des Kommandanten. Er wusste, dass er in den nächsten zehn Minuten alle seine Talente in Sachen Diplomatie und Kommunikation benötigen würde.

»Es gibt gute und schlechte Neuigkeiten«, hob er vorsichtig an. »Womit soll ich beginnen?«

Ein leichtes Stirnrunzeln. »Gibt es Post von Hilvert?«

»Nein, diesmal nicht. Aber dazu habe ich auch noch ein paar Infos.«

»Er hat hier angerufen. Der kennt gar nichts. Aber das war sicher das erste und das letzte Mal.« Zurbriggen wirkte zufrieden; er schien einen Weg gefunden zu haben, Hilvert an sich abprallen zu lassen – nota bene die einzige erfolgversprechende Strategie bei einem Charakter wie Hilvert. Das waren weitere gute Vorzeichen, denn Zurbriggen würde auch ein gerüttelt Mass an Resilienz benötigen, um Bitterlins Neuigkeiten ohne Herzinfarkt zu überstehen.

»Aber bevor Sie jetzt Ihre Katze aus dem Sack lassen: Nehmen Sie einen Kaffee? Damit feiert sich das Gute besser und lässt sich das Schlechte besser verkraften.« Zurbriggen stand auf, nahm seine Kaffeetasse. Dabei hob sich auch der Deckel der darunterliegenden Akte, die dank des ausgelaufenen Kaffees mit der Tasse eine innige Verbindung eingegangen war. Der Kommandant ging zu seiner Kaffeemaschine, warf eine Kapsel ein und schaute scheinbar interessiert zu, wie die braune Flüssigkeit in seine Tasse lief. Dann wiederholte sich das Ritual mit einer zweiten Tasse für Bitterlin.

»So, jetzt können Sie sprechen. Ich bin gerüstet!«

Das tat Bitterlin. Er redete fast eine Viertelstunde. Begann damit, dass die Morde geklärt seien. Dass die Täterin bereits verhaftet sei. Dass es sich um Eliza Hubacher handle, die bisher als Zeugin gegolten hatte. Dann holte er aus, schilderte die Geschichte, die er sich in einer intensiven Stunde mit Jaun am Hardhof zusammengereimt hatte, über die Motorhaube des Dienstwagens gebeugt, kettenrauchend. Casatis Affären, seine Lügen, sein Unfalltod, der ein zerstörerisches Räderwerk in

Gang gesetzt hatte. Eliza Hubacher, die wohl an einer narzisstischen Persönlichkeitsstörung litt, die sich zu einem ausgewachsenen Wahn entwickelt hatte, auch wenn es natürlich an den Psychiatern sein würde, ihren Geisteszustand zu beurteilen. Jetzt kam Bitterlin zu dem Punkt, an dem er Sascha Kreuzers Tod erklären musste. Und darlegen musste, was zwischen Eliza und Stojan vorgefallen war.

Danach sass der Kommandant eine Weile schweigend am Tisch. Bitterlin suchte nach Anzeichen einer drohenden Eruption, der verräterischen Rotfärbung an Hals und Wangen; doch da war nichts. Zurbriggen sah auf den Tisch hinab, strich sich über die Glatze.

»Scheisse«, fasste er dann zusammen.

»Ich übernehme dafür die volle Verantwortung«, sagte Bitterlin. »Das war zu einem überwiegenden Teil mein Fehler. Ich habe Stojan angewiesen, sich an Eliza Hubacher ranzumachen, um unauffällig die Beweise zu suchen, die sie sich nur eingebildet hat, wie sich jetzt herausstellt. Ich selbst habe ihre Story geglaubt, und das ist eigentlich unverzeihlich.«

Zurbriggen seufzte. »So eine Scheisse«, wiederholte er. »Das muss ich untersuchen lassen.«

»Das ist mir bewusst.«

»Ich glaube, ich brauche noch einen Kaffee.« Der Kommandant erhob sich, wiederholte das Ritual an der Kaffeemaschine, diesmal ohne Bitterlin eine Tasse anzubieten. Dieser sah, wie es hinter der Stirn des Kommandanten heftig arbeitete. Schliesslich schien Zurbriggen zu einem Schluss gekommen zu sein, denn als er sich wieder setzte, stürzte er die Tasse in einem Zug herunter.

»Wir gehen jetzt wie folgt vor«, sagte er, während er mit beiden Händen auf den Tisch schlug. »Volle Transparenz, sonst fliegt uns das um die Ohren. Ich leite die interne Untersuchung ein und rede mit dem Stadtrat. Dann informiere ich die Presse. Ausser mir redet niemand in dieser Sache. Keinen Piep. Verstanden?«

»Natürlich.«

Ein fürsorglicher Ausdruck erschien auf Zurbriggens Gesicht. »Wird Stojan das verkraften? Sie waren bisher ja ganz zufrieden mit ihm?«

»Er ist ein guter Kerl. Aber das ist ein harter Schlag. Er ist ziemlich geknickt.«

»Richten Sie ihm aus, dass wir zusammenstehen. Dass ich zu meinen Leuten stehe. Aber dass er Sanktionen zu gewärtigen hat. Sie übrigens auch.« Jetzt grinste Zurbriggen tatsächlich. »Sie beide sollen durchaus auch Ihr Fett abbekommen, sonst bin das nämlich immer ich.«

Bitterlin wollte sein Pokerface montieren, aber er hatte keine Chance. Die Erleichterung war so gross, dass sie sich in einem entspannenden Lachen Bahn brach. Ein Lachen, in das Zurbriggen tatsächlich einstimmte.

»Etwas möchte ich aber doch noch wissen«, insistierte der Kommandant dann. »Sind Sie in der Sache Jaun und Hilvert weitergekommen?«

»Jein. Zeitweise war ich überzeugt, die beiden ständen unmittelbar vor einem Coup, der dazu dienen sollte, Hilvert aus dem Knast zu holen. Dass Jaun Leimbacher ermordet und in seinem Garten verscharrt hätte. Aber ich habe das überprüfen lassen: Jauns Garten ist sauber.«

Zurbriggens Augen waren weit aufgerissen, doch er gab keinen Ton von sich.

»Was ich mit Sicherheit weiss: Hilverts Geschichte stimmt nicht. Er hat geschummelt. Ich bin ziemlich sicher, dass Bruno Jaun in die Ermordung von Leimbacher involviert war. Vermutlich hat er aufgeräumt, nachdem Hilvert die Schweinerei angerichtet hatte. Eigentlich so wie immer.«

»Sehr plausibel«, nickte Zurbriggen. »Aber diese Untersuchung von Jauns Garten vergessen Sie am besten ganz schnell. Ich werde grosszügig darüber hinwegsehen; aber Sie wissen selbst, dass das gegen jede Regel verstiess!«

Bitterlin senkte den Blick und nickte, das war mehr,

als er sich erhofft hatte. »Mir ist noch etwas bewusst geworden«, fuhr er schliesslich fort. »Ich habe mich immer gefragt, warum Hilvert allein in Haft sitzt, wenn Jaun so stark in die Ermordung von Leimbacher involviert war.«

»In der Tat höchst suspekt.«

»Nur auf den ersten Blick. Irgendwann habe ich verstanden, was da passiert ist. Hilvert hat entgegen aller Gewohnheit Verantwortung übernommen. Er hat alle Schuld auf sich genommen und ist ins Gefängnis gegangen, damit Jaun unbehelligt bleibt.«

Der Kommandant sass da, starrte auf die Tasse, die er in seinen Fingern drehte; das schabende Geräusch klang übermässig laut im ansonsten stillen Eckbüro.

»Wir könnten dem natürlich nachgehen, alles aufklären, nach Vorschrift vorgehen«, fügte Bitterlin hinzu. »Aber ich persönlich kann damit leben, dass wir alles so lassen, wie es ist. Jaun ist ein guter Polizist, viel besser, als alle dachten. Er hat sich immer hinter Hilvert versteckt, aber er ist richtig gut. Der Gerechtigkeit zumindest ist Genüge getan, denn der wirklich Schuldige sitzt im Knast.«

Zurbriggen nickte nachdenklich. Dann seufzte er. »Wieso nur schickt er mir dann diese Postkarten? Das habe ich bis heute nicht verstanden.«

»Ich mittlerweile schon. Ich habe die Karte Jaun gezeigt. Der hat einen Lachanfall gekriegt. Hilvert wollte uns wohl tatsächlich helfen, allerdings nicht, ohne Sie dabei so richtig zu provozieren. Vermutlich dachte er, wir würden die Karte Jaun zur Bearbeitung überlassen und der würde sie verstehen.«

»Der tickt doch nicht richtig«, brummte Zurbriggen, den Kopf heftig schüttelnd. »Aber was hat diese Scheisse mit dem roten Wunder im Schrebergarten denn bedeutet? Ich habe mir das Hirn zermartert, ohne zu einem Ergebnis gekommen zu sein.«

Jetzt musste Bitterlin grinsen. »Der Wunderbaum«,

sagte er. »Oder Ricinus communis, die Rizinuspflanze. Sie hat grosse rote Blätter und knallrote Früchte. Aus ihren Samen wird Rizin gewonnen. Eliza Hubacher hat eine in ihrem Schrebergarten. Sie hat für ihre Morde einfach das genommen, was ihr zur Verfügung stand. Hilvert ist der Spur des Giftes gefolgt, das war der richtige Ansatz.«

Wieder herrschte Schweigen im Büro, während der Kommandant diese Erkenntnis sacken liess.

»Dafür werde ich ihn vierteilen«, sagte Zurbriggen schliesslich, es klang eher nach einer Feststellung als nach einer Drohung. Er liess seiner Aussage ein ausuferndes Schweigen folgen, das ihre Wirkung noch unterstrich. Schliesslich lehnte er sich zurück, strich sich über die Glatze und zwirbelte die Spitzen seines Schnurrbarts.

»Da sind wir ja schön vorgeführt worden von diesem Knacki!«, sagte Zurbriggen lakonisch. Seine Wangen blähten sich, als er die in den Lungen angestaute Luft entweichen liess, und mit dieser offenbar auch alles Übel, das dieser Fall über ihm ausgeschüttet hatte.

»Na ja, da kann man nichts machen«, meinte er schliesslich schulterzuckend. »Jetzt räumen wir das Chaos auf, bringen Eliza Hubacher vor Gericht, und alles ist in Butter. Immerhin eine Genugtuung haben wir: Wir beide können heute Abend in ein Restaurant und uns an einem saftigen Entrecôte erfreuen, während Hilvert mit dem Knastfrass vorliebnehmen muss. Manchmal sorgt das Leben ganz allein für ausgleichende Gerechtigkeit!«

Das Lachen, in das Zurbriggen dann verfiel, triefte derart vor Schadenfreude, dass es sich nur im privatesten Rahmen voll entfalten konnte. Aber es war ehrlich und ansteckend, sodass Bitterlin herzhaft einstimmte.

Sie trennten sich in bester Laune, ein Ausgang, den sich Bitterlin in seinen kühnsten Träumen nicht auszumalen gewagt hätte. Er hatte sich getäuscht, fürchterlich getäuscht, als er den Menschen in seinem nächsten Umfeld böse Absichten unterstellt hatte, obwohl keiner von ihnen solche gehegt hatte. Der Einzige, der an Intrigen gebastelt und den Medien dem Amtsgeheiminis unterliegende Informationen zugespielt hatte, um seinen Vorgesetzten zu destabilisieren, war er selbst gewesen.

Auf der Suche nach menschlichen Abgründen sollte jeder mit dem eigenen Spiegelbild anfangen, dachte Bitterlin. Eine Lektion, die sowohl schmerzte als auch guttat. Spontan entschloss er sich, den letzten jener offenen Punkte, die sein Misstrauen ausgelöst hatten, klarzustellen. Ohne zu klopfen platzte er ins Büro von Yvonne Zwicky.

»Hast du einen Moment?«

»Klar, immer doch.«

»Du machst doch die Organigramme, richtig?«

Sie grinste. »Es reisst sich sonst niemand darum, ja.«

»Warum bin ich auf der neuesten Version nicht mehr drauf?«

Sie erschrak. Startete das Programm, starrte auf das Organigramm. Fluchte, nicht ganz ladylike. »Dieses blöde Programm. Wir mussten eine neue Vorlage verwenden, neues Corporate Design. Doch damit gibt's nur Ärger. Dein Kästchen ist zwar da, aber ich habe es irgendwie geschafft, es auszublenden. Sorry. Wird gleich behoben!«

Als Bitterlin ihr Büro verliess, nahm er sich vor, Yvonne am nächsten Tag Pralinen zu bringen.

Es wäre alles so einfach gewesen. Er hätte nur mit ihr reden sollen. So wie er mit Anna und Stojan hätte reden sollen. Stattdessen hatte er vor sich hingebrütet, sich zig Szenarien ausgemalt und die abstrusesten Theorien entwickelt. Dabei war er immer weiter von der Wahrheit abgekommen, ohne es zu merken.

Vor seinem Büro entschied er spontan, jetzt nicht mehr durch diese Tür zu gehen, sondern Feierabend zu machen, die Stapo zu vergessen und mit ein paar ganz normalen Menschen in einer Beiz ein Bier zu trinken und zu quatschen. Denn genau das war es, was er dringend brauchte.

*

»Das war wohl keine Glanzleistung von mir«, brummte Thomas K. Hilvert; Zerknirschung sprach aus seinem Gesicht, auch – für Jaun ziemlich überraschend – ein schlechtes Gewissen. Was so ein Aufenthalt hinter schwedischen Gardinen doch alles bewirken konnte! Vielleicht bestand tatsächlich Hoffnung auf Besserung!

Jaun schüttelte den Kopf, noch immer erstaunt über das Ausmass des Chaos, das Hilvert sogar aus dem Knast heraus zu stiften imstande war. »Das ist die Untertreibung des Jahrzehnts!«

»Es rechtfertigt nichts, aber ich langweile mich zu Tode, Jaun! Hier drin ist es furchtbar! Ich war sogar im Fitnessraum! ICH!!«

»Es ist eine Strafanstalt, Chef. Sie sollen ja für Ihre Sünden bestraft werden.« Jauns Feixen konnte durchaus als boshaft durchgehen.

Hilvert fixierte seine gefalteten Hände auf dem Tisch. »Ausserdem hatte ich den Eindruck, dass auch Sie sich langweilten, Jaun. Ich habe Sie nicht wiedererkannt! Sie haben während der Arbeitszeit Privates erledigt! Also wollte ich ein bisschen Rätselraten mit Ihnen spielen, damit wir beide nicht ganz verkümmern.«

»Wie praktisch, dass Sie dabei gleich noch Zurbriggen provozieren konnten!«

Hilvert grinste. »Das war ein sehr angenehmer Nebeneffekt! Provokation funktioniert hier drin ja auch nicht. Die Hälfte der Insassen schnallt gar nicht, dass ich sie provoziere, die andere Hälfte schnallt es und verkloppt mich dann. So macht es keinen Spass!«

Unverbesserlich. Hätte man Hilvert auf ein einziges Wort eindampfen müssen, das wäre es gewesen. Jaun verzichtete auf eine verbale Replik und beschränkte sich aufs Schütteln seines Kopfes.

»Aber der Fall war doch so einfach!«, ereiferte sich Hilvert. »Eine mit Gift ermordete Frau, das schreit geradezu nach einer rachsüchtigen Mörderin, nach einer aufgeflogenen Affäre! Aber Sie kamen mit einer hochkomplizierten Räuberpistole, deren Kern es war, dass ein international tätiger Grosskonzern einen alternativen Weltverbesserer umbringt, indem er mit perfektem Timing einen Lastwagen über das Opfer fahren lässt, wobei das Opfer, damit der Plan gelingt, zugedröhnt ein Rotlicht überfahren musste! Ich dachte, Sie wollten mich verarschen, damit ich etwas zu hirnen hätte in meinem Knastalltag!«

»Jetzt klingt es vollkommen abwegig«, murmelte Jaun, »aber Sie haben davon geredet, dass ich nach dem Profit suchen müsste.«

»Dabei habe ich doch nicht nur Geld gemeint! Es gibt auch emotionalen Profit. Wie er aus gestillter Rache oder emotionaler Überhöhung resultiert. Aber ich war schon etwas erstaunt über Ihren Anfängerfehler, Jaun. Ungefragt stellten Sie finanziellen Profit mit Schuld gleich! Also beschloss ich, Ihnen unter die Arme zu greifen, und ich habe Yvonne gebeten, nach einer Telefonnummer zu suchen, die in Jolanda Luginbühls Anrufliste ein auffälliges Muster aufweist. Die Nummer ihres Liebhabers. Aber nicht einmal das haben Sie gemerkt!«

Jaun nickte, selbst beschämt. »Den Mann hinter der Nummer haben wir auch ohne Ihre Hilfe gefunden, aber zu dem Zeitpunkt waren wir bereits von einer Verschwörung überzeugt. Ich habe das auch gar nicht gross hinterfragt; stattdessen habe ich mehr Gedankenarbeit in meinen Garten als in die Ermittlungen investiert. Sie können sich gar nicht ausmalen, wie ich mich dafür schäme.«

»Ich konnte das einfach nicht verstehen! Sie sassen hier und redeten von diesem Casati, aber nie von seiner Partnerin! Ich war nahe dran, ihnen klipp und klar zu sagen, was ich dachte, aber das schien mir dann doch etwas gar billig! Also habe ich den Hinweis auf die Rizinuspflanze geschickt. Ich dachte, Sie würden sofort kapieren, dass Sie im Garten oder Schrebergarten dieser Frau nach einer Rizinuspflanze suchen müssen!«

»Das hätte ich wohl irgendwann auch kapiert«, brummte Jaun. »Schliesslich habe ich mich an Ihre wirren Gedanken gewöhnt.«

»Wie hätte ich ahnen können, dass Zurbriggen diese Karten nicht dem Ermittlungsleiter übergeben würde und dieser wiederum Ihnen? Ich hätte das getan!«

»Da muss ich Sie teilweise korrigieren«, erwiderte Jaun streng. »Sie hätten das getan, ja. Aber alle anderen nicht. Habe ich Ihnen nicht erzählt, dass man mich nach Ihrem Geständnis abserviert und in den Keller spediert hat?«

»Ja, schon, aber ...« Hilvert seufzte. »Ich dachte, nur ein Narr würde auf Ihre Fähigkeiten verzichten.«

Jetzt lachte Jaun laut heraus. »Als ob es je bloss um die Sache ginge, Chef. Das ist nur in Ihrer Welt so.«

Erneut seufzte Hilvert, wirkte irgendwie resigniert. »Ich glaube, das habe ich nun kapiert. *Wirklich* kapiert, meine ich.« Er sah von der Tischplatte auf, die übersät war mit Kerben.

»Eines habe ich ebenfalls verstanden, Jaun. Wir alle sind irgendwie im Gefängnis. Gefangen in unserer Gedankenwelt, in die wir nur Ähnliches reinlassen wie das, was schon drin ist. Ich dachte, Zurbriggen würde die Karten an die ermittelnden Beamten weiterleiten, und war blind für die Anzeichen, die dagegensprachen. Ihr hipper Vorgesetzter war überzeugt, dass Scotsdale Übles im Schilde führt, und hat alle Ermittlungsergebnisse brav um diese These herum drapiert, ohne deren Kern zu hinterfragen. Und Sie denken noch immer, Sie seien verbrannte Erde in der Stapo. Wer sagt Ihnen, dass es so ist?«

Hilvert zuckte die Schultern. »Manchmal frage ich mich, was eigentlich real ist. Ich kann ja nicht wissen, ob die Welt in meinem Kopf auf der Realität beruht oder ob ich mir nur alles einbilde.«

»Sie denken zu viel«, versuchte Jaun, seinen ehemaligen Chef aus seiner Schwermut zu befreien. »Ich sehe das nicht ganz so kompliziert. Wir haben Fehler gemacht, und die haben wir erkannt und korrigiert.«

»Was soll ich denn hier drin anderes tun als nachzudenken? Zum Beispiel über die Fehler, deretwegen ich hier bin. Und ich Trottel begehe weiterhin Fehler.«

»Das kommentiere ich nicht weiter. Nur so viel: Es hat mich doch ziemlich überrascht, dass ich nicht mal vor Ihnen sicher bin, wenn Sie im Knast sitzen. *Das* habe ich nicht erwartet.« Jauns Gesicht kündete von einer inneren Erheiterung, die Hilvert nicht einordnen konnte. Der Ausdruck des schlechten Gewissens kehrte auf sein Gesicht zurück.

»Aber Sie werden mich doch weiterhin besuchen, nicht wahr? Sonst verkümmere ich in diesem Loch noch ganz!«

»Aber natürlich! Ich bin doch nicht nachtragend. Auch die Lieferung Ihrer Lebensgrundlage werde ich weiterhin pflichtbewusst ausführen!«

Er schob Hilvert die obligate Packung Truffes du Jour über den Tisch. Vor lauter Freude über den Inhalt bemerkte Hilvert den verräterischen Unterton in Jauns Stimme erst, als er die Packung aufgerissen hatte und mit den Fingern darin herumklaubte. Er holte seine Hand wieder heraus, zwischen Zeigefinger und Daumen ein zum Würfel geschnittenes Stück Karotte. Er glotzte Jaun verständnislos an.

»Was ist das?«

»Das sind Karotten. Keine Sorge. Die sind einwandfrei. Bio. Vegan. Demeter. Ganz sicher von keinem bösen Grosskonzern.«

Jaun beugte sich vor, seine Stimme wurde zum verschwörerischen Raunen. »Ich habe intensiv recherchiert. Auf YouTube und auf unzähligen Websites. Zucker ist des Teufels! Die Nahrungsmittelindustrie will uns davon abhängig machen, damit wir gefügig sind und die Weltregierung ein einfaches Spiel mit uns hat! Davor muss ich Sie schützen!«

Als Hilvert später zu seiner Zelle zurücktrottete, war ihm, als halle Jauns wieherndes Gelächter noch immer durch die Flure der Strafanstalt Pöschwies, eingesperrt wie er, um ihn für seine Sünden zu bestrafen.

Hilvert wusste, dass er diese Strafe verdient hatte.

Severin Schwendener
Pandemic
Roman, 280 Seiten,
gebunden, Fr. 23.–, € 23.–,
ISBN 978-3-85990-400-2

Für diesen Krimi, eine temporeiche
Mischung aus Wissenschaftskrimi und
Politthriller, hat Severin Schwendener
2021 den erstmals ausgeschriebenen
Schweizer Krimipreis gewonnen.

»Ich habe ja inzwischen einige Pandemie-Krimis gelesen,
aber der hier ist der beste.«

Gabriele Intemann, Radio Bremen

Ein auf Viren spezialisierter Biologieprofessor der ETH
Zürich. Ein junger Wissenschaftler der Centers for Disease Control and Prevention CDC. Ein weltweit bekannter
Infektiologe, der endlich die Richtigkeit seiner Theorie
beweisen will: Sie alle sollen in Chicago eine Pandemie
verhindern. Denn dort sterben Menschen an einem
neuartigen Coronavirus, und niemand weiss, wie und wo
sie sich anstecken.

Auf der Suche nach der Herkunft des Virus fliegen der
Professor und seine Doktorandin in das von Unruhen
erschütterte Venezuela – nur um zu erfahren, dass der
Virenforscher, der ihnen weiterhelfen könnte, ermordet
worden ist. Hat womöglich alles mit einer Frau zu tun,
die der CDC-Mitarbeiter kennengelernt hat? Sie stammt
aus Venezuela, ihre engste Freundin ist vermutlich Patient
Zero – und ihre Mutter ist eine führende Kraft in der Opposition gegen den venezolanischen Diktator Maduro …

Severin Schwendener weiss als studierter Biologe sowohl
über Viren als auch über Renommiersucht und Intrigen
in der Wissenschaft bestens Bescheid. Und wie bei ihm
üblich, fehlt es auch in diesem Thriller nicht an überraschenden Wendungen, eigenwilligen Figuren und hintergründigem Humor.

Severin Schwendener

Schatten & Spiel

Kriminalroman, 216 Seiten,
gebunden, Fr. 23.–, € 23.–,
ISBN 978-3-85990-335-7

Für diesen Krimi hat Severin Schwendener den Zürcher Krimipreis 2018/
19 erhalten.

»Ein kunstvoller Krimi mit grossartigen Figuren«
WOB in 20 Minuten

»Ausgezeichnet erzählt«
ekz-Bibliotheksservice

Drei Jahre sind vergangen, seit in Zürich ein bis dato
nicht identifizierter Serienkiller sein Unwesen trieb. Doch
dann geschehen im Opernhaus und im Nobelhotel Dolder zwei weitere grausame Morde. Die Spuren am Tatort
sprechen eine klare Sprache: Es muss derselbe Täter
sein wie damals. Doch Thomas K. Hilvert, mittlerweile
Kommandant der Stadtpolizei Zürich, und sein Assistent
Bruno Jaun wissen, was sonst niemand weiss: Es kann
nicht der gleiche Mörder sein.
So suchen die beiden in der Vergangenheit des verschollenen Vizekommandanten Karl Leimbacher nach Hinweisen auf den Nachahmungstäter. Doch Leimbacher
entpuppt sich post mortem als Phantom, ein Schatten,
der verschwindet, sobald Licht auf ihn fällt. Gleichzeitig
erkennen Jaun und Hilvert, dass sie durch ihre Taten zu
einem Teil jener Welt geworden sind, die sie stets bekämpft haben. Unaufhaltsam driften sie jenem Zeitpunkt
entgegen, an dem die Masken fallen: dem Ende einer
jeden Inszenierung.

Severin Schwendener
Schach & Matt
Kriminalroman, 448 Seiten, 3. Aufl.
2023, gebunden, Fr. 29.–, € 29.–,
ISBN 978-3-85990-182-7

Ein Kriminalroman, der sowohl
vorne als auch hinten beginnt und für
den Severin Schwendener den Zürcher Krimipreis 2013 erhalten hat.

»Severin Schwendener ist der jüngste Autor, der den
Zürcher Krimipreis je gewonnen hat. Spannend bis zur
letzten Zeile. Fingernägelkauend wird die Bettlektüre zur
Sucht! Man kann es kaum erwarten, bis die Lösung der
Geschichte endlich schlafen lässt. So fesselnd muss ein
veritabler Züri Krimi sein!« *Verein Zürcher Krimipreis*

1992 ist das Zürcher Nobelhotel Baur au Lac Schauplatz
eines grausamen Mordes. Das Opfer: Rosi, eine schillern-
de Luxusprostituierte. Der Ermittler: Thomas K. Hilvert,
der als junger vielversprechender Polizist seinen ersten
Mordfall lösen muss. Dieser ist felsenfest überzeugt, dass
Rosis Mörder schon früher getötet hat und weiter mordet.
Doch bei Vorgesetzten und Staatsanwaltschaft stösst er
mit seiner These auf taube Ohren.
Fast zwanzig Jahre später wird in Zürich eine tote Pros-
tituierte gefunden. Und Hilvert, nunmehr designierter
Polizeikommandant, erkennt das alte Tatmuster wieder.
Doch selbst sein treuer Assistent Bruno Jaun findet die
Serienkiller-These abwegig. Bis er in den Akten auf
schlüssige Hinweise stösst. Gemeinsam folgen die beiden
den Spuren, die in die Vergangenheit führen. Auch der
Mörder ist ein Teil dieser Geschichte. Jetzt setzt er zum
letzten Akt des Dramas an.